Prolog

Erneut ließen mich die Visionen im Schweiße gebadet aus dem von Nachtmahren bevölkerten Traume hochschrecken. Gar fürchterliche Dinge boten sich meinem Geiste dar, und ich komme nicht umhin, diese niederzuschreiben, soll ich nicht daran zerbrechen – wohl wissend, dass keines Menschen Auge diesen Text jemals zu Gesichte bekommen darf, will ich nicht auf dem Scheiterhaufen mein Ende finden.

Ich sah, wie die Toten aus dem Reich des ewigen Schlafes wiederkehren und unter den Lebenden wandeln; doch ist es nicht der Wille des Herrn, der sie dies tun lässt, sondern ist vielmehr zu vermuten, dass Satan selbst seine Finger im Spiel hat.

Sie beginnen, sich die Erde Untertan zu machen. Nichts und niemand kann sie aufhalten, sich ihnen entgegenstellen, sie gar dauerhaft besiegen. Es ist, als seien sie dem tiefsten Schlund der Hölle entstiegen. Und so mancher würde seine Seele verkaufen, kehrten sie bloß dorthin zurück.

Und obwohl die lebenden Toten unterschiedlicher Natur sind – mindestens dreierlei Arten von ihnen kann ich unterscheiden – sind sie doch eins, trachten nach der Herrschaft über die Welt der Lebenden, kennen im Gegensatz zu diesen keinen Bruderzwist. Zwar laufen auch sie Gefahr, den Todsünden Zorn und Völlerei zu verfallen, trotzdem sind ihnen die anderen fünf fremd, sodass man auf den Gedanken kommen könnte, sie seien von reinerem Geiste als die lebendigen Menschen daselbst … aber trifft das nicht auf alle zu, die dem Wahnsinn anheimgefallen sind?

Jedoch nicht genug der düsteren Bilder, denn das Entstehen einer neuen Weltordnung erfordert viele Opfer, welche nur in den seltensten Fällen freiwillig erbracht werden. Schreien und Wehklagen wird das Erdenrund erfüllen, begleitet von den grausigen Geräuschen der wandelnden Toten, welche Tod und Verderben unter die Lebenden tragen.

Manch aufrechter Mann wird an seinem Schicksale zerbrechen, und manch einer wird Entscheidungen fällen, für die er sich dann ein Leben lang hasst. Wieder andere werden tun, was sie immer tun, und versuchen, sich den Veränderungen anzupassen, ohne Rücksicht auf die Folgen oder das Schicksal anderer. Der Herr möge geben, dass deren Seelen dafür auf immer in der Hölle schmoren, denn Nachsicht soll diesen Menschen nicht zuteilwerden, verlassen sie den Pfad des Seelenheils doch sehenden Auges.

Und gebe der Herr, dass meine Visionen niemals Wirklichkeit werden mögen, dass dieser Kelch an mir und der gesamten Menschheit vorübergehe ewiglich. Dafür will ich beten.

- Verfasser unbekannt, etwa 1450 nach Christus -

NATION-Z

Die deutsche Zombie-Serie
von Eric Zonfeld

Band 2

Die Schlacht um Köln

von

Eric Zonfeld
(Idee & Szenario)

Ben B. Black
(ausführender Autor)

Lanz Martell
(Redaktion)

nation-zombie

1. Auflage
Mai 2014

HJB Verlag & Shop KG
Im Kai 1
78259 Mühlhausen-Ehingen
Deutschland
Tel.: 0 77 33 – 9 77 34 30
Fax: 0 77 33 – 9 77 34 39
www.nation-zombie.de
hjb@bernt.de

Umschlaggestaltung: Perry Bockman
Korrekturen: Meyer & Tyra
Printed in EU

Ein Buch aus dem Label *nation-zombie*

ISBN 978-3-95634-014-7

Bestandsaufnahme

Eine Mischung aus stetigem Heulen, Kreischen und Zischen erfüllte die Luft. Diese Sinfonie des Grauens zehrte an den Nerven all derer, die nicht zum »Orchester« gehörten, die sich nur wünschten, jene Kakophonie möge endlich ein Ende nehmen und bei ihrem Verschwinden die Verursacher der Geräusche mit sich nehmen.

Leutnant Thorsten Mahler stand auf der ebenen Fläche hinter dem kleinen Geschützturm des Luchs, hielt seinen Feldstecher vor die Augen und beobachtete mit höchster Konzentration, was außerhalb der Kasernenumzäunung vor sich ging.

Trotz stetiger Bewegung in der Masse der Zombies schien sich das Gesamtbild nach und nach ein wenig zu beruhigen.

Nein, dieses Wort passte nicht recht auf das, was er da sah, denn von Beruhigung konnte keine Rede sein; »geordneter« traf die Entwicklung viel besser.

Unwillkürlich schwenkte er den Feldstecher in die Richtung, in der er Grote vermutete.

Tatsächlich befand sich der Untote, der sich auf ebenso merkwürdige wie beängstigende Weise von seinen Artgenossen unterschied, immer noch an der Stelle, an der Mahler ihn zuerst gesehen hatte. Von dort aus dirigierte er die Zombie-Massen, als handele es sich bei ihnen um die Mitglieder einer Theatertruppe, die ein zeitgenössisches Stück aufführte, welches von Spontanität geprägt ohne allzu ausgearbeitetes Drehbuch auskam, und bei dem am Ende nicht einmal mehr der Verfasser des Ganzen so genau sagen konnte, um was es in dem Stück eigentlich ging.

Mahler hielt nicht viel von diesen Formen moderner Kunst, erfreute sich stattdessen mehr an gegenständlichen Kulturgütern, bevorzugte klare Formen sowie gut erkennbare Linien.

In diesem Moment wünschte er sich jedoch, dieser Grote möge ein Anhänger des Abstrakten und des möglichst Wirren sein, denn die Art, in der er die Zombies lenkte, zeigte mehr als deutlich, dass Grote ganz genau zu wissen schien, was er dort trieb, und vor allem, auf was er damit hinauswollte.

An verschiedenen Stellen außerhalb des Zaunes sammelten sich größere Gruppierungen von Zombies. Dabei hielten sie respektvollen Abstand zum Kasernengelände, obwohl der eine oder andere von ihnen es offenbar kaum erwarten konnte, sich endlich in Richtung des Zaunes in Bewegung zu setzen, befand sich jenseits der Absperrung doch genau das, worauf die Untoten es am meisten abgesehen hatten: Frischfleisch.

Sich nähernde Schritte ließen Mahler das Fernglas absetzen und den Kopf wenden. Hauptfeldwebel Hartmuth Braumann kehrte zu ihm zurück. Der Leutnant sprang behände von dem Spähpanzer herunter und sah dem anderen entgegen.

Braumann blieb knapp zwei Meter von Mahler entfernt stehen und machte Anstalten zu salutieren. Der Leutnant bedeutete ihm, sich diese militärische Geste zu sparen und stattdessen sofort zu berichten.

»Wie befohlen habe ich eine rasche Bestandsaufnahme durchgeführt«, begann der alte Haudegen. »Derzeit stehen etwa zweihundert Mann unter Waffen, bei knapp der Hälfte von ihnen handelt es sich um Zivilisten, von denen ein Großteil zum Glück jedoch gedient hat.«

So erweist es sich tatsächlich als eine Art Glücksfall, dass die Wehrpflicht in Deutschland doch erst relativ spät abgeschafft worden ist, ging es Mahler unwillkürlich durch den Kopf. *Nicht auszudenken, wenn wir das Gros der Zivilisten zuerst noch in den Gebrauch der Waffen einweisen müssten, einmal ganz davon abgesehen, dass es dabei in der Hektik und Anspannung vermutlich zum einen oder anderen Unfall gekommen wäre.*

»Die Männer sind in Gruppen zu je zehn eingeteilt«, fuhr Braumann fort. »Jede Gruppe führt dabei ihren eigenen Munitionsbestand mit sich, der sich jeweils auf mehrere Tausend Schuss beläuft. Es erschien nicht sinnvoll, größere Munitionsreserven zurückzuhalten, denn es würde bei einem Massenangriff viel zu lange dauern, die einzelnen Trupps mit Nachschub zu versorgen.« Braumann hielt inne und sah seinen Vorgesetzten mit fragendem Blick an.

Dieser nickte. »Gut gemacht, Hauptfeld. Bitte berichten Sie weiter.«

»Fünfzehn dieser Gruppen sind an taktisch günstig gelegenen Positionen über die Länge des Zauns verteilt, möglichst immer so, dass ein Abschnitt von mindestens zwei Trupps unter Feuer genommen werden kann. Drei weitere Gruppen bilden eine Reserve, die sich derzeit im Zentrum des Kasernengeländes aufhält. Diese Einheiten führen ihre Reservemunition auf Schubkarren bei sich, sodass sie bei Bedarf schnell an neuralgische Punkte verlegt werden können, stellen also eine schnelle Eingreifreserve dar.«

»Bleiben noch zwei Gruppen«, murmelte Mahler und bedeutete dem anderen durch ein Nicken, weiterzusprechen.

»Eine Gruppe bewacht das Lazarett. Unter diesen Männern befinden sich ein paar entschlossene, erfahrene Soldaten, die gegebenenfalls notwendige Liquidierungen an mutierten Kranken vornehmen können. Die letzte Gruppe schließlich bewacht den Fuhrpark ...« Braumann stockte.

Mahler sah den Hauptfeldwebel prüfend an. »Ihnen liegt doch etwas auf dem Herzen.«

»Nein, Herr Hauptmann, es ist nichts.« Braumann senkte den Blick, hob den Kopf jedoch sofort wieder und straffte seine Gestalt.

Mahler spürte förmlich, dass in dem Mann etwas vorging, dass ihn offenbar Gedanken beschäftigten, die vielleicht sogar gegen dessen soldatische Überzeugungen verstießen. Er machte zwei Schritte auf den anderen zu und sprach mit gesenkter Stimme: »Herr Braumann, wir befinden uns in besonderen Zeiten, die gegebenenfalls auch besondere Maßnahmen oder Denkweisen erfordern. Ich sehe Ihnen doch an, dass Sie mir noch etwas sagen wollen. Raus damit! Ich werde Ihnen schon nicht den Kopf dafür abreißen.«

»Sie … Sie haben recht.« Braumann nickte, sprach nun ebenfalls leiser. »Diese letzte Gruppe, also die beim Fuhrpark, mit Verlaub, Herr Hauptmann, ich halte sie für die wichtigste überhaupt.«

»In welcher Beziehung?« Mahler ahnte zwar schon, auf was der Hauptfeldwebel hinauswollte, trotzdem musste er es aus dem Mund des erfahrenen Mannes hören, nicht zuletzt, weil er selbst so etwas wie Furcht vor dieser Schlussfolgerung verspürte.

»Für den Fall, dass die Kaserne überrannt wird.«

Nun war es heraus. Verdammt, der alte Haudegen lag genau richtig! Keiner konnte sagen, wie lange ihre Verteidigung halten würde, mit rascher Hilfe von außen konnten sie in der derzeitigen Lage ebenfalls nicht rechnen. Die Fahrzeuge würden sich beim Zusammenbrechen der Verteidigung als einzige Chance erweisen, dass wenigstens ein Teil der Menschen aus der Schutzzone Köln-Süd überlebte.

»Sie vertrauen den Männern?«, erkundigte sich Mahler, dabei wissend, dass er diese Frage nicht zu stellen brauchte, aber irgendetwas *musste* er sagen, um sich von seinen Gedanken losreißen zu können.

»Voll und ganz, Herr Leutnant.« Braumanns Miene zeigte wieder die gewohnte Entschlossenheit. »Die Gruppe besteht zwar zur Hälfte aus Zivilisten, die haben jedoch alle gedient und besitzen den erforderlichen Kampfgeist, sind also keine linken Schwuchteln, wenn ich das einmal so sagen darf.«

Normalerweise hätte Mahler den Mann für diese letzte Aussage gerügt – rügen müssen –, aber in den vergangenen Stunden war so viel passiert, was die bisherigen Werte teilweise ins Paradoxe verkehrte, dass jetzt weder Zeit noch Raum für irgendwelches weichgespültes Gutmenschentum blieb. Sollten die Horden dort draußen zum Angriff übergehen, würden sie sich einen feuchten Kehricht um irgendwelche Political Correctness scheren. Oder konnte ein Mensch auch politisch korrekt totgebissen werden?

*

Nachdem er Braumanns Bericht entgegengenommen hatte, hing Mahler eine Zeitlang seinen Gedanken nach. Irgendetwas in ihm arbeitete, das konnte er deutlich fühlen, bekam aber nicht zu fassen, um was es sich dabei handelte. Immer wieder wallte die Erinnerung an die schrecklichen Entscheidungen hoch, die er heute bereits hatte treffen oder umsetzen müssen. Und immer wieder rief er sich selbst zur Ordnung, denn er besaß einen Auftrag, welcher es ihm auferlegte, alle noch verbliebenen gesunden Menschen in dieser Kaserne nach besten Kräften zu schützen, nicht zuletzt deshalb, weil sich auch seine Tochter darunter befand. Mit dem unerschütterlichen Urvertrauen, welches nur einem Kind zu eigen sein konnte, gab es für Jasmin keinen Zweifel, dass ihr Papa sie beschützen würde.

Mahler sah die leuchtenden Augen seiner Tochter vor sich, mit denen sie zu ihm aufzublicken pflegte. In seinem Hals bildete sich ein dicker Kloß, den er durch krampfhaftes Schlucken zu vertreiben suchte. Seine Augen brannten, fühlten sich feucht an. Wenn Jasmin etwas geschah, würde er sich das niemals verzeihen können.

Schließlich kämpfte sich der Leutnant aus diesen Überlegungen frei. Er fuhr sich mit der Hand übers Gesicht, dann straffte er sich und atmete noch einmal tief durch. Er hatte sich nun genug Zeit zum Grübeln genommen, jetzt musste er sich wieder um seine Aufgaben kümmern, auch wenn die Last des Oberbefehls über diese Einrichtung schwer auf seinen Schultern ruhte.

Er kletterte zurück auf den Spähpanzer und nahm sein Fernglas zur Hand. *Eigentlich bist du ganz schön leichtsinnig,* dachte er. *Stehst hier auf dem Präsentierteller, als wärst du unverwundbar. Klar, Zombies können nicht mit Schusswaffen umgehen, dafür sind sie offenbar nicht helle genug, aber wer sagt mir denn, dass es einer wie dieser Grote ebenfalls nicht kann?*

Mahler zwang sich, diesen Zweifel beiseite zu wischen. Kam einer der Untoten dicht genug an den Zaun, um auf ihn schießen zu können, befand er sich damit automatisch auch in Schussweite der Soldaten, und die hatten Schießbefehl. Das Risiko, dem Mahler sich aussetzte, war zwar nicht Null, aber gering genug, dass er es eingehen konnte und wollte, denn nur von hier oben bot sich ihm der Überblick, den er zur Einschätzung der Gesamtsituation, in der sie sich befanden, benötigte.

Wie schon zuvor betrachtete Mahler durch den Feldstecher die Entwicklung der Lage. Was sich bereits vor gut einer halben Stunde angedeutet hatte, zeigte sich immer noch: Grote dirigierte die anderen Untoten, ließ sie sich in großen Gruppen sammeln. Auf diese Weise bildeten sie an bestimmten Stellen der Umzäunung starke Kräfte, die nicht unterschätzt werden durften.

Ich würde es an Grotes Stelle genauso machen, stellte Mahler erschrocken fest. *Als ob die Schleicher und Beißer nicht alleine schon durch ihre schiere Masse eine riesige Gefahr darstellen würden. Wenn dann noch militärähnliche Strukturen und taktisches Vorgehen dazukommen, bedeutet das nichts Gutes für uns.* Fürs Erste hatte er genug gesehen. Den Aufmarsch dort draußen konnte er mit den wenigen Leuten und Mitteln, die ihm zur Verfügung standen, nicht verhindern. Stattdessen galt es, für das gerüstet zu sein, was *danach* kam, sollte sich nicht ein Wunder ereignen. Aber an Wunder glaubte Mahler bereits seit Kindheitstagen nicht mehr, die Menschen in der Kaserne würden sich also selbst helfen müssen. Mahler stieß hörbar die Luft aus seiner Lunge, dann setzte er sich hinter den Geschützturm des Luchs. Wie es schien, musste er hier noch eine Weile ausharren, das konnte er ebenso gut im Sitzen tun.

Letzte Vorbereitungen

Thorsten Mahler schreckte hoch. Offenbar war er eingenickt. Sich innerlich dafür verfluchend sah er auf die Uhr. »Eins-einunddreißig«, murmelte er, während er sich die Augen rieb. Er schüttelte den Rest des Schlafs ab, dann griff er wieder zum Feldstecher und sondierte die Lage. Obwohl es mitten in der Nacht war, konnte er alles deutlich erkennen, denn die Straßenbeleuchtung brannte wie gewohnt.

Das Ganze wirkte dermaßen bizarr auf ihn, dass Mahler beinahe laut aufgelacht hätte. Köln versank im Chaos, rund um die Konrad-Adenauer-Kaserne versammelten sich grunzende, kreischende, nach Menschenfleisch gierende Horden wandelnder Toter, aber die Laternen versahen ihren Dienst, als sei es das Normalste auf der Welt. Hätte es noch eines Beweises bedurft, dass die Straßenbeleuchtung schon lange nicht mehr von Hand ein- und ausgeschaltet wurde, wäre er hiermit endgültig erbracht worden. Mahler bezweifelte nämlich nachhaltig, dass es in den Stadtwerken noch jemanden gab, der dazu in der Lage war beziehungsweise sich um so etwas scherte.

Innerlich schüttelte Mahler den Kopf über sich selbst. Welch wirre Gedanken ihn heute beschäftigten … Aber war das ein Wunder?

Schließlich setzte er den Feldstecher ab und kletterte ins Innere des Spähpanzers. Im hinteren Teil des Fahrzeugs befand sich inzwischen ebenfalls reichlich Munition, war dieses doch dazu bestimmt, einen großen Teil des Hauptzugangs zur Kaserne mit seiner 20-Millimeter-Maschinenkanone zu bestreichen, sollte es nötig werden.

Hauptfeldwebel Braumann wandte sich auf dem Fahrersitz um und sah seinem Vorgesetzten fragend entgegen.

»Ich habe mir ein paar Gedanken gemacht, Hauptfeld«, eröffnete Mahler. »Wir sollten noch weitere Maßnahmen ergreifen, für deren Umsetzung Sie sorgen werden. Gehen Sie dabei möglichst rasch und vor allem diskret vor.«

»Ich verstehe.« Braumann nickte. »Sie können sich auf mich verlassen.«

*

Keine fünf Minuten später verließ Hauptfeldwebel Braumann den Spähpanzer. Automatisch warf er einen Blick in die Runde und nickte zufrieden, als dieser den Schützenpanzer traf, der direkt neben dem Luchs in Bereitschaft stand. Braumann wusste, dass er sich auf die Besatzung des Marder verlassen konnte.

Doch im Moment war nicht der Schützenpanzer sein Ziel. Stattdessen hielt er geradewegs auf die erste Gruppe von Soldaten zu, die unweit der beiden Fahrzeuge Stellung bezogen hatten.

Als Braumann sich den Männern näherte, wollte einer

davon aufspringen, vermutlich um Meldung zu machen. Der Hauptfeldwebel kannte den Soldaten nicht näher, sah aber den Übereifer aus den Augen des jungen Mannes blitzen.

»Liegenbleiben!«, zischte Braumann. »Haben Sie in Ihrer Grundausbildung nicht gelernt, dass man nicht salutiert, wenn man in Stellung ist?«

»Doch, natürlich«, murmelte der Jungspund im Range eines Gefreiten, und es klang verlegen. »Bitte entschuldigen Sie.«

»Ist schon gut«, zeigte sich Braumann versöhnlich. »Denken Sie einfach in Zukunft daran, klar?«

»Jawohl, Herr Hauptfeldwebel.«

»So, und jetzt hören Sie mir mal genau zu, denn ich habe wichtige Anweisungen vom Kasernenkommandanten, die Sie zum einen zügig umsetzen, zum anderen per Boten an die anderen Sicherungstrupps weitergeben werden.«

»Warum nicht per Funk?«

»Weil ich möchte, dass wenigstens ein Teil von euch Füchsen die Hintern bewegt, damit ihr mir hier draußen in der lauschigen Sommernacht nicht wegpennt! Sonst noch Fragen?«

»Nein, Herr Hauptfeldwebel.«

»Gut, dann hören Sie jetzt zu.«

Braumann instruierte den jungen Mann, wie die Sicherungstrupps ihre Positionen verändern sollten. Leutnant Mahler beabsichtigte damit, die auffallenden Konzentrationen von Zombie-Pulks bei einem möglichen Angriff besser kontern zu können.

Der Gefreite nickte mehrfach, und als Braumann geendet hatte, machte er sich unverzüglich auf den Weg, um die Befehle weiterzugeben.

Braumann sah ihm noch einen Augenblick hinterher. Dabei streifte sein Blick einen weiteren Schützenpanzer, der in rund fünfzig Metern Entfernung stand. Braumann wusste, dass noch ein Marder sowie ein zweiter Luchs in ähnlichen Abständen zueinander ebenfalls in Bereitschaft standen, um den Zaun zu sichern, aber diese konnte er von seiner derzeitigen Position aus nicht sehen.

Mit einem Schulterzucken wandte sich Braumann schließlich ab und setzte sich in Richtung der Fahrbereitschaft in Bewegung.

Den Hintern bewegen ..., er grinste bei dem Gedanken an die Begründung, die er dem jungen Mann gegeben hatte, warum der den Funk nicht verwenden sollte. Gut, das stimmte schon, aber eben nur zum Teil. In Wahrheit ging es um Diskretion, denn den Funk hörten zu viele Ohren mit, und in der momentan ohnehin durch Stress geprägten Situation konnten sich zu viele aufkommende Fragen als … *schwierig* erweisen.

Das Grinsen auf Braumanns Gesicht verschwand ebenso schnell, wie es gekommen war. Als er beim Fuhrpark eintraf, zeigte sich seine Miene gewohnt ernst.

Ein einzelner Mann befand sich im Freien zwischen den Fahrzeugen und blickte dem Hauptfeldwebel entgegen. Sein G3 hielt er in lässiger Haltung an der Seite, den Lauf leicht gesenkt, die rechte Hand am Griffstück, den Daumen in der Nähe des Sicherungshebels.

»Es gibt neue Anweisungen«, eröffnete Braumann ohne Umschweife, als er die Wache erreichte. »Wie Sie wissen, existieren noch Restbestände an Munition, die sich nicht direkt bei den einzelnen Gruppen befinden. Sorgen Sie dafür, dass diese unverzüglich auf zwei LKW geladen werden, damit sie im Fall der Fälle mobil sind.«

»Verstanden, Herr Hauptfeldwebel!«

»Noch etwas: Achten Sie darauf, dass diese Maßnahme nicht an die große Glocke gehängt wird, denn sie dient der reinen Vorsicht, und wir wollen es vermeiden, die Zivilisten in der Kaserne mehr als nötig aufzuschrecken.«

*

Während Leutnant Mahler auf die Rückkehr Braumanns wartete, beobachtete er weiterhin aufmerksam die Vorgänge jenseits des Zauns. Dabei bereitete ihm vor allem der Umstand Sorgen, dass sich *innerhalb* der Absperrung die Lichtverhältnisse deutlich schlechter darstellten als draußen. Zwar sorgten extra zu diesem Zweck aufgestellte Scheinwerfer für zusätzliche Beleuchtung, aber diese konnten nicht alles abdecken, und so gab es in den Sicherungsabschnitten immer wieder Bereiche, in denen sich nicht wirklich viel erkennen ließ.

Wenn ich nur wüsste, was Grote vorhat ...

Alles, was dieser Oberzombie veranstaltete, sah so verdammt geplant aus! Aber stimmte das auch? Verfolgte Grote wirklich einen Plan oder lebte er einfach nur die Macht aus, die ihm das Schicksal in die Hände gespielt hatte? Trotz dessen zielgerichtet wirkender Vorgehensweise fand Mahler den anderen schwer einschätzbar. Ja, es *sah* danach aus, als bringe er seine »Truppen« in Stellung für einen Angriff, aber was, wenn nicht?

Unwirsch verscheuchte Mahler diesen Gedanken. Die bisherigen Handlungsweisen der Zombies ließen keinen Zweifel offen. Sie wollten den normal gebliebenen Menschen ans Leben – die Schleicher und Beißer, um ihre Gier nach frischem Fleisch zu stillen, Grote, um ... ja, warum eigentlich? Weil er der Anführer des Rudels war und somit Anspruch auf den besten Happen hatte?

Mahler schüttelte sich bei diesem Gedanken. Vielleicht half es ihm, die Untoten mit Raubtieren zu vergleichen, um nicht verrückt zu werden, trotzdem ekelte er sich bei der Vorstellung, wie sie ihre von Geifer benetzten Zähne in lebende Menschen schlugen. Das musste er verhindern! Und um das zu verhindern, mussten entsprechende Vorkehrungen getroffen werden.

Wie die, die restlichen Muni-Bestände auf die LKW laden zu lassen ...

Der Gedanke wehte durch Mahlers Kopf, als sei er der eines Fremden. Und klang nicht ein gewisser Vorwurf oder gar Hohn darin mit?

Jetzt schnappst du wirklich langsam über. Reiß dich zusammen, Menschenskind! Konzentrier dich auf das Wesentliche!

Das Wesentliche … Das klang so einfach, wurde leicht dahergesagt, ließ sich jedoch oft gar nicht so ohne weiteres umsetzen. Hier und jetzt war doch sowieso Hopfen und Malz …

Nein, nicht so!

Mahler zwang sich, tief und betont langsam durchzuatmen. Nach und nach eroberte sich seine Ratio ihren Platz zurück, verdrängte die in ihm aufsteigende Panik und Verzweiflung. Sein militärisch geschultes Gehirn begann, wieder in gewohnten Bahnen zu arbeiten. Die Sicherung der Kaserne, um *das* ging es! Als Schwachpunkte konnten sich dabei die nur schlecht ausgeleuchteten Bereiche des Gebiets erweisen. Wenn Mahler anstelle Grotes wäre, wüsste er dies zu nutzen – jeder Anführer wüsste das …

Beim letzten Gedanken stockte Mahler, als ihm dieser in seiner gesamten Tragweite bewusst wurde. Er hatte Grote soeben als Anführer der Untoten betrachtet, ja geradezu anerkannt. Wo sollte das noch hinführen?

Die Schlacht beginnt

Die Minuten tropften zäh dahin, als bestehe die Zeit aus Honig. Mehrfach kämpfte Thorsten Mahler gegen den Schlaf; Anstrengung und Aufregung der letzten beiden Tage forderten nachhaltig ihren Tribut.

Zwischenzeitlich saß Hauptfeldwebel Braumann wieder bei ihm im Spähpanzer. Auch dessen Kopf sackte von Zeit zu Zeit kurz nach unten, nur um sofort wieder in die Höhe zu schnellen. Ein Gespräch hätte den beiden Männern vermutlich dabei geholfen, wach zu bleiben, doch irgendwie war keinem von ihnen danach zumute.

Kurz überlegte Mahler, ob sie versuchen sollten, in Schichten zu schlafen, entschied sich dann aber dagegen, denn wenn der Wachende ebenfalls einschlief, gab es keinen mehr, der ihn wieder wecken konnte. Solange sie *beide* gegen den Schlaf ankämpften, bestand immer noch die Möglichkeit, dass sie sich gegenseitig wachhielten.

Wie lange noch bis zur Morgendämmerung? Mahler sah mechanisch auf seine Armbanduhr. Zwei Stunden nach Mitternacht. Hätte es nicht bereits später sein müssen?

Eine Veränderung im stetigen Geräuschpegel, welcher von den Untoten ausging, ließ Mahler nach draußen schauen. Unwillkürlich suchte sein Blick Grote, und tatsächlich schien auch dieses Mal alles von diesem einen Zombie auszugehen, dessen an sich feine Kleidung, deren I-Tüpfelchen eine akkurat gebundene Fliege darstellte, immer noch völlig deplatziert wirkte.

Grote stieß ein schauerliches Heulen aus, das selbst über den allgemeinen Lärm hinweg deutlich zu hören war. Die ihn umgebenden Zombies nahmen es auf, und das schauerliche Geräusch verbreitete sich in Windeseile.

Dann, wie auf ein militärisches Kommando hin, kamen sie, griffen an allen Stellen zugleich an, stürmten auf den Zaun los, der sie von ihrer Beute trennte.

*

»Was … was machen die denn da?« Hauptgefreiter Wengler wurde sichtlich bleich, als das Geheul der Zombies einsetzte. Es gelang ihm nicht, das Zittern seiner Hände unter Kontrolle zu halten.

»Wen fragen Sie das?«, schnappte Unteroffizier Steger, ebenfalls um Fassung bemüht. »Sehen Sie hier einen Fachmann für Zombielogie?«

»Nein, Herr Unteroffizier, tue ich nicht.«

»Also halten Sie einfach die Klappe, ja?«

So forsch Stegers Ton auch klang, in Wahrheit versuchte er damit lediglich, seine eigene Nervosität zu überspielen. Dieses durchdringende Geheul zehrte an seinen Nerven, mehr als er sich selbst eingestehen mochte – und vor seinen Untergebenen wollte er das gleich zweimal nicht zugeben.

Ein Film fiel ihm ein, den er vor einiger Zeit gesehen

hatte. Die Handlung spielte im Schottland des Mittelalters, und darin gab es auch Szenen, in denen sich große Schlachten abspielten. Niemand konnte sagen, wie authentisch solche Filme waren oder wie viel davon der reinen Fantasie eines Drehbuchautors entsprungen war, aber auch in diesem Film stimmten die Heere schauerliches Geheul und Gebrüll an, bevor sie aufeinander losgingen, um dem jeweiligen Gegner die eigene Stärke zu demonstrieren und ihn einzuschüchtern.

Steger fand, dass den Zombies die Sache mit dem Einschüchtern erschreckend gut gelang. Der inzwischen am ganzen Körper zitternde Hauptgefreite neben ihm demonstrierte das mehr als deutlich, und auch Steger selbst schluckte mehrfach in dem vergeblichen Versuch, den kalten Klumpen wieder aus seinem Magen zu vertreiben, welcher sich dort hartnäckig eingenistet hatte.

»Scheiße!«, schrie Wengler mit sich überschlagender Stimme. »Die machen Ernst!«

Steger sparte sich eine weitere Zurechtweisung, denn die Zombies setzten sich just in diesem Moment in Bewegung. Stattdessen brüllte er gegen den sich immer noch steigernden Lärm an: »Sobald der Gegner auf Schussweite heran ist, Feuern nach eigenem Ermessen! Auf die Köpfe zielen!«

Mühsam zwang sich Steger zur Ruhe. Solange sein Herzschlag so raste wie im Moment, konnte er nicht sauber zielen. *Sauber zielen, ein Witz!* Beinahe hätte er laut aufgelacht, verfluchte er doch den Umstand, als

Uffz. mit einer Uzzi ausgerüstet zu sein. Viel lieber hätte er ein ordentliches Gewehr in Händen gehalten, das die Kugeln nicht streute wie eine Gießkanne das Wasser. So eine Maschinenpistole eignete sich hervorragend für den Häuserkampf, erwies sich bei einem Feind, der auf freier Fläche heranstürmte, jedoch als nahezu wertlos – zumindest solange der Gegner nicht nahe genug heran war.

Erste Schüsse fielen, von denen sogar einige trafen. Doch die fallenden Zombies wurden sofort durch welche ersetzt, die ohne Kompromisse nachdrängten. Die Armee der Untoten verbreitete nicht zuletzt deshalb solches Grauen unter den Menschen, weil ihre Mitglieder keine Angst kannten, keine Rücksicht und keine Gnade.

Steger kontrollierte ein weiteres Mal seine Uzzi. Nicht mehr lange, und er konnte ebenfalls ins Geschehen eingreifen. Obwohl er mit dem Glauben ansonsten nicht viel am Hut hatte, sandte er mehrere Stoßgebete zum Himmel.

Neben ihm verlor Wengler vollends die Nerven. Der Hauptgefreite drückte mit zitterndem Daumen den Sicherungshebel seines Gewehrs ganz nach unten und riss den Abzug durch. Ratternd fuhr eine erste Salve in den Torso eines Angreifers.

»Verdammt, Wengler!«, brüllte Steger. »Es ist Einzelfeuer befohlen, um Muni zu sparen. Noch so ein Ding und ich fahre mit Ihnen Schlitten, wenn wir das hier hinter uns haben, verstanden?«

Doch noch während Steger die letzten Worte sprach,

riss Wengler den Abzug erneut durch, ignorierte seinen Vorgesetzten, feuerte stattdessen, was sein G3 hergab, bis nur noch ein einzelnes Klicken zu hören war.

»Wengler, du Arsch!« Mit großen Augen sah Steger, wie der andere das leergeschossene Magazin aus seiner Waffe riss und versuchte, ein neues hineinzufummeln, was ihm jedoch partout nicht gelingen wollte, denn er zitterte viel zu stark. »Muss ich dir demnächst auch noch beim Hintern abputzen helfen?« Steger war außer sich, machte aber trotzdem Anstalten, dem anderen beim Nachladen zur Hand zu gehen.

Wengler sah seinen Vorgesetzten verstört an, als dieser nach dem Gewehr griff. Offenbar bekam der Hauptgefreite in seiner Panik gar nicht mehr richtig mit, was um ihn herum vorging. Krampfhaft klammerte er sich an seine Waffe, wollte die Hände Stegers abschütteln. »Nein, nicht!«, kreischte er. »Ohne mein Gewehr bin ich *denen da* hilflos ausgeliefert!«

»Ich will dir doch bloß helfen, du Pfeife!«, herrschte Steger, bei dem die Wut inzwischen über die Angst triumphierte. »Aber wenn du unbedingt meinst, dann mach halt selber!«

Er wandte sich von dem Nervenbündel ab und konzentrierte sich wieder auf den Feind. Die Zombies waren inzwischen dicht genug heran, dass er auch mit seiner Uzzi schießen konnte.

Vielleicht wäre es besser gewesen, dem hypernervösen Wengler einfach eins zu verpassen und sich dessen

Gewehr zu schnappen, doch diese Chance war vertan.

Innerlich fluchend über sein Zögern zwang sich Steger zur Ruhe, zielte so sorgfältig, wie er konnte, und betätigte kurz den Abzug. Kablamm!

Einer der Untoten verfügte jetzt über zwei hässliche Lüftungslöcher in seinem Schädel. Zuckend ging er in die Knie, blieb schließlich ganz liegen.

Steger zielte erneut. Kablamm! Dank des Masseverschlusses der Uzzi besaß die Maschinenpistole so gut wie keinen Rückstoß, was sauberes Zielen auch in schneller Folge erlaubt. *Also doch nicht so schlecht, das Teil ...*

Aus dem Augenwinkel sah Steger, dass Wengler neben ihm immer noch an seinem G3 herumfummelte. Dann hatte der das neue Magazin endlich drin, riss den Ladehebel durch – und ballerte erneut eine lange Salve in den Torso eines Untoten.

»Auf den Kopf!«, schrie Steger. »Du sollst auf den Kopf zielen, Himmelherrgottnochmal!«

»Ich … ich kann das nicht!« Wengler klang weinerlich.

»Was kannst du nicht? Auf diese verdammten Monster schießen?«

»Nein, das alles hier. Ich halte das nicht aus!«

»Jetzt reiß dich zusammen, Mensch! Heulen kannst du, wenn wir das hier überlebt haben!«

Doch Stegers kleine Ansprache prallte von dem Hauptgefreiten ab. Tränen standen in dessen Augen, liefen seine Wangen hinab und tropften auf das Gehäuse seiner Waffe. Der Mann zitterte immer noch am ganzen Körper, schien aber ansonsten zu keiner Regung mehr fähig zu sein.

Steger zerbiss einen Fluch zwischen den Zähnen. Ihn plagten jetzt andere Sorgen, als dieses Weichei zu trösten. Erneut zielte er. Kablamm! Ein weiterer Zombie fiel. Kablamm! Und noch einer.

Als spalte sich Stegers Geist in zwei Hälften, begann der eine Teil davon, merkwürdige Überlegungen anzustellen, während der andere kühl und beinahe emotionslos dafür sorgte, dass Stegers Körper Schuss um Schuss sauber platzierte. War er, Steger, das wirklich? So beherrscht, kühl, überlegend? Hatte er sich nicht heute Mittag noch geweigert, Erschießungen an Infizierten vorzunehmen? Und jetzt *das*?

Er wusste nicht recht, welche Entwicklung er da im Moment offensichtlich durchmachte, ob sie ihn mit Furcht oder eher mit Zufriedenheit erfüllen sollte. Doch bei dem, was da heulend, kreischend und geifernd auf sie losging, handelte es sich eindeutig um nichts Menschliches mehr.

Steger schoss weiter, dann musste auch er das Magazin wechseln. Dabei sah er, dass Wengler immer noch stocksteif dastand. Jemandem, der unter Belastung dermaßen kollabierte, räumte Steger bei dem, was ganz offensichtlich noch vor ihnen lag, keine allzu großen Überlebenschancen ein …

*

Krachend löste sich die erste Salve aus der 20-Millimeter-Maschinenkanone des Luchs. Mahler hatte gut gezielt, denn es brachen gleich mehrere der heranstürmenden Untoten getroffen zusammen, ihre Gehirne als schleimig-blutige Spritzer in der Umgebung verteilend.

Braumann bediente das Maschinengewehr des Spähpanzers, doch dessen Hämmern ging im allgemeinen Lärm beinahe unter, denn der bereitstehende Marder begann nun ebenfalls zu feuern.

Salve um Salve fuhr in die heranrückenden Zombies. Unterstützt wurde der verderbenbringende Bleihagel, welcher von den beiden Panzern ausging, von gezielten Schüssen der Gruppe Soldaten, die unweit des Haupttors in Stellung lag. Alles sah bisher danach aus, als könnten die Untoten auf Abstand gehalten werden, doch deren Nachschub an Leibern schien unerschöpflich zu sein.

Wo kommen die nur alle her?, ging es Mahler durch den Kopf. *Ganz Köln scheint mit einem Mal nur vor unserem Haupttor zu stehen und uns auffressen zu wollen.* Tatsächlich hatte Mahler die Zahl der Angreifer zuvor niedriger eingeschätzt. Dieser Grote verfügte offenbar über mehr taktisches Können, als einem Zivilisten zuzutrauen war.

Trotzdem gab es im Moment keine Alternative, die Angreifer mussten um jeden Preis zurückgeschlagen werden. Mahler wusste das, genauso wie die Männer in seiner Umgebung, die sich bislang allesamt vorbildlich und diszipliniert verhielten, soweit er das beurteilen konnte. Er hoffte inständig, dass das auch so blieb.

*

An der nordwestlichen Umzäunung, unweit des Kinder- und Jugendzentrums Zollstock, passiert das, wovor sich jeder fürchtete: Einer kleinen Gruppe der schnellen Beißer gelang es, den Zaun zu überwinden! Die Sicht auf diesen Bereich wurde von einer Reihe größerer Bäume eingeschränkt, und so bemerkte die für diesen Abschnitt zuständige Gruppe zu spät, was hier gerade passierte, zumal sie es bislang mit Angreifern zu tun hatten, die aus einer anderen Richtung kamen.

»Sie sind durch!«, gellte der Schrei des Gefreiten Schneider in den Ohren seiner Kameraden. »Seht nur, dort drüben!«

Sofort eröffnete er das Feuer auf die Beißer, doch diese erwiesen sich als verflucht schnell und waren dank der mangelnden Ausleuchtung auch nur mehr schemenhaft zu erkennen. Das Zielen auf Pappmännchen, die sich erst *nach* einem Treffer bewegten, war eine völlig andere Sache, wie Schneider zu seinem eigenen Entsetzen rasch feststellen musste.

Zum Glück erholten sich seine Kameraden schnell von dem Schreck und sprangen ihm bei – zumindest

Gehring, Müller und Mertens, denn die anderen hatten immer noch genug damit zu tun, eine größere Horde Schleicher davon abzuhalten, ebenfalls den Zaun zu erreichen.

Schließlich gelang Schneider ein Glückstreffer. Einer der Beißer strauchelte, fiel und blieb liegen. Seine Kollegen waren jedoch fast im selben Moment heran.

Schneider schrie erneut auf, diesmal vor Schmerz, weil sich ein stinkendes Gebiss mit Macht in das Fleisch seines Halses grub. Panisch schlug er auf den Schädel des Untoten ein, doch dieser schien die Hiebe nicht einmal ansatzweise zu registrieren, begann stattdessen gierig zu kauen und ein neues Stück Fleisch aus dem Gefreiten zu reißen.

Als ihm bereits die Sinne zu schwinden begannen, fühlte Schneider, das etwas anderes mit Macht auf den Zombie eindrosch. Zwischen schwarzen Punkten hindurch, die vor seinen Augen tanzten, sah er, dass es seinen Kameraden offenbar gelungen war, die anderen Beißer auszuschalten, und nun versuchten sie, ihm zu helfen, indem sie den Untoten irgendwie von dessen Nachtmahlzeit trennten.

Ein reißender Schmerz raubte Schneider beinahe vollends die Besinnung, dann nahm er wahr, dass sich das Maul des Untoten von ihm entfernte, nicht ohne ein weiteres Stück aus ihm herausgerissen zu haben, auf dem der Zombie unablässig kaute. Ein aufgesetzter Kopfschuss beendete schließlich das untote Leben.

»Danke, Jungs«, brachte Schneider gepresst hervor. »Ich dachte schon, dass es jetzt mit mir aus ist.«

Zu spät fühlte er das kühle Metall eines Laufes an seinem Hinterkopf. Bevor er sich darüber wundern konnte, wurde sein Leben ebenfalls von einem lauten Knall endgültig ausgelöscht.

*

»Was machst du denn da?« Gehring sah seinen Kameraden Mertens mit aufgerissenen Augen an. »Wir wollten Schneider helfen, nicht ihn kaltblütig abknallen. Was soll der Scheiß?«

»Ich habe ihm lediglich das Leiden erspart«, erwiderte Mertens kühl. »In ein paar Stunden wäre er ohnehin erschossen worden. Du kennst den Befehl genauso gut wie ich.«

»Schneider war doch gar nicht infiziert!« Gehrings Stimme schnappte beinahe über.

»Er wurde gebissen.«

»Aber es ist doch noch gar nicht sicher, dass Gebissene sich ebenfalls infizieren! Vielleicht wird diese … diese Seuche ja nur durch die Luft übertragen.«

Ein lautes Fauchen ließ die Männer herumfahren und beendete die Diskussion schlagartig. Weitere Beißer stürmten heran, und Gehring meinte jetzt auch zu erkennen, dass der Zaun an der Stelle, von der diese kamen, Beschädigungen aufwies.

»Wir brauchen Unterstützung!«, schrie er. »Sonst machen die uns alle kalt!«

Der Tod seines Kameraden schien fürs erste vergessen.

Während Gehring und Müller schossen, was das Zeug hielt, schnappte sich Mertens das Funkgerät.

Mahler meldete sich sofort: »Was gibt es?«

»Wir haben hier offenbar ein Loch im Zaun, durch das immer mehr Beißer eindringen. Lange können wir die Stellung nicht mehr halten, dann werden wir einfach überrannt!«

»Verstanden. Ich schicke Ihnen Hilfe. Bis die eintrifft, müssen sie unbedingt aushalten. Mahler, Ende.«

*

Die Alarmierung der Reservegruppen kam nicht unerwartet. Mit knappen Worten gab Leutnant Mahler die entsprechenden Anweisungen durch. Daraufhin begaben sich zwei der Gruppen umgehend zu der Stelle des Zaunes, wo der Durchbruch erfolgt war, die dritte blieb weiterhin in Bereitschaft.

Als die zwanzig Männer der Eingreifreserve die nordwestliche Stellung erreichten, boten sich ihren Augen tumultartige Szenen dar. Wie es aussah, gab es inzwischen zwei Tote, die verbliebenen acht Mann wehrten sich mit Leibeskräften ihrer Haut, was ihnen jedoch sichtlich Mühe bereitete, denn durch die Lücke in der

Umzäunung kamen ständig weitere Zombies nach.

Mahler hatte die Situation offenbar gut eingeschätzt und die herbeieilenden Hilfskräfte mit entsprechenden Befehlen ausgestattet. Diese zögerten auch nicht lange, teilten sich auf und griffen sofort ins Geschehen ein. Während der eine Teil den in Bedrängnis geratenen und in Nahkämpfe verwickelten Kameraden zu Hilfe eilte, begann der andere damit, sich den Weg in Richtung des Durchbruchs freizuschießen.

Mertens stand im Getümmel wie ein Fels in der Brandung. Kurz vor Eintreffen der Verstärkung hatte er den Inhalt des letzten Magazins verschossen, welches er am Mann trug. Zwar befand sich noch ausreichend Nachschub in der Stellung, an diesen kam er jedoch im Moment nicht heran, ohne zur leichten Beute für einen der Beißer zu werden.

Begleitet von einem Aufschrei ließ er den Kolben seines Gewehrs gegen den Schädel des Zombies, der ihm am nächsten stand, krachen. Die Wucht des Aufpralls trieb den Untoten zwei Schritte zurück, dann machte er bereits erneut Anstalten, auf Mertens loszugehen. Dieser nutzte die winzige Verschnaufpause, schulterte mit einer fließenden Bewegung sein Gewehr und hielt nahezu übergangslos ein Kampfmesser in Händen.

»Komm her, du Vieh!«, brüllte er dem Beißer entgegen. »Ich mach dich platt, du Sau!«

Ungestüm preschte der Zombie nach vorne – direkt in Mertens' Klinge hinein. Es gab ein eklig feuchtes Geräusch, dann ragte nur noch der Messergriff aus dem linken Auge des Untoten hervor.

Mertens wartete erst gar nicht ab, bis sein Angreifer zu Boden ging, sondern zog sein Messer sofort wieder heraus. Er konnte nicht sagen, woher er die Sicherheit nahm, dass er den Beißer ausgeschaltet hatte, aber er grübelte auch nicht lange darüber nach. Lediglich im hintersten Winkel seines Bewusstseins wunderte er sich ein ganz klein wenig darüber, wie er im Moment über sich selbst hinauswuchs.

Ohne nachzudenken griff er einem weiteren Zombie, der gerade im Begriff stand, sich einen Bissen aus Müllers Hals zu genehmigen, in die Haare und riss dessen Kopf brutal zurück. Erneut fand die Messerklinge ihr Ziel, schaltete einen weiteren der Angreifer aus.

Wieder zog Mertens die Klinge sofort heraus, dann ließ er sich einem Instinkt folgend übergangslos fallen. Keinen Moment zu früh, denn dort, wo sich eben noch seine rechte Schulter befunden hatte, schnappte ein gieriges Paar Kiefer zu. Kurz wirkte der Zombie irritiert, dann ging sein Blick Richtung Boden, wo sich sein Opfer in einer nicht sehr günstigen Position befand.

Scheiße!, durchzuckte es Mertens. *Jetzt hat er mich!*

Doch so schnell wollte er nicht aufgeben. Während er sein Messer schützend vor sich hielt, trat er gleichzeitig mit aller Kraft nach dem Knie des Untoten.

Ein merkwürdig feucht klingendes Knacken zeigte ihm den Volltreffer an, wobei er sich wunderte, warum er das Geräusch in all dem Tohuwabohu so überdeutlich hören konnte.

Vermutlich spielen mir meine überreizten Sinne einen Streich. Egal, weiter!

Der Beißer knickte aufgrund des gebrochenen Kniegelenks ein, schaffte es aber, sich im Fallen so zu drehen, dass er unweigerlich auf Mertens landen würde. Die Chance für einen zweiten Tritt gab es nicht, und Mertens sah auch keine Möglichkeit mehr, dem unweigerlich folgenden Biss erneut auszuweichen.

Den nehme ich noch mit, bevor ich abtrete!, beschloss er daher und bereitete sich auf den alles entscheidenden Stoß vor.

In diesem Moment platzte der Schädel des Beißers auf, verspritzte seinen Inhalt direkt in Mertens' Gesicht. Der schloss angewidert die Augen und versuchte, sich die Sauerei mit dem Ärmel abzuwischen. Da packte ihn eine kräftige Hand und zog ihn auf die Beine.

»War ganz schön knapp.« Gehring grinste ihn an. »Oder wolltest du noch ein wenig kuscheln?«

»Blödmann!«

»Gern geschehen.« Gehring grinste noch einmal, dann wandte er sich wieder den verbliebenen Angreifern zu, deren Zahl inzwischen deutlich nachgelassen hatte.

Während Mertens versuchte, seinen rasenden Herzschlag zu beruhigen, stellte er halb amüsiert, halb verwundert fest, dass auch sein Kamerad anfing, sich zu verändern.

Hatte Gehring bei der notwendigen Exekutierung Schneiders vorhin noch beinahe hysterisch gekreischt, wirkte er jetzt irgendwie cool. Vielleicht lag das aber auch bloß daran, dass die Lage hier inzwischen fast wieder unter Kontrolle war. Alle eingedrungenen Zombies lagen am Boden, weitere schafften es nicht, das Sperrfeuer der Eingreifreserve zu überwinden und durch den Zaun zu gelangen. Darüber hinaus schienen auch kaum noch welche nachzukommen.

*

Fast überall an der Peripherie des Kasernengeländes wurde ebenfalls hart gekämpft, doch es gab keinen weiteren Durchbruch der Angreifer. Einmal sah es fast danach aus, doch konzentrierter Beschuss durch den zweiten Spähpanzer sowie des ihm benachbarten Marder bereiteten dem schnell ein Ende.

»Hah, so schnell kommen die nicht hier rein!«, freute sich Obergefreiter Ludwig, der das Geschütz des Luchs bediente, und machte Anstalten, eine weitere Salve abzufeuern.

»Warten Sie!«, wies ihn sein Kommandant, Stabsunteroffizier Krainer, an.

»Ich habe freies Schussfeld.«

»Trotzdem warten, das ist ein Befehl!«

Ludwig hielt inne, denn sein Vorgesetzter hatte die »Zauberformel« verwendet.

Die Phrase »das ist ein Befehl« bedeutete für Soldaten in etwa das, was Politiker ausdrücken wollten, wenn sie eine Vorgehensweise als »alternativlos« bezeichneten: Es wird so gemacht, wie ich es will, oder ihr werdet mich alle mal so richtig kennenlernen.

Wobei einem Vorgesetzten allerdings direktere Möglichkeiten zur Verfügung standen, um etwaigen Ungehorsam zu ahnden.

Noch einmal bemühte Krainer die Optiken des Spähpanzers, dann funkte er die beiden Marder an, die ebenfalls seinem Kommando unterstanden: »Feuer vorerst einstellen. Ich wiederhole: Feuer einstellen! Schießen Sie keinesfalls auf Angreifer, die sich noch außerhalb des umzäunten Bereichs befinden, denn das schadet dem Zaun mehr, als es unserer Verteidigung nützt.«

Mit kurzer Verzögerung gingen die beiden »Verstanden«-Meldungen ein, und auch bei Ludwig fiel jetzt der Groschen. Sein StUffz. hatte recht – wie so oft. Aber sobald ihm eines der Biester für seinen Geschmack zu nahe kam, würde er den Abzug ohne Wenn und Aber erneut betätigen.

Der Heerführer

Daniel stand aufrecht auf dem Dach des VW Golf, der als Totalschaden an einem Laternenmast klebte. Von dort dirigierte er mit ausladenden Gesten und urtümlich wirkenden Schreien seine Soldaten. Als ob es den Schleichern und Beißern in die Wiege gelegt worden wäre, nahmen sie seine Kommandos auf, wiederholten sie und gaben sie auf diese Weise weiter.

Für die normalen Menschen, für die Daniel fast nur noch so etwas wie Verachtung empfand, musste sich das Ganze anhören wie sinnentleerter Lärm, doch für ihn handelte es sich dabei um eine perfekte Komposition, die Einigkeit und Stärke in einer nie gekannten Form widerspiegelten. Dass es dabei so ganz nebenbei eine Form der Kommunikation mit seinen Truppen darstellte, machte die Sache nur besser.

Doch das schien nicht alles zu sein, über das Daniel mit seinem Volk in Verbindung stand. Er spürte deutlich, dass es da mehr gab als nur die Laute. Irgendeine Art Schwingung schien ihn mit den anderen zu verbinden, doch er konnte sich im Moment selbst nicht erklären, wie diese genau aussah oder funktionierte.

Aber das spielte zumindest für den Moment auch keine große Rolle. Er war angetreten, um diese Schutzzone der verhassten Menschen, Köln-Süd, dem Erdboden gleichzumachen.

Danach konnte er sich immer noch Zeit nehmen, um

seine neuen Fähigkeiten genauer zu erkunden.

»Grrroh! Groaaaah!« Daniel dirigierte weitere Beißer zu einer Stelle des Zauns, an der es einem Trupp geglückt war, in das Kasernengelände einzudringen. Von Anfang an hatte er beabsichtigt, genau dort in das Gebiet des Feindes vorzudringen, bei allem anderen handelte es sich mehr oder weniger lediglich um ein Ablenkungsmanöver. Gut, falls es einem der Ablenkungstrupps gelingen sollte, ebenfalls in die Kaserne zu gelangen, würde das nur umso besser sein.

Daniel fühlte erneut Wut in sich aufsteigen, doch diese gab ihm Kraft. Er kanalisierte und benutzte sie, um weitere Anweisungen an seine Armee zu geben, deren Mitglieder sie willig weitergaben und umsetzten.

Mit einer merkwürdigen Mischung aus Gleichgültigkeit und Entsetzen nahm er zur Kenntnis, wie seine Streitmacht am Haupttor nach und nach aufgerieben wurde. Auf der einen Seite war er sich voll und ganz im Klaren darüber, dass es in einem Krieg nun einmal immer Verluste gab, auf der anderen erschreckte es irgendetwas in ihm, dass die Menschen an dieser Stelle offenbar dermaßen leichtes Spiel mit den Seinen hatten. Dafür hasste er diese … diese Warmblüter nur umso mehr.

Dann fluchte er lauthals. Nein, das durfte nicht sein! Wie es aussah, gelang es den Menschen in der Kaserne, den Vorstoß der Beißer aufzuhalten, sie sogar zurückzutreiben. Verdammt! Bisher war doch alles so gut gelaufen …

Eine neuerliche Welle aus Wut und Hass überspülte Daniels Verstand. Dafür würden sie büßen, sie alle!

Noch einmal nahm er seine ganze Kraft zusammen, griff hinaus und versuchte, weitere Beißer an der neuralgischen Stelle zu konzentrieren. Er musste … Sie mussten …

Es half nichts. Ihm standen nicht genügend Beißer zur Verfügung, um das Blatt erneut zu seinen Gunsten zu wenden. Verfluchte Menschen! Zwar hielten sich noch einige Schleicher im näheren Umfeld des Zaundurchbruchs auf, diese würden jedoch höchstens ebenfalls als Kanonenfutter enden.

So schwer es ihm auch fiel, Daniel kam nicht umhin sich einzugestehen, dass er seinen Vorstoß als gescheitert betrachten musste. Am liebsten hätte er jetzt alles in seiner Nähe kurz und klein geschlagen, aber das konnte er sich im Moment nicht erlauben, wollte er seine Armee nicht unnötig weiter schwächen.

Schweren Herzens hob er erneut die Arme und befahl den Rückzug. »Grotaaah! Graooh!«

Aber er war hier noch lange nicht fertig, die Warmblüter würden schon noch sehen …

Atempause

»Wir schaffen es!«, knurrte Hauptfeldwebel Braumann, während der Bleiregen aus dem MG weiterhin reiche Ernte hielt. »Ich habe das Gefühl, es werden weniger.«

»Scheint so zu sein«, gab Mahler zurück, sah aber für Optimismus noch keinen Grund, zumindest nicht, bevor der Angriff wirklich endete und er einen detaillierten Lagebericht erhielt.

Erneut ließ er die Bordkanone des Luchs losrattern. Längst konnte er nicht mehr sagen, wie oft er heute schon den Abzug betätigt hatte. Wieder und wieder sah er zwischen den Salven zu Grote hin, dann meinte er, eine Veränderung in dessen Verhalten zu bemerken.

Braumanns Schrei bestätigte seinen Eindruck: »Sie ziehen sich zurück! Diese verdammten Biester lassen von uns ab, wir haben es geschafft!«

Zumindest fürs Erste, ergänzte Mahler in Gedanken, denn aus irgendeinem Grund glaubte er nicht daran, dass Grote so schnell aufgeben würde.

Dann stiegen Zweifel in ihm hoch. Warum war er sich dessen eigentlich so sicher? Was sah er in diesem Oberzombie? Etwa eine pervertierte Version seiner selbst? Nein, das konnte, das *durfte* nicht sein!

Er, Leutnant Thorsten Mahler, war nicht wie dieser … dieses monströse Ding. Er verhielt sich nicht so, dachte nicht so, fühlte nicht so – sofern ein Zombie überhaupt noch über so etwas wie Gefühle verfügte.

Der Kampflärm ebbte schnell ab. Knapp zwanzig Minuten nachdem das Gemetzel begonnen hatte, war es zu Ende – eine Zeitspanne, die Mahler wie eine kleine Ewigkeit vorkam. Dabei hieß es doch immer, dass das Warten *vor* der Schlacht am schlimmsten sei. Nein, das stimmte nicht, zumindest nicht für diese Art Kampf, die hier geführt werden musste. In jeder einzelnen Sekunde hatte Mahler dessen Ende herbeigesehnt, mit jeder Faser seines Körpers gewünscht, es möge endlich vorbei, die ihm Schutzbefohlenen in Sicherheit sein.

Als keinerlei Zweifel mehr daran bestand, dass die Zombies den Angriff wirklich abbrachen, zwang Mahler sich zur Ruhe. Er wischte sich mit der Hand übers Gesicht, dann wandte er sich an Braumann: »Hauptfeld, ich brauche dringend einen aktuellen Status. Und sehen Sie bitte persönlich nach, ob meine Anweisungen bezüglich der Rest-Muni auch ordnungsgemäß ausgeführt worden sind.«

*

Braumann begann seinen Rundgang damit, dass er direkt zur Fahrbereitschaft ging. Dort stand immer noch der Soldat Wache, denn er auch schon bei seinem ersten Besuch hier angetroffen hatte.

»Lage, Kellermann?«, verlangte er von dem Hauptgefreiten zu wissen.

Der Angesprochene nickte seinem Vorgesetzten zum Gruß zu, behielt die Hände aber an der Waffe, ganz wie es in den Vorschriften stand. »Hier ist nach wie vor alles ruhig. Die beiden LKW sind wie befohlen beladen. Keine besonderen Vorkommnisse.«

»Gut, weitermachen.« Braumann nickte zufrieden, dann begab er sich auf direktem Weg zu der Stelle des Zauns, wo der Durchbruch erfolgt war.

Als er an einem Dienstfahrrad vorbeikam, das ordentlich in einem der dafür vorgesehenen Ständer abgestellt war, griff er sich kurzerhand den Drahtesel, um für seinen Rundgang nicht den Rest der Nacht zu benötigen. Ein Krad wäre ihm in diesem Moment zwar lieber gewesen, aber man konnte eben nicht immer alles haben. Zwar verfügte er nur über die zivile Version der entsprechenden Fahrerlaubnis, war aber früher in seiner Freizeit immer wieder Motorrad gefahren, und das mit der Bürokratie nahm im Moment ohnehin keiner mehr so genau.

»Wie ist die Lage hier?«, erkundigte sich Braumann, als er beim Zaun eintraf.

»Derzeit ist alles unter Kontrolle, Herr Hauptfeldwebel«, antwortete Mertens. »Allerdings gab es Verluste. Zwei der Männer sind gefallen, weshalb eine der Reservegruppen zur Verstärkung hiergeblieben ist, nicht zuletzt auch, um das Loch im Zaun zu sichern.«

»Die andere Gruppe?«

»Befindet sich bereits wieder auf dem Rückweg in die Bereitschaft.«

Kurz ärgerte sich Braumann über die Eigenmächtigkeit, die hier offenbar jemand an den Tag gelegt hatte, erkannte dann jedoch die Richtigkeit dieser Entscheidung an. Sie alle befanden sich in einer Situation, in der Eigeninitiative in der Regel mehr Vor- als Nachteile brachte – zumindest solange die Entscheidungen nicht von Dummköpfen gefällt wurden.

Mit einem »Weitermachen!« schwang sich Braumann wieder auf seinen Drahtesel. Er fuhr dem Zaun folgend an der Peripherie des Kasernengeländes entlang, dabei kam er nach und nach an allen Sicherungsgruppen vorbei. Wenn er einmal von ein paar Nervenzusammenbrüchen absah, musste er keine weiteren Verluste verzeichnen. Trotzdem ließ er sich überall einen kurzen Lagebericht geben.

*

Während Mahler auf die Rückkehr des Hauptfeldwebels wartete, kletterte er wieder auf das Dach des Spähpanzers und sondierte die Umgebung mit seinem Feldstecher. Tatsächlich zogen sich alle Zombies zurück, hielten jetzt überall einen Abstand von mindestens zweihundert Metern zum Kasernengelände ein oder befanden sich komplett außer Sichtweite, weil Pflanzen oder Häuser den Blick versperrten.

Auf dem Asphalt der Hauptzufahrt lagen Massen untoter Leiber herum, die nun endgültig nicht mehr lebten, trotzdem aber immer noch zuckten, als wollten sie sich jeden Moment wieder erheben. Viele der Zombies hatte ein Kopfschuss zur Strecke gebracht, doch einige von ihnen waren durch den Kugelhagel auch förmlich zerrissen oder regelrecht auseinandergesägt worden. Über der ganzen Sauerei aus Körperteilen und sich vermengender schleimiger Sekrete lag ein bestialischer Gestank, der von einem lauen Wind zu allem Überfluss in Richtung der Kaserne getragen wurde.

Als Mahler aus dem Augenwinkel eine Bewegung gewahrte, drehte er unwillkürlich den Kopf in die entsprechende Richtung. Rasch näherte sich von dort eine Gestalt auf einem Fahrrad, die Mahler schließlich als seine Rechte Hand erkannte.

Ein wenig außer Atem stieg Braumann von seinem Drahtesel und ließ ihn achtlos fallen. Diensträder wurden entsprechend robust gebaut, diese Art Behandlung steckten sie klaglos weg.

Mahler sah den anderen nur fragend an, und dieser ließ sich nicht lange bitten, sondern begann zu berichten: »Der Angriff ist abgeschlagen, es gibt nur zwei Ausfälle zu verzeichnen. Die Verluste beim Gegner kann ich nur schwer einschätzen, sie dürften sich aber zwischen ein- und zweitausend bewegen. Eine genaue Zählung halte ich ohnehin weder für sinnvoll noch für möglich …«

Mahler wusste sofort, was Braumann meinte. Er schüttelte sich bei dem Gedanken an das Gemetzel, welches die Verteidiger alleine vor dem Haupttor hatten anrichten müssen. »Material?«, fragte er deshalb knapp.

»Rund die Hälfte der Munition ist verschossen. Fahrzeuge und Waffen sind weiterhin voll funktionsfähig, allerdings hat sich herausgestellt, dass die Panzer für den Einsatz hier auf dem Gelände nicht wirklich geeignet sind. Beim Schießen nach draußen richten sie mehr Schaden am Zaun an, als dass sie dem Feind gefährlich werden. Stabsunteroffizier Krainer, der den zweiten Luchs kommandiert, hat das zum Glück rechtzeitig erkannt und die entsprechenden Einheiten das Feuer einstellen lassen.«

»Guter Mann.« Mahler nickte.

»In der Tat.« Braumanns Miene wurde grimmig. »Wenn man von ein paar Männern absieht, die offenbar einen Nervenzusammenbruch hatten, haben sich bisher alle wacker geschlagen. Das ist deutlich besser, als wir anfangs befürchteten. Trotzdem ist das mit den Panzern große Scheiße, wenn Sie mir diesen Ausdruck einmal verzeihen wollen. Von denen hatte ich mir wesentlich mehr erhofft.«

»Nicht nur Sie«, murmelte Mahler. »Nicht nur Sie …« Laut sagte er: »Danke, Herr Braumann. Ich hoffe, dass die da draußen fürs Erste genug haben, trotzdem müssen wir wachsam bleiben. Bemannen Sie wieder den Luchs, ich bleibe noch hier oben und schaue mich ein wenig um.«

Der Hauptfeldwebel nickte und stieg in den Spähpanzer ein, während Mahler den Feldstecher zur Hand nahm und seine Beobachtungen fortsetzte.

Obwohl die Zombies sich nach wie vor vom Zaun fernhielten, befanden sich ihre Leiber irgendwie ständig in Bewegung. Dann gewahrte Mahler etwas, das ihm den Atem stocken ließ: Grote wartete offensichtlich auf Verstärkung!

Langsam aber stetig füllten sich die Reihen der Untoten auf. Mehr und mehr von ihnen stießen zu ihren Artgenossen, verstärkten dabei das immer noch allgegenwärtige Fauchen, Zischen und Kreischen, welches über allem lag.

Keuchend setzte Mahler das Fernglas ab. Mit einem Schlag wurde ihm klar, wie diese Schlacht ausgehen würde – ausgehen *musste*. Er spürte eine eiskalte Faust in seine Magengegend fahren, fühlte, wie sie sich unbarmherzig um seine Eingeweide verkrampfte, bis er kaum noch atmen konnte. Die Tränen, die ihm in die Augen schossen, nahm er in diesem Moment gar nicht richtig wahr.

Gespräch unter Freunden

Einige Stunden zuvor

Alexander fläzte sich auf das Sofa in Elisabeth Schneiders ehemaligem Wohnzimmer. Seine Füße lagen auf dem Tisch, die Schuhe ruhten auf dem beigen Häkeldeckchen, als liege dieses dort genau für diesen Zweck bereit. Im Moment fühlte sich Alexander in seiner neuen Bleibe rundum wohl, hatte er das gute Stück doch vor gerade einmal zwei Minuten »geerbt«, indem er die alte Dame über die Balkonbrüstung hinweg den Zombies zum Fraß vorgeworfen hatte.

Sein Kumpel Jason kam vom Balkon herein, sah Alex mit immer noch aufgerissenen Augen an und schien um Worte zu ringen.

Na ja, eigentlich handelte es sich bei Jason nicht wirklich um einen Kumpel, lag der Zeitpunkt ihres Kennenlernens doch nicht einmal zwei Tage zurück. Alex betrachtete den anderen eher als Weggefährten, der sich bislang als nützlich erwies.

»Nette Bude.« Alexander grinste breit. »Die Einrichtung ist zwar nicht so mein Ding, dafür hat sie uns nichts gekostet. Und einem geschenkten Gaul schaut man nicht ins Maul. Oder wie siehst du das, Jason?«

»Die Einrichtung ist mir ehrlich gesagt scheißegal.« Langsam fand der Mann mit den schulterlangen blonden Haaren offenbar seine Fassung wieder. »Oder willst du dich hier etwa dauerhaft niederlassen?«

»Als Operationsbasis hätte die Wohnung sicherlich ein paar Vorteile zu bieten. Sie ist schwer zu erreichen, lässt sich hervorragend verteidigen, vom Balkon hat man einen prima Blick auf die Straße und all sowas. Nur der Inhalt des Kühlschranks gefällt mir nicht.«

»Dann geh doch einkaufen!« Auf Jasons Stirn bildete sich eine Unmutsfalte.

»Jason, Jason, ts, ts, ts …« Alex schüttelte mit tadelnder Miene den Kopf. »Warum so ungehalten? Bist du etwa immer noch sauer, weil ich uns die Alte vom Hals geschafft habe?«

»Das war Mord, Alex, glatter Mord! Und das weißt du ganz genau!«

»Du hast es immer noch nicht kapiert, oder? Gestern hat ein neues Zeitalter begonnen. Die Welt, wie wir sie kannten, existiert nicht mehr. Mit ihrem Untergang hat sich alles verändert, sind neue Regeln in Kraft getreten, die eine andere Art zu denken und zu handeln nicht nur ermöglichen, sondern geradezu erzwingen. Wenn du mir nicht glaubst, kannst du gerne jemanden suchen, der mich für den *Mord* verhaftet und vor Gericht stellt.«

In Jason arbeitete es sichtlich. Eine Weile stand er so da, starrte Alexander nur an, dann wandte er sich ab und tappte Richtung Küche. »Ich brauch jetzt ’nen Kaffee«, erklärte er ungefragt. »Willste auch einen?«

»Ja, gerne.« Alexander lächelte freundlich. »Ich sehe, du hast endlich verstanden, um was es geht. Wir müssen lernen, unser altes Leben loszulassen, damit wir das neue meistern können.«

»Vermutlich hast du recht«, erwiderte Jason, während er mit der Kaffeemaschine hantierte. »Ich tue mich nur noch ein wenig schwer damit, aber das wird schon noch.«

Natürlich wird es das, dachte Alexander. *Denn wer in dieser neuen Welt auf Dauer zurechtkommen möchte, dem bleibt keine andere Wahl.*

Er schloss seine Augen, ließ seine Gedanken einfach nur treiben und genoss die Gefühle, welche ihn im Moment durchfluteten. Er fand die Entwicklung der letzten zwei Tage einfach herrlich! Viel zu lange hatte er ein Leben geführt, das durch gesellschaftliche Konventionen eingeengt und in eine bestimmte Form gepresst wurde. Kollegen, Freunde, Nachbarn, alle hatten mehr oder weniger darauf geachtet, dass er sich auch ja immer so verhielt, wie »man« es von ihm erwartete. Jeder Ausbruch aus diesem Rahmen wäre mit Getuschel wenn nicht sogar offenen Rügen oder Schlimmerem geahndet worden.

Du meine Güte! Was war denn so schlimm daran, einmal etwas zu tun, was nicht »der Norm« entsprach? Die anderen hatten doch bloß Schiss davor, so einfach war das! Versteckten sich lieber hinter Regeln und Gesetzen, anstatt sich ihre eigenen Gedanken zu machen. Für viele Menschen war es schon immer das Einfachste gewesen, das zu tun, was andere ihnen vorgaben. Das schonte die grauen Zellen und verhinderte, dass sie Verantwortung für ihr Tun übernehmen mussten. Ging etwas schief, konnten sie die Schuld schließlich demjenigen zuschieben, der ihnen vorgab, was sie zu tun und zu lassen hatten: Staat, Kirche, Chef oder wer auch immer.

Alexander spürte, dass er anders war, nicht zu diesen Radfahrern und Speichelleckern gehörte. Er wunderte sich lediglich darüber, warum ihm das erst jetzt klar wurde. Aber manchmal brauchten Menschen eben einen kleinen Anstoß, eine Art Initialzündung, um sich über sich selbst klar zu werden. Bei ihm war es offensichtlich der Ausbruch des Zombie-Zeitalters gewesen, der ihm endlich klarmachte, wie er wirklich tickte, was bei ihm unter diesem dünnen Deckmäntelchen dessen, was die anderen als Anstand und Moral bezeichneten, in Wirklichkeit schlummerte.

Endlich konnte er das tun, was *er* für richtig hielt. Er würde auch keinen zwingen, seine Sichtweise zu teilen oder gutzuheißen, nur in den Weg stellen sollte sich ihm besser niemand, denn mit demjenigen würde er kurzen Prozess machen, ratz-fatz.

Das Geräusch von Kaffeetassen, die auf dem Tisch abgestellt wurden, holte Alexander aus seinen Überlegungen.

»Hab leider keinen Zucker gefunden«, erklärte Jason entschuldigend. »Aber vielleicht tut's Süßstoff ja auch.«

»Wer braucht schon Zucker?« Alex winkte verächtlich ab. »Ein richtiger Mann trinkt seinen Kaffee schwarz, alles andere ist nur was für Weicheier. Und jetzt reich mir lieber mal die Fernbedienung rüber, vielleicht gibt's in der Glotze ein paar Neuigkeiten.«

Bürgerliches Idyll

Kurz zuvor

Nelson langweilte sich furchtbar. Seine Mutter bestand darauf, dass er in der Wohnung blieb, dabei wäre er jetzt deutlich lieber draußen gewesen, aber das hielt sie für viel zu gefährlich. Genau genommen ging es ihr gar nicht um seine Sicherheit, das wusste Nelson sehr wohl. Vielmehr war es ihr einfach nur zu stressig, sich um ihn kümmern zu müssen, wenn ihm tatsächlich etwas passierte. Sie fand es einfacher, ihn in sein kleines Zimmer abzuschieben, gerne auch mit den Worten: »Wozu hast du denn sonst die PlayStation bekommen, wenn du gar nicht damit spielst?«

Aber auf Videospiele hatte Nelson keinen Bock mehr, die hingen ihm inzwischen zu den Ohren raus. Klar, eine Zeitlang waren die okay, hatte es ihm große Freude bereitet, die Pixelmännchen vom digitalen Leben in den ebenso digitalen Tod zu befördern, irgendwann reichte es ihm jedoch, und das, obwohl er sich für seine erst dreizehn Jahre recht gut in diesen Spielen schlug.

Nelson sah sich in seinem Zimmer um. Was konnte er als nächstes machen? Irgendwie verspürte er zu nichts rechte Lust, ihn ödete im Moment alles einfach nur an. Er schnaubte unwillig.

Schließlich erhob sich Nelson von seinem Stuhl und ging ans Fenster. Vielleicht gab es ja draußen etwas zu sehen. Zwar hatte ihm seine Mutter verboten, hinauszuschauen, weil sie das ebenfalls für viel zu gefährlich hielt, das war ihm jetzt aber einerlei. Ständig fürchtete sich seine Mutter vor irgendetwas, ihr ganzes Leben schien zeitweise nur aus Angst zu bestehen: Angst davor, die Arbeit zu verlieren, Angst vor irgendwelchen unheilbaren Krankheiten sowie Angst vor allem, was sie nicht kannte. Es grenzte geradezu an ein Wunder, dass sie nicht auch Angst vor dem Weiterleben verspürte …

Nelson grinste, dann schob er den Vorhang vorsichtig ein ganz kleines Stückchen zur Seite, gerade so viel, dass er durch die so entstandene Öffnung etwas erkennen konnte.

Eine Bewegung auf dem Balkon, der zur Dachwohnung des Hauses gegenüber gehörte, zog Nelsons Blicke an. Dort schob gerade ein braunhaariger Mann, der Ende zwanzig sein mochte, eine alte Frau im Rollstuhl ins Freie. Nelson sah, dass die beiden sprachen, konnte aber natürlich nicht verstehen, was sie sagten. *Vermutlich ein Pfleger oder sowas,* ging es ihm durch den Kopf.

In diesem Moment sah der Mann zu ihm herüber. Nelson ließ den Vorhang blitzschnell los, warum wusste er selbst nicht so genau, denn der Mann sah nicht gefährlich aus.

Einen Moment lang zögerte Nelson, doch dann gewann die Neugier die Oberhand. Erneut schob er seine Finger durch den Spalt im Vorhang und öffnete sich ein Guckloch darin.

Der Mann und die Frau befanden sich immer noch auf dem Balkon, inzwischen war ein zweiter Mann mit langen blonden Haaren dazugekommen. Die drei unterhielten sich.

Nelson wollte sich schon wieder abwenden, als der Braunhaarige der alten Frau aus dem Rollstuhl aufhalf und sie dicht an die Brüstung stellte. Aus irgendeinem Grund ahnte Nelson, dass gleich etwas passieren würde, doch er konnte nicht sagen, warum. Da packte der Mann die Alte auch schon am Hosenbund ihres Hausanzugs und warf sie über die Balkonbrüstung nach unten auf die Straße, wo sich sofort einige Zombies über sie hermachten.

Mit offenem Mund starrte Nelson auf das Geschehen, wusste nicht, wo er zuerst hinsehen sollte. Der Typ da drüben war ja dermaßen cool! Zog hier voll die Action ab, als sei er ein Superheld aus einem der Filme, die Nelson so gerne sah, nur dass hier endlich mal einer der wirklich harten Jungs den Ton angab!

Vorsichtig ließ Nelson den Vorhang wieder los. Er war völlig begeistert! Schon immer bewunderte er in den coolen Action-Filmen die Schurken, auch wenn diese laut Drehbuch nie gewinnen durften. Aber das, was er gerade gesehen hatte, war voll der Hammer! Genau so und nicht anders wollte Nelson als Erwachsener auch sein. Er würde andere um sich scharen, die ebenfalls wussten, worauf es ankam, und irgendwann würde *er* den Ton angeben und sagen, was zu tun war.

*

Eine Weile hockte Nelson auf seinem Bett, dachte an das, was er eben gesehen hatte, dann ging er ins Wohnzimmer. Dort saßen sein Opa Michael sowie seine Mutter Karin, die sich von allen nur »Candy« nennen ließ, und ödeten sich gegenseitig an. Sie alle hielten sich nun den zweiten Tag ununterbrochen in der Wohnung auf, trauten sich nicht mehr vor die Tür, seit es auf den Straßen Kölns zu den ersten »Vorfällen« mit Zombies gekommen war.

Während Michael versuchte, ein Buch zu lesen, lackierte Candy Kaugummi kauend an ihren Fingernägeln herum. Nelson setzte sich in den freien Sessel und sah die beiden einfach nur an.

»Was glotzt du denn so?«, fragte seine Mutter. »Hast du etwa schon alle PlayStation-Spiele durch?«

Nelson erwiderte nichts darauf, doch Candy schien auch gar keine Antwort zu erwarten, dafür nahmen ihre Fingernägel sie viel zu sehr in Anspruch.

Nelson wunderte sich nicht darüber, denn er kannte es nicht anders. Für seine Mutter gab es nur einen *wirklich* interessanten Menschen im Universum, nämlich sie selbst.

Eine Zeitlang hatte Nelson sich gefragt, warum er ohne Vater aufwuchs, denn schließlich musste ja etwas in dieser Art existieren, andernfalls gäbe es ihn wohl nicht, dann wurde ihm langsam klar, dass es offenbar kein

Mann allzu lange bei Candy aushielt, egal ob sie sich Manne, Charlie oder Gustav nannten – zumindest waren das die Namen der letzten drei Verehrer gewesen, wovon sich Gustav am besten mit Nelsons Opa verstanden hatte, was vermutlich daran lag, dass die Geburtsjahre der beiden Männer nicht allzu weit auseinanderlagen.

Schulterzuckend stand Nelson auf, ging in die Küche und trank ein Glas Wasser. Er fühlte sich im Moment ein wenig schläfrig, was aber gut an der gepflegten Langeweile liegen konnte, die hier im Moment herrschte. Das feuchte Nass erfrischte ihn ein wenig, also ließ er dem ersten Glas ein zweites folgen, bevor er zurück ins Wohnzimmer ging. Dort griff er sich die Fernsehzeitung und begann darin zu blättern.

»Gib dir keine Mühe, Junge«, brummte Michael. »In der Glotze läuft kein normales Programm mehr, hab vorhin auch schon geschaut.«

»Was du als normales Programm bezeichnest …« Candy sah von ihren Lackierarbeiten auf und schenkte ihrem Vater einen tadelnden Blick. »Wolltest dir doch eh bloß wieder die Ludolfs oder so einen Scheiß reinziehen.«

»Weil deine sogenannten Casting-Shows ja viel besser sind«, knotterte Michael zurück. »Das ist doch von vorn bis hinten alles Betrug, die Sieger stehen doch schon längst fest, noch bevor die erste Minute von dem Zeugs über den Sender geht, und das alles nur wegen der Quote.«

»Dich stört doch bloß, dass du nicht mehr zur ›relevanten Zielgruppe‹ gehörst. Ist halt schon blöd, wenn man die 50 bereits deutlich hinter sich hat und bei der Quote keine Rolle mehr spielt.«

»Was ziemlich dumm von denen ist, denn wir alten Säcke werden immer mehr und sind in der Regel auch diejenigen, die die Kohle haben. Aber Intelligenz und Börsengang passen ja in den seltensten Fällen zusammen.«

»Ja, ja, gleich erzählst du mir wieder, dass früher alles besser war und die Gesellschaft heutzutage ohnehin bloß noch verblödet und verkommt.«

»Ist doch auch so.« Michael schnaubte. »Schau dir den Mist doch mal an, den sie ständig machen. Unser Land taumelt von einer Krise in die nächste, die jungen Leute haben nur noch Flausen im Kopf, und richtige Familien gibt es auch schon lange nicht mehr. Das ist doch scheiße, oder etwa nicht?«

»Wenn es dir hier nicht gefällt, kannst du gerne einen Spaziergang machen. Ich bringe dir auch deinen Gehstock.« Candy sah ihn lauernd an.

»Nein danke, ich verzichte. So verzweifelt bin ich dann doch noch nicht.« Michael nahm sein Buch wieder auf und begann demonstrativ darin zu lesen.

*

Irgendwie bedauerte Nelson, dass sein Großvater nicht vor die Tür gegangen war. Vielleicht hätte der alte Mann es so weit auf die Straße geschafft, dass Nelson von seinem Zimmerfenster aus hätte beobachten können, wie er unten von den Zombies zerfleischt wurde. Klar, die Action wäre nur halb so gut gewesen wie die, die der Typ im Haus gegenüber abgezogen hatte, aber besser als die blöde Rumsitzerei wäre sie allemal.

Eine Zeitlang saßen alle schweigend da, Opa mit seinem Buch, Candy mit ihren Nägeln beschäftigt. Irgendwann schien die rote Farbschicht dann dick genug zu sein, auf jeden Fall stellte Nelsons Mutter die Verschönerungsutensilien zur Seite und wedelte mit ihren Händen.

»Mach doch mal die Glotze an, Nelson«, kommandierte sie dabei. »Vielleicht kommt ja doch noch was Vernünftiges.«

Kurz überlegte Nelson, ob er einfach sitzen bleiben sollte um zu sehen, was als nächstes geschah. Üblicherweise reagierte seine Mutter auf Bockigkeiten seinerseits zuerst mit Quengeln, dann mit Lamentieren und schließlich mit wüsten Flüchen. Schlagen würde sie ihn vermutlich wieder einmal nicht, denn das gehörte sich nicht bei der Kindererziehung, hatte sie ihm einmal erklärt, schon gar nicht bei einer alleinerziehenden Mutter, die ihr Kind ja über alles liebte.

Auf diese Art Liebe kann ich gerne verzichten, ging es Nelson durch den Kopf. *Beschränkt sich ohnehin nur darauf, mich ruhigzustellen und aus dem Weg zu bekommen, damit irgendwelche Kerle freie Bahn haben und sich nicht durch mich gestört fühlen. Tolle Familie!*

Trotzdem stand er nach kurzem Zögern auf, griff zur Fernbedienung und drückte darauf den roten Knopf, der den Fernseher aus dem Ruhezustand weckte.

»… fordern wir alle Mitbürger auf, nach wie vor Ruhe zu bewahren«, drang es gleich danach aus dem Gerät. »Leisten Sie den Anweisungen der Ordnungskräfte unbedingt …«

Nelson wechselte den Kanal.

»… Regierung zu einer Sondersitzung …«

Zapp!

»… Ansprache der Bundeskanzlerin …«

Zapp!

»… aus Regierungskreisen verlautet …«

Zapp!

»… hat eine genaue Untersuchung der Vorfälle …«

Zapp!

» … konnte bisher nicht festgestellt werden …«

»Ist gut«, zischte Candy. »Mach das Ding wieder aus. Das amtliche Geplärre nervt, denn es ist seit Stunden immer dasselbe.«

»Sag ich doch«, nörgelte Michael. »Aber mir glaubt natürlich wieder keiner.«

Candy verdrehte die Augen, erwiderte aber nichts.

Stattdessen prüfte sie, ob der Lack an ihren Fingernägeln endlich trocken war. Offenbar zufrieden mit dem

Ergebnis erhob sie sich und erklärte: »Ich bin dann mal unter der Dusche.«

»Hast du nicht erst heute Morgen geduscht?«, wunderte sich Michael.

»Na und? An diesem Scheißtag kann man eh nichts Vernünftiges anfangen, da kann ich mich auch genauso gut ein wenig pflegen und hübsch machen.«

»Für wen denn? Erwarten wir etwa Besuch?« Michael lachte trocken. »Den will ich sehen, der sich bei diesen Zuständen auf die Straße traut, nur um mit dir ein Schwätzchen halten zu können.«

»Du würdest dich wundern, wenn du wüsstest, wer sich alles ein Bein dafür ausreißen würde, nur um mit mir ein *Schwätzchen* zu halten.« Candys Augen blitzten. »Aber der Zug ist bei dir ja schon lange abgefahren, und das ist auch besser so.«

»Warum? Hast du Angst, noch ein Geschwisterchen zu bekommen, das sich am Ende als genauso missratenes Gör entpuppt wie du?«

Mit drei raschen Schritten stand Candy vor ihrem Vater, brachte ihr Gesicht dicht an seines heran und zischte: »Noch ein Wort, und ich setze dich eigenhändig vor die Tür! Hast du verstanden? Das ist *meine* Wohnung, und ich bin so nett, dich hier zu dulden.«

Nelson sah, dass es in seinem Großvater arbeitete. Er wusste, dass dieser einen Teil seiner kleinen Rente zur Miete beisteuerte, es sich also keineswegs nur um Candys Wohnung handelte, wenn man es genau nahm.

Auf der anderen Seite sah im Moment alles danach aus, als würde Nelsons Mutter ihre Drohung ohne mit der Wimper zu zucken wahrmachen, was für Michael den sicheren Tod bedeuten würde, konnte er aufgrund seiner Arthritis vermutlich nicht einmal einem der langsamen Schleicher entkommen.

Schließlich wandte sich Candy von ihrem Vater ab und verschwand mit einem »Ich will die nächste Stunde nicht gestört werden!« im Badezimmer, wo sie die Tür hinter sich abschloss.

*

Nelson saß stumm im Wohnzimmer, hielt immer noch die Fernbedienung in der Hand und starrte vor sich hin. Dass seine Mutter und sein Großvater sich stritten, gehörte fast schon zum Alltag, lediglich die Schärfe und der Grad der dabei ausgeteilten Gemeinheiten nahm seit gestern kontinuierlich zu.

Mit einem Mal fühlte Nelson Wut in sich aufsteigen. Er hasste seine Mutter, und er hasste seinen Großvater. Überhaupt hasste er alle Menschen! Sie gingen ihm mit ihrem Gejammer, Gezeter und Gestreite dermaßen auf den Zeiger! Nöl, nöl, nöl! Jammer, jammer, jammer! Und immer waren die anderen Schuld. Heul, heul, heul! Das konnte und wollte er nicht mehr ertragen.

Langsam, fast schon bedächtig, legte Nelson die Fernbedienung auf den Wohnzimmertisch. Michael steckte die Nase wieder in sein Buch, nahm keine Notiz von ihm. Nelson ging Richtung Küche. Aus dem Bad drang das Rauschen der Dusche an seine Ohren.

Nöl, nöl, nöl! Jammer, jammer, jammer! Heul, heul, heul! Damit war jetzt Schluss!

Zielstrebig hielt Nelson auf den Messerblock zu, den Candy von einem ihrer Verehrer geschenkt bekommen hatte. Nicht, dass sie damit groß etwas anzufangen gewusst hätte, denn mit dem Kochen war sie mindestens ebenso überfordert wie mit Nelsons Erziehung oder damit, eine intakte Beziehung zu führen, aber das Teil machte einen teuren Eindruck und wirkte gut auf Besucher, also stand es an einer Art Ehrenplatz, wo es gut zur Geltung kam.

Mit einer beinahe schon lustvoll wirkenden Bewegung zog Nelson das große Fleischmesser aus dem Block. Die Klinge wies keinerlei Gebrauchsspuren auf, besaß also noch den Werksschliff des renommierten Herstellers und eignete sich ergo vermutlich sogar für eine Herrenrasur.

Aber Nelsons Pläne lagen in einer anderen Richtung. Oh ja, rasieren würde er damit, aber keinen Bart!

Er griff das Messer so, dass die Klinge nach unten aus seiner Faust herausragte. Dann ließ er seinen Arm hängen und winkelte das Handgelenk noch ein wenig ab, sodass das Messer von vorne nicht mehr gesehen werden konnte.

Auf diese Weise gerüstet schlenderte Nelson ins Wohnzimmer zurück. Sein Großvater las immer noch, sah nicht einmal kurz hoch, als sein Enkel den Raum betrat. Gemächlich ging Nelson um den Tisch herum, stellte sich neben Michael und sah ihm direkt ins Gesicht.

Der ließ nun doch von seinem Buch ab und hob den Kopf. »Willst du was von mir, Junge?«

»Ja, will ich.« Nelson nickte und lächelte dabei. »Aber du wirst es mir nicht freiwillig geben.«

»Was soll der Unfug, Nelson? Ich dachte, es geht um etwas Wichtiges.«

»Oh, es *ist* etwas Wichtiges, da kannst du sicher sein.«

»Also, was willst du?«

»Dein Leben!« Mit diesen Worten stach Nelson das Fleischmesser in den rechten Oberschenkel des alten Mannes.

Der schrie auf, fluchte und versuchte, nach seinem Enkel zu schlagen. Doch Nelson hatte das kommen sehen und rasch zwei Schritte zurück gemacht, wo er sich außer Reichweite befand.

»Was soll das?«, schnappte Michael mit schmerzverzerrten Gesicht. »Bist du irre?«

»Bist du irre?«, äffte Nelson ihn nach. »Nein, ganz im Gegenteil! Ich weiß genau, was ich tun muss.«

Erneut versuchte Michael, nach dem Jungen zu greifen, gab den Versuch schließlich auf und stemmte sich unter Stöhnen und Ächzen vom Sofa hoch, bis er auf seinem unverletzten Bein stand.

Doch darauf hatte Nelson nur gewartet. Zwei schnelle

Schritte, ein Stich, und sein Großvater ließ sich aufbrüllend aufs Sofa zurückfallen, hielt sich nun beide Oberschenkel. Zwischen den Fingern des alten Mannes quoll Blut hervor, tropfte auf den Teppich. Nelson quittierte das mit einem zufriedenen Grinsen und zog sich ein wenig zurück.

»Verdammt, Junge!« Michael keuchte. »Mach doch keinen Scheiß! Wir können doch über alles reden.«

Jammer, jammer, jammer! Heul, heul, heul!

Nelson behielt seine Strategie bei: Zwei rasche Schritte, und er stach erneut zu, diesmal in den rechten Oberarm. Dann ging er wieder auf Abstand.

Sein Großvater schrie erneut auf, wurde kreidebleich im Gesicht, erkannte offenbar so langsam, wie das Ganze für ihn enden würde. »Karin!«, brüllte er mit Verzweiflung in der Stimme. »Du musst mir helfen! Der Junge ist übergeschnappt, hörst du? Karin!«

Zwei rasche Schritte vor, und ein Stich mitten ins Gesicht brachte Michael zum Verstummen. Röchelnd kippte er zur Seite, hielt sich die Hände vors Gesicht und schloss gepeinigt die Augen. Er wimmerte leise.

Heul, heul, heul!

Na, immerhin, dachte Nelson, der sich das wieder aus sicherer Entfernung ansah. *Das Gejammer hat sich schon mal erledigt, genauso wie das ständige Genöle.*

Ächzend drehte sich Michael auf dem Sofa herum, starrte seinen Enkel mit vor Schreck geweiteten Augen an.

Nelson grinste böse. So gefiel ihm das! Endlich bekam der alte Knacker, was er verdiente! Nelson stach mehrfach wahllos auf Michael ein – nicht zu fest, nicht zu tief, schließlich wollte er die Action genießen.

Mittlerweile war das ganze Sofa mit Blut eingesaut, nun landeten die ersten Spritzer des roten Lebenssafts an der Wand.

»Das wird Candy aber gar nicht gefallen, wie du hier alles einsaust«, höhnte Nelson und zog die Klinge mit einem langen Schnitt über die Handrücken des Mannes. »Oh, schau nur, was du angerichtet hast! Du bist böse, böse, böse!«

Zitternd und mit letzter Kraft versucht Michael vom Sofa zu kriechen.

Nelson trat ihm derb in die Rippen und stach erneut mit dem Messer zu. Das machte Spaß! Mal sehen, wie lange der Alte noch durchhielt.

Tritt. Stich. Tritt. Stich.

Michael bewegte sich immer weniger, reagierte kaum noch auf das, was da auf ihn einprasselte.

Nelson war voll in seinem Element. *Ich bin im zweiten echten Action-Film meines Lebens! Der vorhin war nur der Anfang. Klasse! Es ist einfach nur geil, einen Menschen abzuschlachten, genau, wie ich es mir immer gedacht habe! Lieber Gott, an den ich nicht glaube, wie herrlich wird mein Leben von nun an sein ...*

*

Als Nelson sein Werk vollendet hatte, lief das Wasser in der Dusche immer noch. Ins Bad kam er momentan nicht so ohne weiteres hinein, befand das jedoch auch nicht für nötig, denn irgendwann kam Candy dort auch wieder heraus, und Nelson konnte sich denken, wie es dann ablaufen würde:

»Oh mein Gott! Was ist denn hier passiert?«, würde sie kreischen und auf einmal die liebende, sich sorgende Tochter spielen. Kein Wort mehr davon, dass Michael doch einen Spaziergang zu den Zombies machen solle, kein Angiften mehr, kein Streiten. Ja, ja, im Tod wurden sie auf einmal alle zu Engeln, waren zu Lebzeiten die besten Menschen auf Erden gewesen!

Heulend würde sich Candy über ihren Vater werfen – sofern sie nicht vorher kotzend zusammenbrach. Nur ganz langsam würde sie begreifen, wer eigentlich bloß als Täter in Frage kam, doch Nelson würde zur Stelle sein, ihr das Messer als erstes in ihr verlogenes Maul rammen, um das dumme Gekeife nicht länger ertragen zu müssen. Ja, genau so stellte er sich das vor!

Mit sich und der Welt fürs erste zufrieden setzte sich Nelson wieder in den Sessel. Der stand so, dass man von der Wohnzimmertür aus nicht sehen konnte, dass sich Nelson darin befand.

Genau wie in den coolen Filmen, dachte er. *Da wartet der Schurke auch immer im Sessel mit dem Rücken zur Tür, bis er sich effektvoll umdrehen kann. Geil!*

Langsam drifteten seine Überlegungen in eine andere

Richtung ab. Irgendetwas in ihm hatte sich verändert, das konnte er deutlich spüren. Seine Gedanken fühlten sich irgendwie klarer an, seine Schlussfolgerungen zwingender. Und er wusste mit einem Mal, dass er nicht mehr zu den Menschen gehörte, hasste diese regelrecht, wie er nie zuvor etwas gehasst hatte. Aber zu wem gehörte er dann? Zu irgendjemand oder irgendetwas musste man doch gehören, oder etwa nicht?

Diese Frage beschäftigte Nelson jedoch nur ein paar Augenblicke, denn auch die Antwort darauf lag für ihn plötzlich offen auf der Hand: Er gehörte zu den Zombies, natürlich! Deutlich erkannte er, dass er denen viel näher stand als den Menschen, die sich als »normal« betrachteten. Die hatten ja keine Ahnung!

Dann stutzte Nelson. Ja, er gehörte zu den Zombies, aber trotzdem stimmte das nicht so ganz. Warum …? Aber ja! Er war nicht wirklich einer von ihnen, unterschied sich von den Beißern und Schleichern und gehörte trotzdem dazu. Nelson wusste zwar nicht wieso, aber er war sich dessen absolut sicher, es gab für ihn diesbezüglich keinen Zweifel.

Noch mehr wurde Nelson klar: So wie er die Menschen hasste, so würden auch die Zombies nicht davor halt machen, die »Normalen« zu töten, wann immer es ihnen gelang. Und das traf auch auf den coolen Typen aus dem Haus gegenüber zu!

Klar, Zombies zerrissen Menschen, zerfleischten und fraßen sie, was Nelson als ihr gutes Recht betrachtete.

Das wollte er ihnen auch gar nicht streitig machen, mit einer Ausnahme: Seinem Action-Hero und Vorbild durfte nichts passieren. Keinesfalls!

Ohne es zu merken, erhob sich Nelson aus dem Sessel. Kein Gedanke mehr an Candy. Hohl, wie diese aufgetakelte Trulla war, würde sie ohnehin über kurz oder lang in einem Zombie-Magen landen, wo sie Nelsons Meinung nach auch hingehörte. Er hatte jetzt etwas anderes zu tun: »Ich muss ihn retten!«

Aber wie sollte er das anstellen? Dazu musste er Kontakt mit seinem Helden aufnehmen, soviel war klar. Aber dabei konnte einiges schiefgehen, und das durfte nicht geschehen.

Nelson setzte sich wieder und begann nachzudenken. Langsam formte sich in seinem Kopf ein Plan.

Wissen ist Macht

Die Schritte hallten in dem Gang wider, bildeten ein monotones und sich dennoch vielfach brechendes Geräusch, das einen merkwürdigen Klangteppich wob, welcher die Sinne zu vernebeln suchte. Thomas ließ sich davon nicht beeindrucken, denn er ging oft hier entlang, vorbei an den tristen Wänden aus nacktem Beton, bei denen sich nicht einmal jemand die Mühe gemacht hatte, sie wenigstens anzustreichen. Funktionalität hieß das oberste Gebot in dieser geheimen Bunkeranlage, für Schönheit oder Ästhetik fand sich kein Platz.

Schließlich erreichte Thomas die Wachstation, die er mit einem kurzen Nicken passierte. Die Männer hinter der Scheibe aus Panzerglas kannten ihn seit Jahren, es bestand also keine Notwendigkeit dafür, ihn zu kontrollieren, zumal er ohnehin die oberste Sicherheitsstufe besaß und somit Zugang zu allem erhielt, was es in dieser Einrichtung gab.

Der Parkplatz vor dem Bunker lag im Dämmerlicht des beginnenden Tages. Die Laternen, die ihn ansonsten erleuchteten, brannten nicht – reine Vorsichtsmaßnahme, wie der Oberkommandierende erklärt hatte.

Thomas hielt das für Blödsinn, reinen Aktionismus. Er konnte sich nicht vorstellen, dass die Zombies vom Licht angezogen wurden, zumal sich der Bunker ein gutes Stück abseits der nächsten menschlichen Ansiedlung befand, die Gefahr einer zufälligen Entdeckung durch die tumben Kreaturen also gegen Null ging. Und falls doch, würde das Schließen der Bunkertür sie zuverlässig draußen halten.

Noch einmal versicherte sich Thomas, dass der Akku seines Handys noch über genug Ladung verfügte, damit er jederzeit erreicht werden konnte, dann stieg er in seinen Wagen und ließ den Motor an. Sein Vorgesetzter hatte ihm nur wenige Stunden Freizeit gewährt, und die wollte Thomas nutzen.

Ganz wie es die Vorschrift in einem solchen Fall vorsah, ließ er die Scheinwerfer seines Autos ausgeschaltet, bis er den nahen Wald erreichte. Erst dort machte er sie an und beschleunigte deutlich, sobald die grellen Lichtfinger die vor ihm liegende Straße aus der Dämmerung rissen.

*

In der kleinen Ortschaft herrschte idyllische Ruhe, die im Moment nur vom Motorengeräusch eines einzelnen Autos gestört wurde. Thomas kannte den Weg im Schlaf, lenkte seinen Wagen zielsicher durch die kleinen Nebenstraßen, bis er ein Haus am Rande des Örtchens erreichte. Er bog in die gekieste Auffahrt und brachte sein Fahrzeug mit knirschenden Reifen zum Stehen.

Den Zündschlüssel abziehen und Aussteigen war eins. Mit wenigen raschen Schritten stand Thomas an der Haustür, wollte gerade die Klingel betätigen, als die Tür sich öffnete. Thomas blickte direkt in das besorgte Gesicht seines Freundes Wolfgang, der ihm durch eine Geste zu verstehen gab, er solle eintreten. Mit leisem Klacken schloss sich die Tür hinter den beiden Männern.

»Gibt es etwas Neues?«, fragte Wolfgang, kaum dass sie das Wohnzimmer betreten hatten.

»Das kann man wohl sagen.« Thomas nickte. »Ich denke, das wird dich brennend interessieren, auch wenn die Informationen jetzt schon ein paar Stunden alt sind. Ich konnte sie leider nicht eher kopieren und rausschaffen. Aber lies selbst!«

Wolfgang nahm die Blätter entgegen, die sein Freund ihm reichte. Noch während er auf dem gemütlich wirkenden Sofa Platz nahm, begann er mit höchster Konzentration zu lesen.

*

Militärischer Lagebericht zur Vorlage bei der Frau Bundeskanzlerin

Stand: 07. September 2014, Tag 3 nach Ausbruch der Seuche, 01.30 Uhr

Vorbemerkung

Nach Einbeziehung von mehr als zehntausend Meldungen kann mit Sicherheit festgestellt werden, dass der Ursprung der »Z-Seuche« genannten Erkrankung in

Köln liegt. Der sog. »Patient Null« (oder die initiale Bio-Waffe) muss in den frühen Morgenstunden des 05. September damit begonnen haben, andere Menschen mit dem Erreger zu infizieren.

Die Ursache der Z-Seuche

Variante I: Biologischer Unfall

Es muss nach einhelliger Meinung der Biologen ein »Patient 0« existieren, der – womöglich im Rahmen eines Virenversuchstests (und dann wahrscheinlich bereits mehrere Stunden nach erfolgter Gabe) – womöglich eine »aggressive Fluchtreaktion« (könnte dem weiter unten definierten Typ »beginnender Wechsel zum Hybriden« zuzuordnen sein) zeigte und aus einem – wie auch immer beschaffenen – Laborbereich flüchtete. Bei seiner Flucht infizierte er über die Luft weitere Menschen.

Der BND hat drei für diese Variante in Frage kommende Örtlichkeiten in Köln identifiziert. Eine Aufklärung vor Ort ist angesichts der extremen Entwicklung der Z-Seuche außerordentlich schwierig. Innerhalb von wenigen Stunden werden zwei Spezialkommandos einsatzbereit sein, die per Hubschrauber zum Einsatz kommen können, sofern die Frau Bundeskanzlerin den Befehl dazu erteilt.

Variante II: Biologischer Angriff von Terroristen

Zu dieser Variante liegen keinerlei Informationen vor. Sie erscheint vor dem Hintergrund der sich lawinenartig ausbreitenden Seuche nicht als wahrscheinlich, kann aber nicht gänzlich ausgeschlossen werden. Die befreundeten Nachrichtendienste arbeiten mit Hochdruck – nicht zuletzt aus Eigeninteresse – daran, Informationen zu beschaffen, die einen terroristischen Angriff vermuten ließen und dabei helfen würden, es zu ermöglichen, die Verursacher und die Ursprungssubstanz des Erregers sicherzustellen.

Verlauf der Erkrankung

Das Übertragungsmedium des Virus war zunächst unklar, was eine frühzeitige Bekämpfung des Erregers leider verunmöglichte.

Seit Tag 2 der Z-Seuche wissen wir, dass der Zeitpunkt des Ausbruchs von Krankheitssymptomen bei einem Infizierten drei bis zwölf (!) Stunden nach Ansteckung beträgt.

Eine Infizierung äußert sich durch: PHASE 1 – anfängliches Schwächegefühl, Fieber, Teilnahmslosigkeit; schlägt dann in PHASE 2 um in Fieberdelirium, Schüttelfrost, Übelkeit; im ENDSTADIUM (PHASE 3) folgen fiebrige Hyperaktivität und Aggression mit dem Drang, Fleisch in sich hineinzustopfen.

Dabei handelt es sich vornehmlich um Menschenfleisch, das lebenden Personen durch Bisse entnommen wird, aber es sind auch Fälle gemeldet worden, nach denen Befallene sich unkontrolliert z.B. an Wursttheken in Einkaufsmärkten vergriffen haben.

Etwa die Hälfte dieser »besessenen« Infizierten tobt sich bis zu mehrere Tage lang aus, bis ein solches Geschöpf schließlich erschöpft zusammenbricht und stirbt; lediglich um dann als »lebender Toter« zurückzukehren. Die andere Hälfte der Phase-3-Infizierten fällt innerhalb sehr kurzer Zeit in eine Art Koma und stirbt innerhalb weniger Minuten, um dann als »lebender Toter« quasi wiederaufzuerstehen.

Sonderfall: die »HYBRIDEN«

Erste vorsichtige Schätzungen gehen davon aus, dass zwischen 1/1.000 bis 1/5.000 der infizierten Menschen einem Mischtypen zuzurechnen sind, der entgegen den verdummten »lebenden Toten« intelligentes Verhalten erkennen lässt. Es handelt sich dabei um infizierte Menschen, bei denen offensichtlich der Übergang von Phase 2 in Phase 3 zu einer »Hybrid-Phase« führt, in der sie (mangels eines anderen Begriffs) »stecken bleiben«. Das bedeutet: Sie verfallen nicht in die den Körper völlig verausgabende ruhelose Raserei; diese durchleben sie abgeschwächter und möglicherweise auch lediglich »phasenweise«. Auch die bei den anderen Typen erkennbaren Symptome wie Übelkeit und Schüttelfrost sind bei den HYBRIDEN eher nicht zu bemerken; sie fallen aber durch ihre besonders bleiche Haut auf, die dem Erscheinungsbild der anderen Typen entspricht.

HYBRIDE sind geistig und körperlich noch »so ziemlich« die Menschen, die sie vorher waren, gesteuert von Intelligenz, die dennoch nicht so hoch zu sein scheint, wie vor ihrer »Verwandlung«. (Erste Schätzungen gehen bei HYBRIDEN von einem um möglicherweise zwanzig Punkte abgesenkten IQ aus.) Das würde bei einem sehr Intelligenten aber bedeuten, dass er immer noch durchschnittlich oder auch überdurchschnittlich intelligent ist!

Folgende Information stützt sich lediglich auf zwei beobachtete Fälle, von denen allerdings einem – dem Bericht des kommissarischen Befehlshabers der Konrad-Adenauer-Kaserne in Köln (Sicherheitszone »Köln-Süd; Leutnant Mahler) – besondere Relevanz zukommt. Der Bericht von Leutnant Mahler über einen auffallenden Typus, der einen Angriff von Tausenden »lebender Toter« auf die Kaserne regelrecht militärisch leitete, wurde ergänzt und kombiniert mit einer sehr überzeugenden Schilderung in einem detaillierten Bericht einer Privatperson. Dennoch bewegen sich die folgenden Aussagen auf spekulativem Niveau:

HYBRIDE verfallen stundenweise in Apathie / Lethargie, dann wieder überkommt sie ein Aggressionsschub, der sich vornehmlich gegen nicht befallene Menschen richtet.

Es wird vermutet, dass sie sich instinktiv den Z-Befallenen »näher« fühlen als den normalen Menschen. Wir haben keine Kenntnis von einem Fall erlangt, wonach ein Hybride von anderen Infizierten oder toten Wiederkehrern angegriffen wurde (zur Erinnerung: spekulativ). Die Infizierten (die ansonsten scheinbar auch andere Infizierte angreifen, die sich noch nicht in Phase 2 und 3 befinden) und die »lebenden Toten« greifen (gesichert!) keinen der beiden beobachteten HYBRIDEN an! Sie betrachten die HYBRIDEN als ihnen zugehörig und lassen sich von diesen sogar anführen.

HYBRIDE scheinen eine Art »Ersatzgehirnfunktion« für die schwerst geschädigten Erkrankten und Toten zu übernehmen! Sie dürften in ihren (spekulativ unterstellten!) Aggressionsphasen für einen Außenstehenden (normalen Menschen) nicht von einem »Z« zu unterscheiden sein.

Fazit

So unvorstellbar gefährlich diese Masse der Z-Erkrankungen für die Menschheit bereits ist, so steigert das Vorhandensein von HYBRIDEN die Bedrohungslage noch weiter. Es ist damit zu rechnen, dass HYBRIDE vermehrt als Anführer von Beißer-Horden auftreten. Sie ermöglichen den »richtigen« Z-Typen (den Schleichern und den Beißern), mit mehr Intelligenz und Fertigkeit vorzugehen.

Immunität

Geschätzte 10% der Bevölkerung sind offenbar generell IMMUN gegen die Z-Seuche. Die Gründe dafür sind völlig unklar. Ein Immuner kann aber selbstverständlich durch normale Ursachen (bzw. Bisse bzw. »Aufgefressenwerden«) umkommen, und es ist davon auszugehen, dass die allermeisten Immunen Attacken von Z-Infizierten zum Opfer fallen. Spekulativ: Stirbt ein Immuner, dann kehrt er NICHT als »lebender Toter« zurück, hingegen kann der Biss eines Z-Infizierten AUCH EINEN IMMUNEN infizieren. (Datenbasis unzureichend.)

Die »Rückkehr«

Wird ein Z-Infizierter getötet (bzw. stirbt er, was vereinzelt vorkommt, durch völlige Verausgabung – in Phase 3 – eines »natürlichen Todes«), erwacht er innerhalb eines Zeitraums von dreißig Minuten bis zu mehreren Stunden als »lebender Toter«; die Ursache dieser zeitlichen Abweichung ist ungeklärt.

Grundtypen »untoter Menschen«

Es existieren zwei Grundtypen »untoter Menschen«.

Es wurde im internen Sprachgebrauch auf die bereits von den Medien verbreiteten Bezeichnungen SCHLEI-

CHER und BEISSER zurückgegriffen.

SCHLEICHER: Langsam, verdummt; beißen Menschen, weil sie Fleisch essen wollen (ca. 90% aller Z-Befallenen).

BEISSER: Schnelle Fortbewegung, verdummt, aber sehr aggressiv; beißen Menschen nicht nur, weil sie deren Fleisch essen wollen, sondern auch aus purer Aggression heraus; trachten auch auf anderem Wege danach, Menschen zu verletzen, etwa durch Schläge, Tritte, mit Gegenständen auf sie einschlagen usw. (ca. 10% der Z-Befallenen).

Information zur Entwicklung der einzelnen Z-Typen

Wir haben es mit einer zunehmenden Menge von Z-Infizierten zu tun, also Phase-3-Typen, die sich so wie Beißer gebärden. Das bedeutet: Von einem Beobachter werden viele Z-Infizierte der Phase 3 mit einem Beißer verwechselt. Das Unterscheidungsmerkmal – natürlich lediglich im wissenschaftlichen Sinne – sind Hinweise darauf, ob der entsprechende Z-Infizierte »schon einmal tot war«; trifft dies zu, dann ist es mit Sicherheit ein Beißer und kein lediglich »normal« Infizierter. (Anmerkung: Am Tag 1 traten sicher vornehmlich Z-Infizierte der Phase 3 in Erscheinung, die sich ähnlich wie Beißer verhielten.)

Sofortmaßnahme

Im Rahmen der Bildung von Spezialkräften müssen – aus militärischer Sicht – zuerst die Internationalen Eingreifbrigaden (IEB) zum Einsatz gelangen, welche Kraftwerke abschalten und ähnliche Maßnahmen ergreifen müssen, um verheerende Naturschäden zu verhindern. In diesem Zusammenhang hat die etwaige Rettung von versprengten Personen leider keine Priorität.

*

Während er den Bericht las, wurde Wolfgang zunehmend bleicher. Mehrmals atmete er tief durch oder fuhr sich mit der Hand übers Gesicht. Schließlich legte er die Blätter zur Seite und sah seinen Freund an.

»Nun, was hältst du davon?«, brach Thomas das Schweigen.

»Dass es eine Katastrophe ist«, gab Wolfgang mit einer Stimme zurück, die alle Kraft verloren zu haben schien. »Es ist vermutlich viel schlimmer, als ihr alle denkt.«

»Siehst du das nicht ein wenig zu schwarz?« Thomas runzelte die Stirn. »Die Z-Seuche ist eine hochansteckende und äußerst gefährlich Krankheit, keine Frage. Aber das ist Ebola auch. Allein schon deren Aggressivität sorgt ja bereits dafür, dass sie sich nicht allzu sehr ausbreitet.«

»Das ist genau das Problem mit euch Regierungstypen – sorry, Thomas, wenn ich dich da ausnahmsweise mal mit einbeziehe: Euer verdammter Zweckoptimismus verstellt euch die Sicht auf das tatsächliche Ausmaß dessen, was da aller Wahrscheinlichkeit nach noch auf uns zukommen wird.«

»Du denkst also wirklich, dass es *so* schlimm werden wird?«

»Ja.«

»Und warum?«

»Du verstehst es wirklich nicht, oder?«

»Vielleicht, wenn du es mir erklärst?«

»Bleiben wir einmal bei dem Beispiel von Ebola: hochansteckend und in den meisten Fällen innerhalb sehr kurzer Zeit äußerst tödlich. Wie du richtig gesagt hast, trägt dieser Umstand mit dazu bei, dass sich dieses Virus nicht allzu weit ausbreiten kann, es ist einfach *zu* aggressiv. Aber bei dieser Z-Seuche liegt der Fall völlig anders! Diejenigen, die daran sterben, bleiben eben *nicht* für alle Zeiten liegen, sondern stehen wieder auf und tragen die Seuche immer weiter in die Welt. Das bekommt man nicht mehr unter Kontrolle, ich sehe da keine Chance!«

»Ich denke, ich verstehe, was du meinst.« Thomas nickte langsam und nachdenklich. »Das war auch genau der Grund, warum ich meinen Job und meine Freiheit dafür aufs Spiel gesetzt habe, dich diesen Bericht lesen zu lassen:

Ich wollte deine Einschätzung der Lage hören. Wenn sie mich dabei erwischen, wandere ich nämlich direkt in den Knast.«

»Thomas, tust du mir einen Gefallen?«

»Der da wäre?«

»Fahr nicht in den Kommandobunker zurück. Geh zu deiner Familie nach Hause, packt das Nötigste zusammen und flieht, soweit ihr könnt, am besten in eine entlegene Gegend, irgendwo auf dem Land. Ihr alle seid in diesem Bunker nicht sicher, und wenn es dort erst einmal losgeht, kommt keiner mehr lebend aus dieser Todesfalle raus!«

»Wolfgang, ich kann nicht …«

»Papperlapapp! Natürlich kannst du! Wenn du es schon nicht für mich tust, dann für Claudia und deine Kinder. Mensch, denk doch mal nach!«

»Und was machst du?«

»Ich bereite ebenfalls alles für eine Flucht vor.«

»Was denkst du, wie viel Zeit bleibt uns noch, bis die Seuche hier ist?«

»Schwer zu sagen. Ein, vielleicht zwei Tage?«

»Mhm, verstehe.«

Beide Männer schwiegen einen Moment, bevor Thomas weitersprach: »Ich werde Claudia eine Nachricht zukommen lassen, aber zuerst muss ich noch mal in den Bunker zurückfahren. Vielleicht bekomme ich dort weitere Infos, die uns bei unserer Flucht helfen können.«

»Ja, mach es so. Und pass auf dich auf, okay?

Der Morgen danach

Erik saß auf dem Rand seines Betts und massierte den unteren Teil seines Rückens. Er fühlte sich wie eingesogen und wieder ausgespuckt, was nicht zuletzt daran lag, dass das, was die Bundeswehr als »Bett« bezeichnete, sich für seine Wirbelsäule als reinstes Gift erwies.

Aber das alleine war nicht der Grund dafür, dass er sich im Moment mehr tot als lebendig fühlte. Der Kampflärm mitten in der Nacht hatte sie alle aus dem Schlaf gerissen. Zuerst konnten sie die Geräusche nicht richtig einordnen, doch rasch wurde ihnen klar, was da vor sich ging.

Die kleine Jasmin begann zu weinen und presste ihren Plüschdinosaurier fest an sich. Jenny setzte sich zu dem Mädchen aufs Bett und versuchte, es zu trösten. Erik konnte deutlich sehen, dass die junge Frau ebenfalls große Angst hatte, aber tapfer dagegen ankämpfte und versuchte, sie zu verbergen.

Scheiße, ja, er fühlte sich ebenfalls nicht wohl in seiner Haut, saß zusammen mit Jasmin und Jenny hier in diesem Zimmer fest und musste sich darauf verlassen, dass die Soldaten es schaffen würden, den Angriff der Zombies zurückzuschlagen. Erik redete sich ein, dass er die beiden mithilfe seines Revolvers beschützen würde, sollte es zum Äußersten kommen. In Wahrheit wusste er ganz genau, dass ihre Überlebenschancen gegen Null gingen, sollte den Zombies der Durchbruch gelingen.

Zur Tatenlosigkeit verdammt zu sein, machte Erik fast wahnsinnig. Die ganze Situation machte ihn fast wahnsinnig! Wenn das so weiterging, würde er irgendwann noch durchdrehen.

Nein, wirst du nicht!, ermahnte er sich selbst. *Du hast die Aufgabe übernommen, dich um Jasmin und Jenny zu kümmern, sie zu beschützen, und genau das machst du auch!*

Unwillkürlich sah er zu den Beiden hinüber. Das Mädchen hatte sich inzwischen ein wenig beruhigt, sprach jetzt ihrem Stofftier, welches sie liebevoll »Onkel Dino« nannte, Trost zu. Jenny saß immer noch neben ihr, strich ihr mit mechanisch wirkenden Bewegungen übers Haar und stierte mit leerem Blick vor sich hin.

Dann, nach schier endlos scheinender Zeit, ebbte der Kampflärm endlich ab. Zuerst konnten sie es nicht glauben, saßen und standen einfach nur da, während sie darauf lauschten, ob es wieder losgehen würde.

Schließlich löste sich Erik aus seiner Starre. »Es ist vorbei. Wir sollten uns wieder hinlegen.«

Jenny sah ihn einen Moment lang an, als spräche er Chinesisch. Dann nickte sie und wandte sich an Jasmin: »Geht es dir wieder gut? Keine Angst mehr?«

»Nein, keine Angst mehr.« Das Mädchen schüttelte energisch den Kopf. »Außerdem muss ich doch auf Onkel Dino aufpassen!«

»Ja, mach das.« Jenny nickte und strich ihr noch einmal übers Haar.

»Und sorg dafür, dass er auch genug Schlaf bekommt.«

Jasmin rollte sich eifrig in ihre Decke. »Du musst jetzt schnell wieder einschlafen«, erklärte sie ihrem Stofftier, dann schloss sie die Augen und drückte Onkel Dino fest an sich.

Bedächtig erhob sich Jenny vom Bett des Mädchens und ging zu ihrem eigenen.

Täuschte sich Erik, oder schimmerten die Augen der jungen Frau feucht? Er nickte ihr noch einmal aufmunternd zu und legte sich ebenfalls wieder hin. Er war sich zwar ziemlich sicher, in dieser Nacht keine Auge mehr zuzubekommen, trotzdem wollte er mit gutem Vorbild vorangehen.

Seine Gedanken kreisten um die Ereignisse der vergangenen Tage, darum, mit welcher Geschwindigkeit sich ihrer aller Leben plötzlich auf den Kopf stellte. Unmerklich glitt er dabei in den Schlaf hinüber, vermischte Erinnerungen mit Träumen, aus denen er am Morgen schweißgebadet hochschreckte.

Nun saß Erik auf seinem Bett und fühlte sich einfach nur elend.

Zu wenig Schlaf, zu viele Sorgen und Ängste, dazu ein Rücken, der ihm einmal mehr vehement mitteilte, dass Erik nicht mehr zu den Jüngsten zählte.

Ächzend erhob er sich, ging ans Fenster und sah hinaus. Als wolle das Wetter sie verhöhnen, versprach es, ein sonniger, schöner Tag zu werden.

Weltuntergang im Sonnenschein, dachte Erik grimmig. *Sollte es stattdessen nicht in Strömen regnen, während sich Blitz und Donner nach Herzenslust austoben? Die biblische Apokalypse ist wohl auch nicht mehr das, was sie einmal war ...*

Für einen Augenblick wusste Erik nicht, ob er über sich lachen oder den Kopf schütteln sollte. Er fragte sich, ob ihm seine Tätigkeit als Teilzeitautor nicht vielleicht doch irgendwie ins Gehirn geschissen hatte. Konnte er Realität und Fiktion vielleicht doch nicht so gut auseinander halten, wie er immer glaubte? Biblische Apokalypse, was für ein Unfug! Auch beim »Buch der Bücher« handelte es sich um das Werk von Menschen. Von wegen »Gottes Wort«! »Fan-Fiction« würde es wohl eher treffen …

Erik schüttelte diese Gedanken ab. Jetzt war nicht die Zeit für philosophische Betrachtungen. Zudem erinnerte ihn das Rumpeln seines Magens mehr als deutlich daran, dass es im Moment galt, sich eher um die physischen Dinge des Lebens zu kümmern.

Als er sich vom Fenster abwandte, fiel sein Blick auf Jasmins Bett. Das Mädchen schlief noch, hielt ihren Plüschdino weiterhin eng an sich gepresst.

Dafür regte sich Jenny bereits. Mit noch geschlossenen Augen räkelte sich die junge Frau mit den blondierten Haaren und gähnte herzhaft.

»Guten Morgen«, sagte Erik leise, um Jasmin nicht zu wecken. »Konntest du einigermaßen schlafen?«

»Ging so.« Jenny rieb sich die Augen. »Und du?«

»Ging so«, gab Erik zurück und musste lächeln. »Die Betten erinnern nicht gerade an das Hilton.«

»Als ob du schon mal im Hilton gepennt hättest!« Jenny grinste ihn frech an. »Ich weiß, *in* der Hilton, das ist der Traum vieler Männer. Gehörst du auch zu denen?«

Erik wusste nicht recht, was er darauf sagen sollte. Dieses Thema kam ihm derzeit irgendwie äußerst unpassend vor.

Jasmins Erwachen rettete ihn davor, irgendeine blöde Antwort geben zu müssen.

Das Mädchen sah die beiden Erwachsenen kurz mit ein wenig Verwirrung im Blick an, dann lächelte es, wurde jedoch sofort wieder ernst. »Ich habe Hunger! Wo ist Papa?«

»Der hat noch Dienst«, erklärte Erik und versuchte dabei, möglichst normal zu klingen. Tatsächlich hatte er nicht die geringste Ahnung, ob sich Leutnant Mahler überhaupt noch unter den Lebenden befand.

»Wann kommt er wieder zu uns?«, hakte Jasmin nach. »Er hat doch bestimmt bald frei, oder?«

»Sobald er frei hat, wird er dich besuchen«, versicherte Jenny, suchte dabei jedoch hilfesuchend Eriks Blick, denn ihr war wohl ebenfalls klar, dass sie im Moment nur wussten, eigentlich so gut wie nichts zu wissen.

»Lass uns mal zusehen, ob wir nicht irgendwo ein leckeres Frühstück bekommen können«, schlug Erik vor, um vorerst vom Papa-Thema abzulenken. »Oder ist dein Hunger schon weg?«

In einer theatralisch-süßen Geste, die nur Mädchen in einem gewissen Alter beherrschten, lauschte Jasmin in sich hinein. »Nein, der Hunger ist noch da«, erklärte sie dann mit ernstem Gesicht. »Mein Bauch hat es mir gerade noch einmal erzählt.«

»Na, dann los!« Jenny ging zu dem Mädchen und nahm es bei der Hand.

*

Wie selbstverständlich verließ Erik als erster das Zimmer und trat auf den Flur hinaus. Soweit er sehen konnte, hielten sich dort im Moment nur Zivilisten auf, die teilweise so schlecht aussahen, wie er sich fühlte.

»Wo müssen wir hin?«, fragte Jenny.

»Keine Ahnung.« Erik zuckte mit den Schultern. »Ich nehme aber nicht an, dass es in diesem Gebäude einen Speisesaal gibt.«

Kurz vor dem Ausgang kam ihnen ein junger Soldat mit eiligem Schritt entgegen, der soeben die Unterkunft betreten hatte. Erik kannte den Mann nicht, was ihn jedoch nicht weiter verwunderte. Kurzentschlossen hielt er den Uniformierten am Arm, bevor dieser an ihnen vorbeistürmen konnte.

»Wo können wir etwas zu essen bekommen?«, fragte Erik knapp. Eigentlich lagen ihm noch mehr und ganz andere Fragen auf dem Herzen, doch die Situation erschien ihm dafür irgendwie unpassend, zumal der andere eine gewisse Hektik verströmte und im Moment vermutlich wenig Zeit oder Lust hatte, die Auskunftei zu geben.

»Hier raus, über die Straße, durch das nächste Gebäude durch, dann sehen Sie die Mannschaftskantine zur Linken.« Ohne eine Antwort abzuwarten, hastete der Soldat weiter.

Erik schüttelte den Kopf. Klar, derzeit waren alle angespannt, aber ein gewisses Maß an Höflichkeit konnte man sich trotzdem bewahren – fand er zumindest.

Wortlos setzte er sich in Bewegung.

Jenny, die Jasmin immer noch an der Hand hielt, folgte ihm. »Ein komischer Kerl war das eben«, stellte sie fest. »Aber immerhin wissen wir jetzt, wohin wir müssen.«

Draußen blieben die drei erst einmal stehen. Irgendwie wirkte alles um sie herum auf eine merkwürdige Art chaotisch, ganz anders, als man sich den disziplinierten und geordneten Tagesablauf in einer Kaserne gemeinhin vorstellte.

Fast schon mechanisch ging Erik weiter.

Ein anderer Soldat kam ihnen entgegen, den Mund fest zusammengepresst, den Blick entschlossen nach vorn gerichtet.

Erik betrat zusammen mit seinen Begleiterinnen das Nachbargebäude. Durch eine offene Tür hindurch erhaschte er einen Blick in einen Büroraum. Akten lagen dort auf dem Boden verstreut, ein Schreibtisch stand schief dazwischen. An der Wand befanden sich rötlichbraune Flecken, über deren Herkunft Erik erst gar nicht spekulieren wollte. Trotzdem sorgte er durch einen raschen Schritt dafür, dass er Jasmin die Sicht darauf versperrte.

Jenny wurde bleich. Offenbar hatte sie es ebenfalls gesehen, wandte ihren Blick jetzt stur Richtung Ausgang.

Erik hätte es ihr am liebsten gleichgetan, konnte die Augen aber nicht von diesem Büro abwenden. Zur Strafe erschlossen sich ihm jetzt noch mehr Details. In der Wand mit den ekligen Flecken befanden sich auch mehrere Einschusslöcher. Welche Tragödie mochte sich in diesem Raum abgespielt haben?

Luft! Endlich draußen! Erik atmete tief durch.

»Alles klar bei dir?«, fragte Jenny, die sich inzwischen wohl wieder weitestgehend gefangen hatte.

Erik nickte stumm, während Jasmin ihn mit großen Augen musterte. »Was hast du, Erik?«

»Nichts«, log er. »Ich habe heute Nacht einfach ein bisschen schlecht geschlafen, das ist alles.«

»Aha«, machte das Mädchen, und damit schien die Sache für sie auch erledigt zu sein.

Erik atmete innerlich auf. Er war sich nicht sicher, ob er ein weiteres Gespräch über dieses Thema durchgestanden hätte, ohne in Tränen auszubrechen.

»Kommt, da vorne ist es.«

Jenny deutete auf das Gebäude, welches ihnen der Soldaten als Mannschaftskantine genannt hatte. »Ich kann den frischen Kaffee schon beinahe riechen.«

*

Der Speisesaal wirkte recht bevölkert, obwohl er nicht einmal zur Hälfte besetzt war. An den Tischen saßen sowohl Soldaten als auch Zivilisten und unterhielten sich leise. Über allem lag eine gedrückte Atmosphäre, nicht das muntere Stimmengewirr, welches für einen solchen Ort zur typischen Geräuschkulisse gehörte.

Erik, Jenny und Jasmin stellten sich an der Essensausgabe an. Jeder nahm sich einen Teller sowie Besteck.

»Ich kann das schon alleine«, erklärte Jasmin, als Jenny ihr behilflich sein wollte. »Mein Papa hat mich mal hierher mitgenommen, und da haben wir auch hier gegessen. Ich weiß also, wie das geht.«

»Du bist eben schon ein großes Mädchen.« Jenny lächelte. »Aber wenn du trotzdem Hilfe brauchst, sagst du Bescheid, okay?«

»Ja, mach ich.« Jasmin nickte.

Es dauerte nicht lange, bis die drei an die Reihe kamen. Die Auswahl war zwar nicht groß, aber immerhin gab es Kaffee, Orangensaft und Wasser, dazu dunkles Brot, Aufschnitt und ein wenig Käse.

»Zu einem Frühstück gehört doch eigentlich Konfitüre«, wunderte sich Jenny. »Ich sehe aber keine.«

»Zuerst die verderblichen Sachen«, erwiderte Erik, und als ihn die junge Frau fragend ansah, setzte er hinzu: »Frischwurst hält nicht sehr lange, Konfitüre und andere konservierte Lebensmittel hingegen schon. Da keiner sagen kann, ob und wann wir Nachschub bekommen, werden also zuerst die Sachen ausgegeben, die am schnellsten verderben.«

»Ach so. Ist eigentlich logisch. Da hätte ich auch von alleine drauf kommen können.«

Erik machte Jenny keinen Vorwurf. Er fühlte sich im Moment ebenfalls von allem ein wenig überfordert und war sich keineswegs sicher, ob er immer bei allem sofort die richtigen Schlüsse ziehen würde.

Keine zwei Minuten später ließen sich die Drei an einem freien Tisch nieder. Während Jenny sich gierig auf ihren Kaffee stürzte und sich dabei beinahe den Mund verbrannte, ließ Erik seinen Blick zuerst noch einmal in die Runde schweifen.

In den Gesichtern der anderen Menschen las er die unterschiedlichsten Emotionen. Von harten Mienen bis zu offener Verzweiflung war alles vertreten. Er konnte es den Leuten nicht verdenken, schwankte er selbst doch auch immer wieder zwischen den verschiedensten Gefühlen. Trotzdem nahm er sich fest vor, sich nicht von ihnen übermannen zu lassen. Verzweiflung oder gar Lethargie betrachtete er nicht als Option – die überließ er lieber anderen.

Dann hielt er inne. Die Frau am anderen Ende des

Speisesaals kannte er doch! Natürlich, das war Miriam, diese von Vorurteilen zerfressene Öko-Tussi, die er auf seiner Flucht durch Köln kennengelernt hatte. Ob sie wohl immer noch das große Wort führte und versuchte, alle herumzukommandieren? Nein, irgendwie sah es nicht danach aus. Stattdessen schien sie dumpf vor sich hin zu brüten.

Schnell senkte Erik seinen Blick. Er verspürte nicht die geringste Lust darauf, dass diese Frau auf ihn aufmerksam wurde. Sollte die mal schön alleine zusehen, wie sie zurechtkam. Er war sich nämlich immer noch nicht sicher, ob Miriam nicht doch an Pauls Fahrrad herummanipuliert hatte, um diesen den Zombies quasi als Köder hinzuwerfen, damit der Gruppe die Flucht leichter gelang. Erik konnte sich nicht helfen, er hielt Miriam für ein intrigantes Miststück, Öko-Botschaft hin oder her.

Erik hatte nicht generell etwas gegen Ökos, auch wenn ihm die besonders missionarisch veranlagten unter ihnen zeitweise gehörig auf den Wecker fielen. Auch er fand, dass man auf den Planeten, auf und von dem die Menschen lebten, achtgeben sollte, denn beim heutigen Stand der Technik bestand keinerlei Aussicht darauf, mal eben schnell auf eine andere Welt umzuziehen, nachdem man die Erde »aufgebraucht« hatte.

Aber diese Fragen stellten sich jetzt vermutlich ohnehin nicht mehr. Bei dem, was draußen in Köln derzeit abging, reduzierte sich die Zahl der Menschen drastisch, und es gab keinerlei Anzeichen dafür, dass dieser »Effekt« auf die Rheinmetropole beschränkt blieb.

»Du isst ja gar nicht!«, riss ihn Jenny aus seinen Gedanken. »Keinen Hunger?«

»Doch, natürlich.« Erik zwang sich zu einem Lächeln. »Denkt ihr denn daran, Onkel Dino ebenfalls etwas abzugeben?«

»Aber klar doch!«, antwortete Jasmin freudestrahlend. »Der muss doch groß und stark werden, damit er mich irgendwann beschützen kann.«

Stellungswechsel

Ein wogendes Meer aus Leibern befand sich außerhalb des Kasernengeländes. Leutnant Mahler wusste nicht, woher Grote die Verstärkung seiner Zombie-Armee brachte, aber in den letzten Stunden waren es immer mehr geworden, die die Reihen der Untoten auffüllten. Es mussten Tausende sein.

Ein ständiges Zischen, Kreischen und Knurren, durchsetzt von anderen Geräuschen, lag über dem Ganzen. Dazu gesellten sich erster Verwesungsgeruch sowie gewisse andere »Aromen«, die einem empfindlichen Menschen schnell auf den Magen schlagen konnten.

Sieht so die Hölle aus?, fragte sich Mahler. *Ist es das, was uns alle am Ende erwartet?*

Bisher hatte er sich nie viele Gedanken über Religion, Gott und all diese Dinge gemacht, das lag ihm irgendwie nicht, er neigte eher zu den praktischen Dingen und zu pragmatischen Ansätzen. Als Atheist oder Ähnliches sah er sich trotzdem nicht.

In den letzten Stunden drängte sich ihm eine Frage immer wieder auf: Gab es so etwas wie eine unsterbliche Seele?

Und was passierte damit, wenn diese die fleischliche Hülle eines Menschen verließ?

Mahler konnte nicht recht glauben, dass die großen monotheistischen Religionslehren recht hatten, wenn sie die Existenz eines Himmels und einer Hölle postulierten

– zumindest nicht in der Form, wie man es den Kindern in der Schule beibrachte.

Ein Freund von ihm hatte einmal Folgendes gesagt: »Vielleicht sind wir alle längst in der Hölle und wissen es nur nicht. Schau dir doch mal an, was auf diesem Planeten alles passiert! Hältst du das etwa für normal?«

Mahler hatte seinerzeit gelacht, davon gesprochen, dass es doch an jedem Einzelnen liege, die Welt ein Stück besser zu machen. Irgendwann war das Gespräch dann zu anderen Themen übergegangen und schließlich in Vergessenheit geraten.

Jetzt fiel es ihm wieder ein. Warum ausgerechnet zu diesem Zeitpunkt? Existierte vielleicht doch so etwas wie eine höhere Macht, die aus dem Hintergrund die Geschicke der Menschen lenkte? Und auf was wollte diese dann hinaus?

Merkwürdigerweise gingen viele Leute davon aus, dass, wenn es einen Gott gibt, der sich gegenüber den Menschen als wohlgesonnen erwies. In der Antike sah man das noch völlig anders, die diversen Pantheons wimmelten geradezu von gelangweilten, intriganten und teils bösartigen Göttern, denen die kleinen Menschlein zur Zerstreuung oder als Opfer gerade recht kamen. Wer sagte denn, dass das nicht stimmte? Und weil das offene Agieren diesen Göttern irgendwann zu langweilig geworden war, hatten sie sich in den Hintergrund zurückgezogen, woben nun von dort aus ihre Fäden und freuten sich diebisch über die dummen haarlosen Affen, die die meiste Zeit über offenbar nichts Besseres zu tun hatten, als gegenseitig aufeinander loszugehen.

Mahler schluckte. Er musste sich regelrecht dazu zwingen, seine Gedanken wieder aus dieser Richtung fortzulenken, andernfalls lief er Gefahr, sich über kurz oder lang eine Kugel durch den Kopf zu jagen. Die Situation war auch so schon schlimm genug, ohne dass er in trübes Brüten verfiel und sich am Ende vielleicht noch als Spielzeug irgendeines übermächtigen Wesens betrachtete, welches Spaß daran hatte, ihn und alle anderen Menschen auf grausame Weise zu quälen und abzuschlachten.

Der Tod ...

Mahler schluckte erneut. Er hatte in den letzten Stunden mehr Tote sehen müssen als in seinem ganzen bisherigen Leben zuvor. Hieß es nicht, man würde mit der Zeit abstumpfen? Falls das stimmte, konnte er davon bei sich bisher nichts feststellen. Jedes ausgelöschte Leben versetzte ihm einen Stich, er empfand sogar ein gewisses Mitleid mit den Zombies, die er töten musste, um selbst am Leben bleiben zu können.

Fressen und gefressen werden ...

Auch so ein Sprichwort, eine hohle Phrase, die meist dazu benutzt wurde, um rücksichtsloses Verhalten zu rechtfertigen. Aber im Augenblick schien sie zu stimmen – leider.

Er konnte es drehen und wenden wie er wollte: Wenn es zu einem weiteren Großangriff der Zombies kam, würde die Kaserne früher oder später unweigerlich fallen, ganz einfach aus dem Grund, weil den Verteidigern irgendwann die Munition ausging. Und den dann folgenden Nahkampf konnten sie alleine schon aufgrund der zahlenmäßigen Überlegenheit der Angreifer keinesfalls gewinnen.

Was musste aus dieser Erkenntnis unweigerlich folgen? Natürlich, sie kamen nicht umhin zu fliehen. Aber es standen nicht genügend Fahrzeuge für alle zur Verfügung. Außerdem musste der Rückzug in irgendeiner Form gedeckt werden, sollte er nicht in eine von Panik getriebene Flucht umschlagen, die ebenfalls nur äußerst geringe Aussichten auf Erfolg hatte.

Es gab also nur einen Weg. Mahler fühlte, wie erneut Tränen begannen, in seinen Augen zu brennen. Er musste entscheiden, wen er auf die Flucht vorbereitete, und wen er bereit war, dafür zu opfern, damit die Fliehenden eine Möglichkeit erhielten, aus diesem Hexenkessel zu entkommen.

*

Als Thorsten Mahler sich wieder einigermaßen unter Kontrolle hatte, kletterte er aus dem Luchs und bedeutete Braumann, ihm zu folgen.

»Ich denke, wir werden ein paar Stunden Ruhe haben. Die sollten wir nutzen, um eine Mütze voll Schlaf zu bekommen.«

Mahler hielt auf das Gebäude zu, in dem sich die Kantine befand. Dabei merkte er, wie ihm die Bewegung guttat. Trotzdem wollte er dort nur schnell eine Kleinigkeit essen, um sich dann sogleich hinzulegen.

Er hatte den Eingang fast erreicht, als ihm ein Mädchen in Begleitung zweier Erwachsener entgegenkam. Kaum hatte die Kleine ihn erblickt, kam sie auch schon auf ihn zugerannt. »Papa! Da bist du ja endlich!«

Mahler bückte sich, um seine Tochter hochzuheben, ignorierte dabei den Schmerz, der sich in diesem Moment in seinem Rücken bemerkbar machte. Durch das viele Sitzen hatte er sich offenbar ein wenig verspannt, aber das würde auch wieder vergehen.

»Jenny und Erik sind mit mir Frühstücken gewesen«, erzählte Jasmin. »Ich mag die Beiden. Sag, Papa, spielst du jetzt ein wenig mit mir?«

»Nein, Liebes, das geht leider noch nicht.« Mahler schüttelte bedauernd den Kopf. »Weißt du, ich habe zur Zeit sehr viel zu tun. Ich muss mich jetzt ein wenig ausruhen, denn nachher habe ich gleich wieder Dienst.«

»Armer Papa.« Jasmin drückte ihn. »Aber das geht schon in Ordnung. Jenny und Erik kümmern sich ganz prima um mich. Vielleicht werden sie mir und Onkel Dino gleich noch eine spannende Geschichte erzählen.«

»Das ist eine sehr gute Idee.« Mahler setzte seine Tochter behutsam auf dem Boden ab und wandte sich an Jenny: »Das ist doch okay für Sie, oder?«

»Klar ist es das.« Jenny lächelte, und es wirkte aufrichtig. »Uns ist es doch ebenfalls langweilig, also tun wir uns auch selbst einen Gefallen, wenn wir uns um Jasmin kümmern. Sie ist ein liebes Mädchen, ganz wie die Tochter, die ich auch einmal haben möchte.«

Obwohl sich Jenny beim letzten Satz sicherlich nichts Böses gedacht hatte, musste Mahler unwillkürlich schlucken. Woher nahm diese Frau die Zuversicht, die sie ausstrahlte? Woher die Kraft, mit diesem Optimismus in die Zukunft zu blicken? Oder machte sie sich einfach keine großen Gedanken darüber und nahm die Dinge eben so, wie sie kamen?

Mahler strich seiner Tochter noch einmal übers Haar, winkte ihr zum Abschied zu und setzte seinen Weg fort. Er änderte jedoch kurzentschlossen die Richtung und ging nicht in die Kantine, sondern suchte direkt seinen Ruheraum auf. Irgendwie war ihm der Appetit schlagartig vergangen.

*

Obwohl ihm tausend Gedanken durch den Kopf gingen, fiel Leutnant Mahler schnell in einen bleiernen, traumlosen Schlaf, aus dem er ein paar Stunden später hochschreckte. Den Grund dafür konnte er nicht sagen, doch im Moment hielt ihn nichts mehr im Bett, auch wenn er sich immer noch wie gerädert fühlte. Trotzdem hatte er den Schlaf bitter nötig gehabt, wie er sich selbst eingestehen musste.

Während er sich das Gesicht mit eiskaltem Wasser wusch, um vollends wach zu werden, kehrte sein Kopf wieder zu den Überlegungen zurück, die ihn nun schon eine ganze Weile beschäftigten.

Zuerst versuchte Mahler, sich dagegen zu wehren, gab es aber schließlich auf, denn egal was er auch machte, er landete immer wieder an derselben Stelle: Was, wenn die Kaserne fiel?

Mit energischen Bewegungen trocknete Mahler sich ab. Das ewige Grübeln half ihm auch nicht weiter, er musste etwas machen! Ja, er musste eine Entscheidung fällen, aber das wollte er keinesfalls alleine tun.

Verdammt, er war auch nur ein Mensch! Die Entscheidungen, die derzeit von ihm verlangt wurden, überstiegen seine Kräfte bei Weitem.

Noch einmal atmete Mahler tief durch, dann verließ er den Ruheraum und machte sich auf den Weg zu der Person, die ihn vermutlich am besten von allen verstehen würde.

*

Als Mahler in Braumanns Stube eintrat, saß der Hauptfeldwebel bereits auf der Kante seines Betts und blickte dem Besucher entgegen. »Na, Herr Leutnant, geht's wieder los?«

»Fast, Herr Braumann, fast. Ich möchte zuerst noch etwas mit Ihnen besprechen.«

»Das klingt irgendwie geheimnisvoll. Um was geht es denn?«

Mahler berichtete dem alten Haudegen von seinen Überlegungen, was die Munitionsbestände anbelangte und vor allem auch die Chancen, die Kaserne gegen einen zweiten und womöglich dritten Angriff erfolgreich zu verteidigen.

»Da bin ich jetzt aber froh, nicht der Einzige zu sein, der zu diesen Schlüssen gekommen ist«, erklärte Braumann offen, nachdem er sich alles angehört hatte. »Ich überlege mir schon eine Weile, wie ich Sie darauf ansprechen soll.«

»Haben Sie einen Rat für mich?«

»Ich … ich weiß nicht.« Braumann schlug den Blick nieder. »Ich bin kein Familienvater, so wie Sie, daher sehe ich manche Dinge vermutlich anders.«

Mahler rang einen Moment mit sich, dann entschloss er sich dazu, seine Deckung zu verlassen. »Gut, machen wir es anders. Ich erzähle Ihnen, was ich am liebsten tun würde, und wenn Sie mir anschließend nicht die Fresse polieren, ziehe ich es ernsthaft in Erwägung, diese Gedanken in die Tat umzusetzen.«

Braumann hob den Kopf, sein Gesicht zeigte ein Grinsen, welches Mahler nur schwer einordnen konnte, es wirkte auf ihn aber weder abfällig noch verschlagen.

»Klingt nach einem guten Plan«, sagte der Hauptfeldwebel schließlich. »Nur das mit der polierten Fresse vergessen Sie am besten gleich wieder. Ich habe Sie bislang als guten Mann und vor allem Menschen kennengelernt. Sollten Sie mich jetzt tatsächlich so dermaßen enttäuschen, dass ich den unwiderstehlichen Drang verspüre, auf Sie loszugehen, werde ich Sie nämlich lieber gleich erschießen.«

»Das sind klare Worte.« Mahler nickte bedächtig. »Dann will ich zu Ihnen jetzt ebenso offen sein. Ich beabsichtige, unseren Luchs auf die andere Seite des Geländes zu verlegen. Krainer soll mit seinem dann näher zum Haupteingang aufrücken, während wir uns zu dem Marder gesellen, der den rückwärtigen Teil der Kaserne sichert.«

»Klingt soweit in Ordnung. Mit ›rückwärtig‹ meinen Sie die südwestliche Ecke mit direkter Anbindung an die Militärringstraße, oder?«

»Ja, genau die.«

»Aber das ist noch nicht alles, nehme ich an.«

»Nein, ist es nicht.« Mahler schluckte. »Ich möchte außerdem, dass Sie meine Tochter aus der Unterkunft holen, und zwar zusammen mit dieser Jennifer Stede, die sich um das Kind kümmert. Diese beiden sollen ebenfalls in den Luchs steigen.«

»Verstehe.«

»Und, erschießen Sie mich jetzt?«

»Nein, denn ich würde an Ihrer Stelle vermutlich kein Haar anders handeln. Darüber hinaus möchte ich Ihnen noch ein paar weitere Vorschläge unterbreiten.«

*

Als Leutnant Mahler wieder in seinen Luchs geklettert war, griff er zum Funkgerät und setzte sich mit Stabsunteroffizier Krainer in Verbindung: »Sie übernehmen die Sicherung des Haupttors, denn an Ihrer jetzigen Position können Sie nicht viel ausrichten. Ich geselle mich zu dem Marder, der vom Gefreiten Manske gefahren wird, denn dort werde ich vermutlich bessere Dienste leisten können als hier.«

»Verstanden«, kam es kurz und knapp zurück. Sollte Krainer etwas merkwürdig vorkommen, ließ er es sich zumindest nicht anmerken. Krainer und sein Bordschütze, Obergefreiter Ludwig, gaben ein wesentlich besseres Gespann ab als Mahler und Braumann, was dem Stabsunteroffizier ebenfalls klar sein musste, und Mahler spekulierte darauf, dass dieser den Grund für die Verlegung in genau dieser Tatsache sehen würde.

Während Mahler seiner neuen Position entgegenfuhr, kamen ihm immer wieder Zweifel daran, ob er das Richtige tat. Zwar hatte er davon gesprochen, den Marder unterstützen zu wollen, aber das war Blödsinn, denn der Luchs konnte seine 20-Millimeter-Maschinenkanone dort überhaupt nicht einsetzen, ohne den Zaun zu Klump zu schießen.

Tatsächlich wies die Absperrung hier bereits einige Beschädigungen auf. Einer der Marder war von den Männern so gegen den Zaun gefahren worden, dass das

Fahrzeug die Schwachstelle einigermaßen versperrte. Trotzdem würde es bei einem weiteren Angriff mit Sicherheit einigen Beißern gelingen, den Schützenpanzer seitlich zu erklettern, um so ins Innere der Kaserne zu gelangen. Genau aus diesem Grund stand unweit von dieser Stelle auch eine der Reservegruppen bereit, um die Zombies abzuschießen.

Doch Mahler machte sich nichts vor. Der kritische Faktor hier bestand – wie überall anders auch – darin, dass die Männer ausreichend Munition zur Verfügung hatten. Alles drehte sich immer wieder nur um dieses eine Thema: Munition, Munition und nochmals Munition.

Fast gleichzeitig mit Mahler traf eine weitere Reservegruppe am südwestlichen Ende des Kasernengeländes ein. Der Ranghöchste von ihnen machte bei Mahler Meldung: »Hauptfeldwebel Braumann schickt uns. Wir sollen hier einen Marder bemannen, damit wir als schnelle Eingreifreserve agieren können.«

Eingreifreserve, dachte Mahler. *So, so ...*

Offensichtlich hatte Braumann den Männern keinen reinen Wein eingeschenkt oder diese hielten es für besser, dieses Wissen nicht preiszugeben. Auf jeden Fall handelte es sich bei ihnen um genau die Gruppe, der der Hauptfeldwebel vorbehaltlos vertraute, wenn Mahler sich nicht irrte, zumal sie Munitionskisten bei sich führte, die eigentlich nur von dem LKW in der Fahrbereitschaft stammen konnten.

Während sechs der Männer ins Innere des Marder stiegen und auch die Munitionskisten dort verstauten, setzten sich die anderen vier oben auf den Schützenpanzer, hielten ihre Waffen in Bereitschaft und verteilten sich so, dass sie nach allen Seiten sichern konnten.

Tatsächlich machte diese Mannschaft einen hervorragenden Eindruck auf Mahler. Braumann, der alte Fuchs, besaß offensichtlich auch ein Händchen dafür, die richtigen Leute mit den richtigen Aufgaben zu betrauen. Ungeachtet dessen zweifelte Mahler daran, dass es ihm trotz aller Vorbereitungen und Maßnahmen gelingen würde, mehr als eine Handvoll Leute zu retten, wenn die Verteidigung der Kaserne erst einmal zusammenbrach. Und das würde sie über kurz oder lang, daran hegte er inzwischen keinen Zweifel mehr …

*

Wieder einmal hieß es warten, und wieder einmal saß Leutnant Mahler auf dem Dach des Spähpanzers und sondierte mithilfe seines Feldstechers die Lage. Auf dieser Seite des Geländes unterschied sich der Anblick jedoch kaum von dem in der Nähe des Haupteingangs.

Die Militärringstraße diente den Zombies als Tummelplatz, wobei diese es vermieden, der Umzäunung zu nahe zu kommen. Außerdem schienen es nicht ganz so viele zu sein wie auf der Brühler Straße, welche von der Kaserne aus gesehen grob Richtung Stadtmitte führte.

Mahler konnte inzwischen relativ gut zwischen Beißern und Schleichern unterscheiden, auch wenn er sich fragte, was ihm diese Erkenntnis brachte. Klar, stand man einem einzelnen Zombie direkt gegenüber, konnte die richtige Einschätzung des Untoten unter Umständen lebensrettend sein, aber solange man sich in einem Panzer befand, spielte das lediglich eine untergeordnete Rolle.

Plötzlich stutzte Mahler. Rasch führte er den Feldstecher zu dem Teil der Militärringstraße zurück, über den er soeben mit seinen Blicken gestrichen war. Da stand doch …? Nein, doch nicht. Oder?

Mahler setzte das Fernglas ab und rieb sich die Augen. Es bereitete ihm Schwierigkeiten, diese zu fokussieren. Was war den nur mit ihm los?

Du bist »überarbeitet«, das ist alles, erklärte eine Stimme in seinem Kopf, die nicht zu ihm zu gehören schien. *Wenn man sich nicht genügend Pausen gönnt, spielt einem der Körper eben irgendwann Streiche.*

Blödsinn! Ich habe doch vorhin erst geschlafen!

Mit Entsetzen bemerkte Mahler, dass er begann, mit sich selbst zu streiten. War es jetzt soweit? Drehte er durch?

Noch einmal rieb er sich die Augen, dann zwang er sich, den Feldstecher wieder aufzunehmen. Den »Stimmen« in seinem Kopf zum Trotz nahm er damit genau die Stelle erneut ins Visier, wo er eben hatte absetzen müssen.

Und ich hatte doch recht!, triumphierte er gleich darauf innerlich.

Jetzt konnte Mahler deutlich sehen, was ihn vorhin hatte stutzen lassen. Zwischen all den Beißern und Schleichern bewegte sich ein einzelner Zombie, der sich anders verhielt als seine Artgenossen, der gezielter zu agieren schien und auch bei Weitem nicht so tumb wirkte. Dieser Zombie erinnerte Mahler sofort an Grote, und ein unangenehmes Kribbeln breitete sich in seiner Magengegend aus.

Wenn es noch mehr von denen gibt, ist unser Problem noch viel, viel größer, als ich bisher dachte. Verdammt!

Unwillkürlich schlug Mahler mit der Faust auf das Dach des Luchs. Die Männer auf dem Marder drehten die Köpfe und sahen ihn fragend an.

»Ich habe einen weiteren Z wie diesen Grote entdeckt«, erklärte Mahler frei heraus. »Mit diesen Jungs werden wir vermutlich noch unsere helle Freude haben.«

*

Hauptfeldwebel Braumann klopfte an der Tür der Stube, in der er Jasmin Mahler wusste. Eine Männerstimme, die durch das Türblatt gedämpft wurde, forderte ihn auf, einzutreten, und er ließ sich nicht lange bitten.

In dem Raum, der mit drei Betten, drei Spinden, einem Tisch sowie drei Stühlen möbliert war, hielten sich zu Braumanns Überraschung *vier* Personen auf, zwei

Frauen, ein Mann und ein Mädchen. Bei dem Kind handelte es sich zweifellos um Jasmin, die Erwachsenen meinte er schon einmal flüchtig auf dem Kasernengelände gesehen zu haben, kannte jedoch von keinem den Namen.

Die jüngere der Frauen schätze Braumann auf Mitte zwanzig. Sie trug ihre blonden Haare lang und zu einem Pferdeschwanz zusammengefasst. Die andere mochte Ende dreißig, vielleicht Anfang vierzig sein. Ihre braunen Haare trug sie zu einem asymmetrischen Bob geschnitten, was aber nicht recht zur Form ihres Gesichts passen wollte und daher irgendwie unvorteilhaft wirkte.

»Gibt es Neuigkeiten?«, wandte sich der Mann an den Hauptfeldwebel. »Können Sie uns irgendetwas berichten? Bekommen wir bald Unterstützung?«

»Derzeit kann ich leider nicht mit Neuigkeiten dienen«, bedauerte Braumann. »Die Lage ist nahezu unverändert, aber es besteht weiterhin kein Grund zur Sorge. Wir tun unser Möglichstes, um alle Zivilisten in der Kaserne zu schützen.«

»Mhm«, machte der andere, und Braumann konnte in seinem Gesicht lesen, was er von dieser Aussage hielt.

Aber was hätte er denn sagen sollen? »Sie sind alle des Todes, schreiben Sie schon einmal Ihr Testament, welches vermutlich eh niemand mehr lesen wird.« Das wäre zwar deutlich ehrlicher gewesen, aber es verbot sich von ganz alleine, sollte nicht innerhalb der nächsten Minuten eine Panik unter den Leuten ausbrechen.

Braumann wandte sich stattdessen an das Kind: »Jasmin, ich soll dich zu deinem Vater bringen.«

»Hat er denn jetzt Zeit für mich?«, fragte die Kleine hoffnungsvoll.

»Darüber hat er mir nichts gesagt.« Braumann wandte sich an die beiden Frauen: »Wer von Ihnen ist Frau Stede?«

»Ich«, antwortete die Blonde. »Warum?«

»Weil Leutnant Mahler darum bittet, dass Sie seine Tochter begleiten.«

»Ja, ist okay. Das mache ich doch gerne.«

»Gut.« Braumann wandte sich zum Gehen. »Folgen Sie mir bitte.«

»Das geht nicht!«, protestierte Jasmin in diesem Moment. »Erik muss mitkommen. Ohne ihn habe ich Angst.«

»Ich habe meine Befehle«, erwiderte Braumann und versuchte dabei, möglichst neutral zu klingen.

Innerlich fluchte er wie ein Droschkenkutscher, denn er konnte sich bereits denken, wie das Ganze ausgehen würde.

»Ich soll dich zu deinem Vater bringen, und Frau Stede soll dich begleiten. Von einem Erik hat der Herr Leutnant nichts gesagt.«

»Er muss aber mitkommen!«, insistierte Jasmin. Demonstrativ nahm sie Erik bei der Hand. »Ohne ihn gehe ich hier nicht weg. Niemals!«

»Sie hören doch, was das Kind sagt«, mischte sich

nun die braunhaarige Dame ein. »Dann nehmen Sie Herrn Erik eben auch mit.«

Braumann verdrehte innerlich die Augen. »Und Sie sind?«

»Ich bin Frau Sybilla Henersen und unterrichte an der Grundschule in Rodenkirchen.«

»Aha«, machte Braumann, dann wandte er sich wieder an Jasmin. »Komm jetzt, dein Vater wartet bereits auf uns.«

»Nicht ohne Erik!«

»Wissen Sie was«, erklärte Henersen, »am besten gehen wir alle gemeinsam. Wenn Herr Mahler etwas dagegen hat, wird er uns das sicherlich selbst sagen können.«

Braumann fluchte im Stillen weiter. Was machte diese Trulla überhaupt hier? Soweit er wusste, gehörte die doch gar nicht auf diese Stube! Himmelherrgottnochmal, was sollte er denn jetzt tun?

»Das klingt vernünftig«, schlug nun auch Jenny in dieselbe Kerbe. »Ein bisschen Bewegung wird uns allen guttun. Oder was meinst du, Erik?«

»Das kann nicht schaden.« Der Angesprochene zuckte mit den Schultern. »Außerdem fühlt sich Jasmin bei uns sicher, also spricht vermutlich nicht wirklich etwas dagegen, oder?«

Braumann gab auf. Ihm brannte die Zeit unter den Nägeln, denn er musste sich auch noch um ein paar andere Dinge kümmern. »Also gut, dann kommt Erik eben mit«, willigte er ein. »Können wir dann jetzt?«

Jasmin strahlte. Mit Erik an der einen und Jenny an der anderen Hand setzte sie sich in Richtung der Tür in Bewegung.

Braumann drehte sich um und ging voran. Als sie das Zimmer verlassen hatten, bemerkte er, dass Henersen ihnen folgte.

»Darf ich fragen, was Sie vorhaben?«, wandte er sich an die Grundschullehrerin.

»Ich sagte doch, dass wir am besten *alle* zu Herrn Mahler gehen«, erwiderte diese mit spitzem Unterton. »Oder können Sie nicht richtig zuhören?«

»Gnädigste, Sie überschreiten Ihre Kompetenzen gerade bei Weitem!« Braumann stand kurz davor zu explodieren. »Jasmin, Jenny und meinetwegen Erik. Aber *Sie* bleiben hier!«

»Sie haben mir gar nichts zu sagen, ich bin nämlich keiner Ihrer Soldaten, die Sie nach Lust und Laune herumkommandieren können, müssen Sie wissen. Außerdem kann es nichts schaden, wenn jemand bei Jasmin ist, der ihr etwas beibringen kann. Oder wollen Sie sie gleich morgen an der Waffe ausbilden?«

»Ist ja schon gut«, beschwichtigte Braumann die Frau schicksalsergeben, denn inzwischen wurden weitere Zivilisten auf die Diskussion aufmerksam. »Dann kommen Sie eben auch mit. Dafür dann aber bitte zügig, ja?«

Zu seiner Erleichterung hielt Henersen jetzt einfach ihren Mund und trottete zufrieden hinter den anderen her.

*

Wenig später traf das ungleiche Gespann bei Mahlers Luchs ein. Für einen Moment verfinsterte sich das Gesicht des Leutnants, als er sah, dass Braumann noch mehr Zivilisten im Schlepptau hatte, dann überwog jedoch seine Freude darüber, seine Tochter jetzt bei sich zu wissen.

»Lassen Sie die Menschen in den Spähpanzer einsteigen«, wies er Braumann an. Verwundert nahm er dabei zur Kenntnis, wie dieser von der Frau, die Mahler bisher unbekannt war, mit einem »Ich habe es Ihnen doch gleich gesagt!«-Blick bedacht wurde.

Während Braumann den vieren dabei behilflich war, in das Fahrzeug zu gelangen, kletterte Mahler von dem Luchs herunter, ging ein paar Schritte zur Seite und wartete dort. Als Braumann den Einstieg wieder von außen geschlossen hatte, winkte Mahler ihn zu sich und sah ihn fragend an.

»Ich konnte nichts machen.« Der Hauptfeldwebel hob in einer entschuldigenden Geste die Arme. »Jasmin wollte nicht ohne Erik herkommen, diese Frau Henersen war wohl gerade rein zufällig ebenfalls in der Stube und ließ sich dann nicht mehr abschütteln. Vielleicht ist das aber auch ganz gut so, denn die Dame ist nach eigenem Bekunden Grundschullehrerin. Wer weiß, wann das noch nützlich sein könnte …«

»Verstehe.« Mahler nickte. »Ich würde dann einfach

mal davon ausgehen, dass das Schicksal uns an dieser Stelle die Hand geführt hat. Oder wie sehen Sie das?«

»Schwer zu sagen.« Braumann kratze sich im Nacken. »Aber ein echtes Problem sehe ich darin auch nicht, zumal mir dieser Erik auf dem Herweg erzählt hat, dass er über einen Revolver verfügt, mit dem er wohl leidlich umgehen kann. Natürlich haben wir darauf geachtet, dass weder Ihre Tochter noch die beiden Frauen etwas von diesem Gespräch mitbekommen.«

»Gut, dann bleibt es dabei. Für Jasmin scheint es so ohnehin das Beste zu sein.«

»Wenn sonst nichts mehr ist, würde ich mich jetzt um die restlichen Vorbereitungen kümmern.«

»Tun Sie das, Hauptfeld, tun Sie das.« Mahler nickte. »Ich glaube nämlich nicht, dass der *Burgfrieden* noch lange anhält …«

Belagerung

Mehr und mehr Zombies strömten herbei. Daniel fühlte Zufriedenheit in sich aufsteigen. Die Seinen hielten die Kaserne eingekesselt, keiner der Menschen dort konnte entrinnen.

Obwohl es ihm schwer fiel, musste sich Daniel nach wie vor in Geduld üben. Ein weiteres Desaster wie beim ersten Angriff durfte es nicht geben – und das würde es auch nicht! Ihm standen genügend Kämpfer zur Verfügung, deren Nachschub wuchs mit jeder Stunde weiter an.

Daniel konnte nur in etwa abschätzen, wie viele der Untoten sich inzwischen hier versammelt hatten. Wenn er einmal davon ausging, dass von den rund einer Million Einwohnern Kölns auch nur ein Prozent seinem Ruf folgte, verfügte er bald über eine Armee, der die vielleicht zwei- oder dreihundert Menschen in der Kaserne nichts entgegenzusetzen hatten.

Aber seine Macht blieb sicherlich nicht auf Köln beschränkt. Nein, sie würde weiter wachsen, so wie auch die Zahl seiner Kämpfer immer weiter wuchs. Köln war erst der Anfang, sozusagen ein Testlauf, der nur erahnen ließ, über welche Möglichkeiten er in ein paar Monaten verfügen würde.

Daniel spürte wieder Wut in sich aufsteigen. Die Menschen verdienten es nicht anders, dieses arrogante, besserwisserische Pack!

Er, Daniel, trat hier an, um dieses Abfallprodukt der Evolution endlich in seine Schranken zu verweisen.

Ein Fauchen drang aus seinem Mund, nicht laut, aber dennoch voller Hass.

Ein paar der Zombies in seiner Nähe drehten die Köpfe in seine Richtung, schienen ihn verwundert anzusehen. Natürlich, sie konnten vermutlich nicht anders, als diese Unmutsäußerung auf sich zu beziehen.

»Grotaaah! Grao-eh!«

Sie verstanden ihn, wandten ihre Aufmerksamkeit wieder dem Zaun zu, den es bald zu überwinden galt.

Die Menschen mit ihren Erfindungen, ihrer Technik! Wie sehr Daniel sie doch hasste! Sie verschandelten damit den gesamten Planeten, kamen sich damit sogar noch super schlau vor. Dabei produzierten sie eigentlich nur eines zuverlässig und im Überfluss: Müll.

Daniel riss sich zusammen. Es brachte nichts, wenn er sich weiter in seinen Hass hineinsteigerte, der war auch so schon groß genug, damit er wusste, was er zu tun hatte. Jetzt galt es erst einmal, sich auf die Neuankömmlinge zu konzentrieren und ihnen ihren Platz zuzuweisen.

»Grrroh! Groaaaah!«

Die Schleicher und Beißer bewegten sich so, wie Daniel es von ihnen erwartete. Diese Armee gehorchte ihm aufs Wort, stellte keine Fragen, keine Forderungen.

»Grrroaoh! Groteeeh!«

Waren sie nicht wunderbar anzusehen, wie sie eine Einheit bildeten, in der jeder wusste, was er zu tun hatte?

Daniel meinte fast, sie seien seine Kinder. Und wie es auch bei Geschwistern üblich war, unterschieden sich diese voneinander. Auf der einen Seite die langsamen, unbeholfenen Schleicher, für die Daniel beinahe schon ein wenig Mitleid empfand, auf der anderen Seite die Beißer, schnell, geschickt und aggressiv, sozusagen seine Elitekämpfer.

Ja, ihr Menschen, lange würdet ihr nicht mehr warten müssen. Euer Untergang war beschlossene Sache. Nur noch ein paar weitere Zombiesoldaten, dann konnte es losgehen.

Sturm auf die Bastion

Leutnant Mahler konnte es drehen und wenden, wie er wollte: Auf Dauer würden sie die Kaserne nicht halten können, daher stellte sich ihm eine Frage mit zunehmendem Nachdruck: Wie lange würden sie den Zombiemassen da draußen noch trotzen können?

Einen Angriff hatten sie bereits überstanden, dabei war etwa die Hälfte der Munition draufgegangen. Gleichzeitig hatten die Männer dabei Erfahrung sammeln können, würden beim nächsten Mal also von Anfang an wissen, worauf es ankam. Vieles hing somit nicht zuletzt davon ab, was bei einem zweiten Angriff anders sein würde als beim ersten Mal.

Wenn er doch nur diesen Grote und dessen Möglichkeiten besser einschätzen könnte! Natürlich, der Kerl besaß aus irgendeinem für Mahler nicht nachvollziehbarem Grund ganz offensichtlich die Fähigkeit, die Zombies zu lenken und sogar zu koordinieren, ihnen also auf diese Weise die Intelligenz zu verschaffen, die diese ansonsten tumben Kreaturen erst wirklich zu einer Gefahr machten.

Doch wie weit reichte der Einfluss von Grote? Beschränkte der sich auf ein paar Hundert Meter um seinen Aufenthaltsort herum oder war es deutlich mehr? Besaß er vielleicht sogar die Möglichkeit, eine Art Nachrichtendienst oder Kommunikationsstrecke unter den Untoten einzurichten, welche es ihm erlaubte, auch Zombies zu erreichen, die sich auf der anderen Seite von Köln aufhielten? Und falls dem so war, wie lange würden diese brauchen, um hier zu erscheinen, sofern sie Grotes Ruf überhaupt Folge leisteten?

Viel zu viele Fragen und viel zu wenig Antworten darauf; Mahler wusste nicht, ob er fluchen oder verzweifelt sein sollte. Doch trotz aller Zweifel, die ihn plagten, sah er immer noch eine gewisse Chance, auch einen weiteren Angriff der Zombies zu überstehen. Ob und wann es danach zu einem dritten kommen würde, konnte er nicht abschätzen, aber bis dahin zeichneten sich vielleicht neue Entwicklungen ab, auf die hier im Moment niemand zu hoffen wagte.

Allerdings musste Mahler davon ausgehen, dass es den Untoten auch beim zweiten Mal wieder gelingen würde, ins Innere des Geländes vorzudringen. Vermutlich würden sich dann einzelne Einheiten zurückziehen müssen, nur wohin? War es in einem solchen Fall sinnvoll, dass sie sich einer anderen Gruppe anschlossen oder boten die Gebäude besseren Schutz? Eine Haustür bildete eine Engstelle, die man eine ganze Weile auch mit wenig Munition verteidigen konnte. Blöderweise besaßen die meisten Gebäude mehrere davon.

Nicht zuletzt hing es dann auch von der konkreten Situation ab. Wo genau würden die Zombies eindringen, um wie viele handelte es sich, welcher Fluchtweg war für die betroffene Gruppe der kürzere und so weiter.

Schließlich gab es noch einen zusätzlichen Faktor, den

Mahler nicht außer Acht lassen durfte: Sollte den Untoten ein größerer Durchbruch gelingen, würde innerhalb kürzester Zeit Panik ausbrechen. Selbst der Rückzug in die vermeintliche Sicherheit der Gebäude konnte sich in diesem Fall als fatal erweisen, durfte doch nicht ausgeschlossen werden, dass es unter den Zivilisten zu Kurzschlusshandlungen kam, die zu allem Überfluss sozusagen eine »Gefahr von innen« bilden würden.

Schweren Herzens rang sich Mahler dazu durch, keine konkreten Anweisungen für den Fall zu geben, wenn die Verteidigung zusammenbrach. Er musste darauf vertrauen, dass in dieser Situation jeder Mensch von sich aus die richtigen Entscheidungen traf und das tat, was in diesem Augenblick das Beste war. Trotzdem hoffte er inständig, dass dieses Szenario erst gar nicht eintreten möge.

*

Der Nachmittag tropfte zäh dahin. Ungeachtet der angespannten Situation begann tatsächlich so etwas wie Langeweile Einzug zu halten, denn trotz der stinkenden, ächzenden Zombiehorden rund um die Kaserne schien eine Art Status quo eingetreten zu sein.

Um Punkt 17:00 Uhr änderte sich das schlagartig. Als habe jemand einen Schalter umgelegt, hob überall schrilles Heulen und Kreischen an. Durch die Masse der Zombies ging eine wellenartige Bewegung, so eine Art faulige La-Ola-Welle, nur bei weitem nicht so fröhlich und dynamisch wie in einem Stadion.

»Bei diesem Geheul versteht man ja sein eigenes Wort nicht mehr!«, brüllte Gehring, was ihm auch prompt ein »Häh? Was hast du gesagt?« von seinem Kameraden Mertens eintrug.

»Ich sagte: Man versteht ja sein eigenes Wort nicht mehr!«

Mertens nickte nur, verspürte keine Lust, sich ebenfalls heiser zu schreien. Das Ganze kam ihm ohnehin mehr wie eine Art Todesgesang vor: der Todesgesang für die »Schutzzone Köln-Süd«.

Die Männer der Gruppe machten sich nichts vor, hatten sich am Nachmittag mehrfach ausführlich über dieses Thema unterhalten. Einen neuerlichen Angriff würden sie nur mit äußerster Mühe – wenn überhaupt – zurückschlagen können.

Übergangslos setzten sich die Zombies in Bewegung. Ihre tatsächliche Anzahl ließ sich nur schwer ausmachen, durfte aber fast an die Zehntausend heranreichen.

Die Soldaten brachten ihre Gewehre in Anschlag. Gleichzeitig ratterte die Maschinenkanone des Luchs von StUffz. Krainer los, dessen Aufgabe es war, den Haupteingang zu decken. Der unweit davon postierte Marder ließ sich nicht lange bitten und eröffnete ebenfalls das Feuer. Die Männer achteten dabei darauf, immer nur kurze Feuerstöße abzugeben, die möglichst gut gezielt waren, um Munition zu sparen. Trotzdem türmte sich innerhalb kürzester Zeit ein Wall von Angreifern vor dem Eingang auf, der überall zuckte und zappelte.

»Scheiße!«, fluchte Krainer lauthals, dann befahl er seinem Schützen und dem des Marder via Funk, das Feuer einzustellen. Der Wall aus untoten Leibern absorbierte ihre Schüsse, machte sie wirkungslos.

Immerhin ließ das Heulen und Brüllen der Zombies ein wenig nach, denn diese gingen jetzt mit Macht daran, den Zaun zu überwinden. Fast überall gleichzeitig rannten sie dagegen an, zerrten an dem Metall oder versuchten, es zu überklettern.

»Nerven behalten, Männer!«, redete Mertens auf seine Leute ein. »Noch sind sie nicht durch, und solange schießt mir keiner, verstanden?«

An anderen Stellen eröffneten die Soldaten bereits das Feuer, versuchten, möglichst viele der Zombies auszuschalten, bevor sie den Zaun erreichten. Dann gab auch Mertens das Abwarten auf, denn er spürte deutlich, wie es an seinen Nerven zehrte, diesen Schreckensgestalten dabei zuzusehen, wie sie am Zaun zerrten und zogen.

»Einzelfeuer!«, befahl er deshalb. »Und zielt mir ja sauber!«

Obwohl sie unter höchster Anspannung standen, gaben die Männer ihr Bestes. Ein Zombie nach dem anderen wurde durch einen sauberen Kopfschuss gefällt. Doch es rückten immer neue nach. Für jeden Getroffenen schienen zwei weitere bereitzustehen. Langsam wurde die Munition knapp.

Acht Minuten nach Beginn des Angriffs – Müller sah tatsächlich auf die Uhr, er konnte selbst nicht sagen, was ihn dazu trieb – gellte ein Schrei: »Da hinten kommen sie!«

Kreidebleich zeigte Gehring in die Richtung, aus der schon in der Nacht Beißer auf ihre Gruppe zugerannt waren. Zwar stand dort ein Marder, um die Schwachstelle im Zaun zu blockieren, doch irgendwie musste es den Zombies gelungen sein, das Fahrzeug zu überklettern.

»Schießt!«, brüllte Mertens und riss gleichzeitig den Abzug seines Gewehrs durch.

Die ersten Beißer gingen zu Boden, blieben zuckend liegen. Doch sofort setzten mehr von ihnen nach. Auch hier schien der Nachschub an untoten Leibern nicht enden zu wollen.

Mertens schätze, dass es sich um fünfzig Beißer handeln mochte. 49. 48. Klick!

Magazin raus, neues Magazin rein, durchladen, schießen!

Am Rande bekam Mertens mit, dass Müller versuchte, Verstärkung anzufordern und Gehring ihn deswegen zusammenstauchte: »Lass den Scheiß, Mann! Es gibt keine Reservegruppen mehr, die sind alle anderweitig verteilt worden. Sieh lieber zu, dass du weiterschießt!«

»Dann soll eben die Gruppe kommen, die die Zivilisten schützen soll. Wir brauchen sie hier, verstehst du das denn nicht?«

Gehring hörte seinem Kameraden nicht mehr zu.

Obwohl es ihm und den anderen gelang, immer mehr der heranstürmenden Beißer auszuschalten, kamen diese näher und näher. Nicht mehr lange, und sie würden … Klick! Scheiße!

Bevor Gehring das Magazin wechseln konnte, war der vorderste Beißer heran. Gehring drehte sich zur Seite weg, um seine Bewegungsfreiheit zu erhalten.

Doch der Zombie setzte ihm nicht nach, sondern stürzte sich auf Müller, der immer noch am Funkgerät hing. Faulige Zähne gruben sich in den Hals des Mannes. Dieser schrie wie am Spieß, zappelte und ruderte mit den Armen, versuchte verzweifelt, das abzuschütteln, was sich in ihn verbissen hatte.

Gehring wollte ihm helfen, nahm aber im selben Moment eine Bewegung aus dem Augenwinkel wahr. Der nächste Beißer hatte die Männer erreicht, ging mit zu Krallen geformten Händen auf ihn los. Ein wuchtig geführter Hieb mit dem Gewehrkolben trieb den Angreifer zurück, gleich darauf fuhr von der Seite eine Klinge in seinen Schädel.

Mit grimmiger Miene zog Mertens sein Kampfmesser aus dem Zombie, um sich gegen den nächsten Angreifer zu wehren. Doch diesmal bewegte er sich zu langsam. Der Beißer schlug nach Mertens' Messerarm, trat ihm beinahe gleichzeitig in den Unterleib. Keuchend ging Mertens in die Knie, während sich ein weiterer Zombie auf ihn stürzte.

*

Auf der anderen Seite des Kasernengeländes waren die Verteidiger noch nicht so in Bedrängnis. Obwohl es auch hier inzwischen einzelne Zombies schafften, ins Innere des Areals vorzudringen, stellte es für die Verteidiger kein Problem dar, diese schnell und gezielt auszuschalten. Auf diese Weise wuchs jedoch nach und nach auch diesseits des Zauns der Berg an Leibern, was die Sicht nach draußen zunehmend erschwerte.

Stabsunteroffizier Krainer hatte seinen Männern inzwischen befohlen, abzusitzen. Mit ihren Handfeuerwaffen und Gewehren konnten sie im Moment deutlich mehr ausrichten als mit den Panzern. Mit deren Geschützen nach innen zu schießen verbot sich von selbst, denn die Gefahr, damit eigene Leute zu treffen, war einfach viel zu groß.

»Ludwig!«, rief Krainer nach dem Obergefreiten, der normalerweise das Geschütz des Luchs bediente. »Sieh zu, dass du noch irgendwo Muni auftreibst, und zwar egal wo, und wenn es im hintersten Keller ist!«

Ludwig nickte und rannte los.

Auch er besaß für seine P1 nur noch ein einzelnes Reservemagazin, und in der Waffe selbst befanden sich vielleicht noch vier Schuss.

*

Gehring rannte um sein Leben. Mertens war tot, alle anderen seiner Gruppe ebenfalls. Zum »Ausgleich« für die gefallenen Kameraden hingen ihm gleich zwanzig Beißer an den Fersen und geiferten nach seinem Fleisch.

Wild mit den Armen rudernd lief Gehring auf die Gruppe zu, die ein wenig südlich stationiert war. Die Männer dort wurden auch prompt auf ihn aufmerksam und versuchten nun, ihm die Verfolger vom Hals zu schaffen, was sich gar nicht so einfach gestaltete, denn Gehring rannte ja immer noch vor ihnen her.

Er überlegte gerade, ob er die Richtung wechseln sollte, damit die anderen freies Schussfeld bekamen, als es seitlich von ihm plötzlich sehr laut wurde. Gehring drehte den Kopf. Ein großer Geländewagen amerikanischer Bauart krachte direkt neben dem Marder durch den Zaun. Am Steuer saß offensichtlich ein Zombie. Verflucht! Seit wann konnten diese Biester denn ein Auto fahren? Ein plötzlicher stechender Schmerz raubte Gehring beinahe die Besinnung. Einer der Zombies hatte ihn erwischt und sich in seinen Rücken verbissen. Gehring drehte und schüttelte sich wie von Sinnen, um den Untoten wieder loszuwerden, da machte ein weiteres Paar Zähne in seinem Fleisch schmerzhaft auf sich aufmerksam. Warum zur Hölle half ihm denn niemand? Wieso schossen seine Kameraden denn nicht weiter?

Gehring bekam gerade noch mit, wie der Geländewagen damit begann, regelrecht Jagd auf die Verteidiger zu machen, dann wurde es schwarz vor seinen Augen.

*

»Wir haben einen Durchbruch!«, gellte es aus dem Funk. »Sie sind durch!«

Niemand konnte sagen, wer den Schrei ausgestoßen hatte, und es spielte auch keine Rolle. Wichtig war nur die Information selbst, denn diese stachelte die Verteidiger dazu an, das Letzte zu geben.

Fluchend kletterte Krainer in seinen Luchs zurück. Verdammt, wo blieb Ludwig mit dem Nachschub?

Durch die Optiken des Spähpanzers versuchte der StUffz., einen Überblick zu bekommen. Immer mehr Soldaten wurden in Nahkämpfe verstrickt, und an verschiedenen Stellen liefen Männer auch einfach davon, was er ihnen nicht verdenken konnte.

Krainer setzte nun doch das Geschütz des Spähpanzers ein. Er sah keine andere Möglichkeit mehr, denn sie mussten es schaffen, diesen Durchbruch mit allen Mitteln zurückzuschlagen, andernfalls waren sie alle verloren!

Die 20-Millimeter-Maschinenkanone hämmerte los und mähte eine Gruppe Zombies um.

Weiter! Nächstes Ziel erfassen! Feuer!

Doch obwohl Krainer sein Bestes gab, wurden die Zombies draußen immer mehr statt weniger. Was sollte er jetzt machen? Hätte er doch bloß Ludwig nicht losgeschickt, denn mit nur einem Mann Besatzung war der Luchs quasi kastriert.

Verbissen schoss er weiter, bis auch das Geschütz nur noch ein letztes, trockenes Klicken von sich gab.

*

Britta Gundram klammerte sich an der Platte ihres Schreibtisches fest. Sie zitterte am ganzen Körper. Das Geheul und der Lärm draußen raubten ihr den letzten Nerv.

Was war sie doch für eine dumme Kuh gewesen, hier gestern artig zum Dienst zu erscheinen! Stattdessen könnte sie jetzt in ihrem Auto sitzen und möglichst viele Kilometer zwischen sich und diesen Ort des Schreckens bringen. Aber das nannte man wohl Pflichtbewusstsein.

Pflichtbewusstsein, pah! Mein ganzes Leben lang tanze ich schon nach der Pfeife von anderen!

Dabei hatte alles so hoffnungsvoll begonnen. Britta kam als Tochter einer gutbürgerlichen Mittelschichtfamilie auf die Welt, deren schmuckes Einfamilienhaus in Meschenich stand. Im Kindergarten zählte sie zu den beliebten Kindern, und das setzte sich auch später in der Schule fort. Britta erwies sich als intelligent, strebsam und ehrlich, alles Tugenden, die ihr bei ihrem weiteren Lebensweg nützlich sein würden. Nach der Mittleren Reife machte sie eine Ausbildung zur Kaufmännischen Angestellten und arbeitete zuerst im Büro einer großen Baufirma, bevor sie sich auf die Stelle als Sekretärin in der Konrad-Adenauer-Kaserne bewarb.

Nur mit den Männern, da blieb ihr das Glück irgendwie verwehrt. Natürlich gab es die eine oder andere Liebschaft und schließlich sogar eine Verlobung mit Jochen, der sich von allen nur Jupp nennen ließ. Zwei Monate vor der Hochzeit brannte der Mistkerl dann mit einer anderen durch, vermutlich weil die größere Titten besaß als Britta.

Dem folgte eine Liaison mit Gunther, einem Zahnarzt, dessen gutgehende Praxis mitten in Köln lag. Gunther war ein Traum von einem Mann: gutaussehend, charmant, aufmerksam, mit guten Manieren und auch dem gewissen Maß an Wohlstand, das eine Frau schwach werden ließ. Sein einziger Makel bestand darin, bereits verheiratet zu sein, was Britta aber erst nach fast zwei Jahren herausfand.

Dafür machte sie in der Kaserne Karriere – sofern man das überhaupt so bezeichnen konnte. Hier durchlief sie verschiedene Stationen, bis sie schließlich zur persönlichen Sekretärin des Kasernenkommandanten aufstieg.

Tja, und nun saß sie hier und zitterte vor Angst. Ihr Chef hatte es im Gegensatz zu ihr offenbar vorgezogen, erst gar nicht zum Dienst zu erscheinen, oder war dazu schon nicht mehr in der Lage gewesen.

»Frau Gundram?«

Ein junger Mann im Range eines Gefreiten streckte den Kopf zur Tür herein.

Entweder hatte er nicht angeklopft, oder Britta war so

in Gedanken versunken gewesen, dass sie es nicht gehört hatte. Auf dem Namensschild des Mannes stand »Ludwig«. Sie kannte ihn nicht, wunderte sich aber auch nicht darüber, dass er offenbar ihren Namen wusste, denn sie gehörte hier ja mehr oder weniger zum Inventar.

»Was gibt es denn, Herr Ludwig?« Britta riss sich zusammen, wollte sich nicht anmerken lassen, dass sie am liebsten heulend davongelaufen wäre.

»Sie kennen sich doch in diesem Laden aus.« Ludwig lächelte entschuldigend. »Mein StUffz. hat mir befohlen, nach weiterer Munition zu suchen. Können Sie mir da vielleicht einen Tipp geben?«

»Nein, da muss ich leider passen.« Britta schüttelte bedauernd den Kopf. »Ich kümmere mich zwar um alles Mögliche, aber solche Dinge gehören nicht dazu. Vielleicht fragen Sie mal den Zeugmeister?«

»Der hat mich zu Ihnen geschickt. Trotzdem danke.« Ludwig nickte ihr noch einmal zu, dann war er auch schon wieder verschwunden.

Britta wusste für einen Moment nicht, ob sie lachen oder den Kopf schütteln sollte. Was schickte der Zeugmeister die Leute wegen Munition zu ihr? Wenn einer darüber Bescheid wusste, dann doch *er*, oder etwa nicht?

Ganz langsam schlich sich die Erkenntnis in ihre Gedanken, begleitet von einem eisigen Gefühl an der Wirbelsäule. Den Männern ging die Munition aus, und sie suchten inzwischen so verzweifelt nach weiterer, dass sie sogar eine Sekretärin um Rat fragten.

Britta keuchte. »Großer Gott, zum Glück habe ich keine Kinder, um die ich jetzt auch noch weinen müsste.« Ihre Augen wurden feucht. »Lieber Gott, warum quälst du deine Geschöpfe so?« Dann kam Zorn in ihr auf: »Gottverdammter Gott, dann bleib doch, wo du bist!«

*

In Unteroffizier Steger schien wieder etwas die Kontrolle zu übernehmen, etwas, das ihn ruhig werden ließ und ihm erlaubte, mit kühlem Kopf überlegt zu handeln. Schuss um Schuss verließ den Lauf seiner Uzzi, jeder davon beendete mit tödlicher Präzision ein untotes Leben.

Neben ihm war der Gefreite Wengler kniend in Stellung gegangen. Der junge Mann hatte sich inzwischen immerhin soweit unter Kontrolle, dass er versuchte, gezielte Einzelschüsse aus seinem G3 zu platzieren. Aufgrund seiner zitternden Hände produzierte er allerdings mehr verirrte Kugeln als alles andere, was jedoch keine wirkliche Rolle spielte, denn die Zahl der Angreifer war so groß, dass fast jeder Schuss irgendwo und irgendwie zu einem Treffer wurde.

Als Steger seine Uzzi neuerlich nachladen musste, bemerkte er die Tränen, welche Wenglers Gesicht hinunterliefen. Der Gefreite stand offenbar direkt vor dem nächsten nervlichen Kollaps.

Ihn anzuschreien würde sich aller Wahrscheinlichkeit nach als kontraproduktiv erweisen, und für ein tiefenpsychologisches Gespräch auf der Couch, bei dem nach Ursachen für Wenglers schwache Nerven in dessen Kindheit gefahndet wurde, war jetzt weder die richtige Zeit noch hier der richtige Ort.

Plötzlich spürte Steger einen Schlag im Rücken, der ihm die Luft aus der Lunge trieb und ihn einen schnellen Schritt nach vorne machen ließ, damit er nicht der Länge nach hinschlug.

Der nächste Hieb traf ihn bereits nicht mehr so unvorbereitet, und so nutzte er diesmal den Schwung, um sich nach vorne abzurollen und sich in einer fließenden Bewegung wieder aufzurichten, und zwar so, dass er seinem Angreifer nun Angesicht zu Angesicht gegenüberstand.

Steger sah in eine Fratze, deren markantestes Merkmal ein großes Loch in der linken Wange bildete, durch das man die Zähne sehen konnte. Unwillkürlich wanderte sein Blick tiefer.

Der linke Arm des Beißers war aus dem Schultergelenk gerissen worden, baumelte nur noch von ein paar Sehnen gehalten an der Seite herab. In der rechten Hand hielt er einen Gegenstand, der wie ein Stuhlbein aussah, und mit diesem versuchte der Zombie gerade, erneut nach Steger zu schlagen.

»Mich nicht gleich zu beißen war dein letzter Fehler«, knurrte der Unteroffizier, während seine Uzzi aufbellte.

Zu dem großen Loch in der Wange des Untoten gesellte sich ein kleineres in seiner Stirn. Gleichzeitig fiel der provisorische Knüppel aus der kraftlos gewordenen Hand, während deren Besitzer zappelnd und zuckend in sich zusammensackte.

Jetzt bemerkte Wengler, dass auch in seinem Rücken etwas vor sich ging. Er fuhr herum und erstarrte. Mit aufgerissenen Augen blickte er auf das, was im jetzigen Zustand wohl am besten mit »Fleischhaufen« umschrieben wurde.

»Wo kommt der denn her?«, kreischte der Gefreite, während sein Gesicht das letzte Bisschen Farbe verlor. »Sie sind überall! Sie kriegen uns! Wir haben keine Chance mehr!«

Wengler erhob sich, blickte sich hektisch um. Tatsächlich kamen von der Seite drei weitere Beißer auf sie zu.

Steger, der dem Blick des anderen gefolgt war, legte seine Uzzi an. Dreimal machte es »Kablamm!«, dann lagen drei weitere Fleischhaufen auf dem Boden.

Aus dem Augenwinkel registrierte Steger, dass Wengler einfach sein Gewehr fallen ließ und wie von Furien gehetzt davonrannte. Kurz überlegte er, ob er den Kerl wegen Desertion und Feigheit vor dem Feind einfach hinterrücks erschießen sollte, ließ es dann aber sein. Zum einen war es um die Munition schade, zum anderen würde Wengler ohnehin nicht entkommen können – niemand konnte das.

Wie um Stegers Gedanken zu bestätigen, kamen just in dem Moment, als Wengler den nächsten Hauseingang fast erreicht hatte, fünf weitere Beißer um die Ecke. Der Gefreite lief ihnen direkt in die Arme.

Durch den allgemeinen Kampflärm hindurch konnte Steger das panische Kreischen des Mannes hören, welches gleich darauf in ein Geräusch umschlug, das größte Agonie zum Ausdruck brachte.

Wenglers Schreie endeten abrupt, als einer der Zombies ihm die Kehle zerfetzte.

Steger wandte sich wieder dem Zaun zu, doch diesmal behielt er auch den Rest des Geländes im Auge. Die Chancen, einen weiteren Angriff von hinten so glimpflich zu überstehen, schätzte er im Bereich von etwa Nullkomma-Null Promille ein.

*

Leutnant Hagendorn, der die Gruppe anführte, welche den Bereich um den Parkplatz im Südosten des Geländes sicherte, lud seine Pistole nach. Bislang waren die Männer hier noch nicht in Nahkämpfe verwickelt worden, konnten vereinzelt innerhalb der Umzäunung auftauchende Zombies bislang ohne Probleme ausschalten, bevor sie ihnen zu nahe kamen.

Insgeheim fragte sich Hagendorn, ob er nach diesem Tag jemals wieder etwas hören würde, ohne dass sich ein lautes Pfeifen in seinen Ohren breitmachte.

Das allgegenwärtige Knallen, Rattern, Kreischen und Heulen, welches immer wieder von einem Todesschrei »untermalt« wurde, bohrte sich in seine Gehörnerven, als wolle es auf dem kürzesten Weg in sein Gehirn vordringen, nur um ihn noch viel effizienter martern zu können.

Und überhaupt: Hagendorn hätte niemals gedacht, dass der Todesschrei eines Menschen so unmittelbar als solcher zu erkennen sein würde. In Filmen wirkte es zwar immer dramatisch, wenn es sich um gute Schauspieler handelte, aber die Wirklichkeit unterschied sich dennoch deutlich davon. So etwas konnte man nicht spielen, denn diese Endgültigkeit, die so einem Schrei innewohnte, erschloss sich einem vermutlich erst dann, wenn man selbst unmittelbar davorstand, diesen finalen Schritt vom Leben zum Tod zu vollziehen.

Während er so vor sich hin sinnierte, schoss Hagendorn konzentriert weiter. Er wunderte sich nicht einmal darüber, wie sein Körper diesen Vorgang des Zielens und Abdrückens inzwischen quasi automatisiert hatte.

Dann war es auch bei ihm soweit: Seine Pistole gab ein letztes, trockenes Klicken von sich, Hagendorn verfügte über keine weiteren Magazine mehr.

Die Männer seiner Gruppe schossen noch eine Weile weiter, dann ging auch ihnen einem nach dem anderen die Munition aus.

»Wir ziehen uns zurück!«, befahl Hagendorn. »Ohne unsere Waffen können wir hier nichts mehr ausrichten.«

Der Leutnant lotste seine Männer Richtung Westen

vom Parkplatz weg. Nach Norden zu gehen verbot sich von alleine, denn dort tobten bereits grimmige Kämpfe, bei denen sie im Moment keine große Hilfe sein würden.

»Irgendwo muss doch noch Muni aufzutreiben sein«, überlegte Obergefreiter Wesheim laut, während er neben seinem Vorgesetzten herging.

»Ihr Wort in Gottes Gehörgang«, erwiderte Hagendorn. »Wenn wir nicht bald irgendwo ein paar Magazine auftreiben können, werden wir uns mit Messern und Knüppeln bewaffnen müssen. Und damit meine ich *richtige* Messer, nicht dieses Spielzeug, das gerade einmal dazu taugt, sich selbst schmerzhaft in den Finger zu schneiden.«

»Vielleicht sollten wir den Zeugmeister …?«, setzte Wesheim an, doch der Leutnant fiel ihm ins Wort.

»Blödsinn! Alle Bestände, die dem Stabsfeldwebel bekannt sind, hat er mit Sicherheit bereits zur Verfügung gestellt. Ich mache mir eher Hoffnung darauf, dass in irgendeinem Kellerloch, an das im Moment keiner mehr denkt, noch irgendwelche Altbestände herumliegen, die eigentlich zur Vernichtung anstehen.«

»Wegen des Verfallsdatums, vermute ich?«

»Sie haben's erfasst, Wesheim. So ist das nun mal in einem Land, das seine Bürger vor allem Möglichen beschützt, sogar vor Munition, deren ›Haltbarkeitsdatum‹ abgelaufen ist.«

»Aha«, machte Wesheim und konnte sich ein Grinsen nicht verkneifen. »Und wegen dieses Haltbarkeitsdatums gehen auch heutzutage noch ab und zu Bomben hoch, die aus dem Zweiten Weltkrieg stammen.«

»So ist es.« Hagendorn nickte grimmig.

Während die Männer gesprochen hatten, waren sie der Stelle immer näher gekommen, an der der Luchs von Leutnant Mahler stand. Hagendorn überlegte kurz, ob er den jetzigen Kasernenkommandanten, der zu dieser Position gekommen war wie die Jungfrau zum Kinde, wegen weiteren Nachschubs ansprechen sollte, entschied sich dann aber dagegen, denn der hatte im Moment sicherlich genug eigene Sorgen. Stattdessen änderte Hagendorn die Richtung, hielt auf das ihnen am nächsten stehende Gebäude zu und bedeutete seinen Männern, ihm zu folgen.

Ohne Vorwarnung brachen aus einem nahen Gebüsch mehrere Zombies hervor, gingen heulend, kreischend und gurgelnd auf die Soldaten los.

Hagendorn wollte gerade den Befehl geben loszulaufen, um in dem Gebäude Schutz zu suchen, da sah er, dass jetzt auch von der anderen Seite Untote auf sie zu rannten. Diese würden sie erreichen, bevor es ihnen gelang, auch nur in die Nähe des Hauseingangs zu kommen.

»Wehrt euch mit allem, was ihr habt!«, rief der Leutnant seinen Männern zu. »Wir müssen diese Biester ausschalten, sonst haben wir keine Chance!«

Während er einen Stein aufhob, der sich leidlich als Schlagwaffe zu eignen schien, sah Hagendorn, dass auch seine Männer versuchten, sich irgendwie auf den bevorstehenden Nahkampf vorzubereiten. Einige nahmen ihre Gewehre als Prügel in die Hand, andere zogen Messer, von denen eines definitiv nicht aus Beständen der Bundeswehr stammte, sondern dem entsprach, was Hagendorn vorhin als »richtiges Messer« bezeichnet hatte. Gleichzeitig bildeten sie einen Kreis, um sich nach allen Seiten verteidigen zu können.

Dann waren die Zombies heran. Hagendorn wich geschickt den Krallenhänden aus, die seinen Hals packen wollten, und schlug mit dem Stein zu. Ein hässliches Knacken signalisierte ihm, dass der Schädelknochen bereits unter dem ersten Treffer gebrochen war. Trotzdem hielt das den Untoten in keiner Weise davon ab, weiter auf den Leutnant einzudringen.

Wieder schlug Hagendorn zu, und wieder, und wieder, und wieder. »Stirb endlich, du Biest!«, brüllte er, doch das zähnefletschende Ding schien gar nicht daran zu denken.

Dann, nach dem gefühlt tausendsten Schlag, brach der Beißer wie vom Blitz gefällt zusammen. Der obere Teil seines Schädels bestand nur noch aus einer stinkenden, breiigen Masse, die zäh am Rest des Kopfes herunterlief.

Doch Hagendorn blieb keine Zeit zum Verschnaufen. Zwei weitere Zombies drängten bereits nach, und weiter hinten sah er zu allem Überfluss eine Horde Schleicher, die es offenbar inzwischen ebenfalls geschafft hatte, den Zaun zu überwinden.

»Wir müssen uns beeilen, die Beißer loszuwerden!«, brüllte der Leutnant seinen Männern zu, registrierte dabei nur am Rande, dass einer der Soldaten einer Beißattacke zum Opfer fiel. »Wenn die Schleicher uns erst einmal erreichen, kommen wir hier nicht mehr weg!«

*

Mahler und seine Männer griffen bislang nur vereinzelt in die Kämpfe ein. Die beiden Panzer boten ihnen ausreichend Sicherheit, damit sie sich eine gewisse diesbezügliche Zurückhaltung leisten konnten.

Hauptfeldwebel Braumann bediente diesmal das Geschütz des Luchs, während Mahler sich mithilfe der Optiken darum bemühte, den Verlauf des Kampfgeschehens einzuschätzen.

Die Männer auf dem Dach des Marder veranstalteten eine Art Tontaubenschießen auf Untote, die nach und nach in immer größerer Anzahl in diesem Teil des Kasernengeländes auftauchten. Die Lage schien hier trotzdem immer noch unter Kontrolle zu sein.

Dann sah Mahler, dass sich vor dem Eingang eine stetig größer werdende Horde Zombies zusammenrottete. Kurz dachte er daran, Braumann Schießbefehl zu geben, dann fiel ihm ein, dass ihnen ein dort aufgehäufter Berg toter Leiber im Fall der Fälle nur die Flucht erschweren würde.

Mahler schwenkte die Optiken herum.

Von Osten her näherte sich in einiger Entfernung eine Gruppe Soldaten seinem Standort. Kurz stutze er, dann erkannte er Leutnant Hagendorn. Er wollte diesen gerade anfunken, um zu erfahren, warum er mit seinen Männern den ihnen zugeteilten Sicherungsbereich verlassen hatte, als eine Horde Beißer auf die Gruppe losging, die Mahlers Blicken bisher entgangen war.

Schnell wurde ihm klar, warum Hagendorn und seine Mannen auf dem Gelände »herumgeisterten«. Keiner von ihnen schoss, stattdessen wehrten sie sich mit allem, was dafür keine Patronen benötigte. Mahlers schlimmste Befürchtungen traten also bereits ein, immer mehr Leuten ging inzwischen die Munition aus!

In diesem Moment fiel Hagendorn unter dem Angriff zweier Zombies. Mahler konnte gerade noch erkennen, wie der Leutnant zu Boden ging, dann stürzten sich bereits zwei weitere Beißer auf ihn. Zu allem Überfluss näherte sich jetzt auch noch eine größere Gruppe von Schleichern der Stelle.

Mahler schluckte. Mit einem Mal fühlte er sich wie ein Traumwandler. Alles wirkte so, als sei es ganz weit von ihm entfernt, ginge ihn gar nichts mehr an. Andere führten jetzt die Regie, ließen eine Art Spielfilm vor seinen Augen ablaufen, mit dem er weder etwas zu tun hatte, noch darin eingreifen konnte.

Halt, das stimmt nicht!, rief er sich selbst zur Ordnung. *Das Grauen da draußen ist real, und wir alle stecken mittendrin!*

Mahler konnte nicht mehr sagen, wie viele Tote er in den letzten zwei Tagen gesehen hatte, und er wollte es auch gar nicht. Nur noch ein einzelner Gedanke hämmerte durch seinen Kopf: *Raus hier! Das bist du Jasmin schuldig!*

Sich immer noch wie in einer Art schlechten Traum fühlend, gab Mahler Braumann das vereinbarte Zeichen. Der nickte und setzte sich mit dem Marder in Verbindung.

»Gefreiter Manske hier«, meldete sich prompt dessen Fahrer.

Mahler kannte den jungen Soldaten, hatte während des Dienstes schon öfter mit ihm zu tun gehabt.

Bei Timo Manske handelte es sich um einen umsichtigen Mann, der sich bisher immer als ruhig und zuverlässig erwiesen hatte. Auch jetzt klang seine Stimme völlig unaufgeregt, so als sitze er in der Fahrbereitschaft und warte auf den nächsten Routineauftrag.

»Code Alpha-Bravo«, gab Braumann dem Gefreiten durch. »Ausführung sofort.«

»Verstanden!«

Als würde es ihm von einem Dritten eingeflüstert, wurde Mahler schlagartig klar, was der Code, den der Hauptfeldwebel eben benutzt und offensichtlich selbst festgelegt hatte, bedeutete: Alpha und Bravo, das gehörte zum sogenannten Nato-Alphabet, welches von den Soldaten der westlichen Hemisphäre zum Buchstabieren verwendet wurde, so wie die Kaufleute Anton und Berta sagten, wenn sie A und B meinten. Aber es bedeutete noch mehr. Das A-B stand für Aus-Bruch. Dieser Code war so offensichtlich und trivial, dass vermutlich keiner von denen, die nicht davon betroffen waren, auch nur im Ansatz darauf kam, was er bedeutete.

Mahler ließ den Luchs anrucken, wollte auf das Nebentor zufahren, um es mit dem Spähpanzer einfach niederzuwalzen. Erst jetzt sah er, dass sich hinter dem Tor inzwischen an die tausend Zombies versammelt hatten. Selbst mit Vollgas würde es ihm nicht gelingen, da durchzubrechen.

»Nach rechts!«, rief Braumann. »Ich habe das kommen sehen!«

»Aber rechts ist der verstärkte Zaun. Den schaffen wir nicht!«

»Ja, das denkt dieser Grote vermutlich auch, weswegen sich an der Stelle nur wenige dieser Biester aufhalten. Und jetzt vertrauen Sie mir und halten Sie direkt auf die Stelle zu, an der das Warnschild angebracht ist!«

Mahler kannte diese Schilder. Sie befanden sich an den Umzäunungen vieler militärischer Einrichtungen und warnten potentielle Eindringlinge davor, dass innerhalb des Zauns gegebenenfalls von der Schusswaffe Gebrauch gemacht wurde. Wie zynisch das im Moment doch klang!

Aber Mahler besaß jetzt nicht die Muße, weiterhin über irgendwelche Warnschilder zu philosophieren. Stattdessen konzentrierte er sich darauf, auf die genannte

Stelle in der Absperrung zuzuhalten. Der Marder folgte ihm dichtauf.

»Nicht erschrecken!«, rief Braumann.

Fast im selben Moment explodierten mehrere Sprengladungen, die der alte Haudegen dort vermutlich höchstpersönlich deponiert hatte. Das gehörte also zu den Vorbereitungen, die den Hauptfeldwebel den halben Tag auf Trab gehalten hatten.

Mahler glaubte zu ahnen, was Braumann damit bezweckte, hoffte inständig, dass er sich nicht irrte. »Festhalten!«, rief er nach hinten ins Fahrzeug und stützte sich mit den Händen an der Lenkung ab, während er noch mehr Gas gab.

Der Zaun kam jetzt rasend schnell näher. Dann ein Scheppern, ein Knall – und der Luchs war durch!

Der Spähpanzer begann zu schlingern. Hoffentlich hatte keiner der Reifen Schaden genommen! Mahler schalt sich einen Idioten, weil er nicht den Marder hatte vorausfahren lassen. Dessen Ketten waren unter anderem doch genau für solche Aktionen ausgelegt.

Nach kurzem Kampf mit der Lenkung hatte der Leutnant sein Fahrzeug wieder unter Kontrolle. Er fegte zwischen zwei Baumgruppen hindurch, dann hatte er die dahinter liegende Wiese erreicht.

Mahler steuerte nach links, um zur Militärringstraße zu gelangen. Von dieser Seite konnte er zwar nicht in die gewünschte Richtung auf die vierspurige Straße auffahren, aber das scherte ihn im Moment wenig.

Die Unterführung zu benutzen, wäre ohnehin viel zu riskant. Wenn sich darin ein größerer Pulk Zombies aufhielt, bestand die nicht unerhebliche Gefahr, dort unten stecken zu bleiben. Außerdem gab es hier in der Gegend vermutlich niemanden mehr, der sich an zwei Geisterfahrern störte.

Inzwischen hatten die Zombies in der Nähe, bei denen es sich überwiegend um Schleicher handelte, offenbar bemerkt, dass ihr »Essen auf Rädern« im Begriff stand, sich im wahrsten Sinne des Wortes vom Acker zu machen. Allerdings zeigten sie sich mit den Plänen des Frischfleisches keineswegs einverstanden, sondern versuchten stattdessen, den beiden Fahrzeugen den Weg abzuschneiden.

Die 20-Millimeter-Maschinenkanone des Luchs ratterte los. Braumann stellte unter Beweis, dass er mit diesem Teil umgehen konnte. Hier draußen brauchte er auch keine Zurückhaltung zu üben, denn es gab weder einen Zaun noch Kameraden, auf die er hätte Rücksicht nehmen müssen.

Trotzdem erwischte er nicht alle, denn das Zielen aus einem sich bewegenden Fahrzeug heraus erwies sich immer auch als ein gewisses Glücksspiel. Kam ein Schlagloch oder eine Bodenwelle zur falschen Zeit, pfiffen die Kugeln auch schon ein gutes Stück weit am geplanten Ziel vorbei.

Direkt vor dem Luchs befanden sich drei Schleicher, denen eine solche Bodenwelle soeben das untote Leben gerettet hatte. Die drei wirkten, als ob sie eine Dreierbeziehung pflegen würden, schienen sich aneinander festzuhalten, um sich gegenseitig Trost und Unterstützung zu spenden. Zu allem Überfluss handelte es sich dabei auch noch um zwei Frauen und einen Mann, auch wenn die Frisuren der beiden Schönheiten dringend zu einem Frisörbesuch rieten.

Mahler zögerte keine Sekunde. Ohne auch nur mit der Wimper zu zucken hielt er auf des Gespann zu. Ein hässlich feuchtes Geräusch unterlegt von trockenem Knacken entstand, als der Marder gegen die Zombies prallte und gleich darauf rumpelnd über sie hinwegfegte.

»Vielweiberei konnte ich noch nie leiden«, knurrte Mahler in einem Anfall von Sarkasmus. »Und das hat sich bis heute nicht geändert.«

*

Kurze Zeit später ließen die beiden Panzer den Ring der Zombies hinter sich. Mahler drosselte das Tempo und griff zum Funkgerät, um sich mit der Kommunikationsstelle im Hauptgebäude der Kaserne in Verbindung zu setzen.

Er wusste, dass diese immer noch in Kontakt mit dem Verteidigungsministerium stand.

»Gefreiter Mezenthin«, meldete sich prompt eine junge Stimme am anderen Ende.

»Leutnant Mahler hier. Setzen Sie umgehend folgende

Meldung an das Verteidigungsministerium ab: ›Das Gelände der Konrad-Adenauer-Kaserne wird von einer Zombie-Armee regelrecht überschwemmt. Die Schutzzone Köln-Süd muss als gefallen betrachtet werden. Gezeichnet Leutnant Mahler, Kasernenkommandant.‹ Haben Sie alles?«

»Jawohl, Herr Leutnant. Äh, Herr Leutnant?«

»Ja?«

»Was ist mit uns? Was machen wir denn jetzt?«

Grußlos beendete Mahler die Verbindung und trat aufs Gas.

Keiner im Luchs sprach in diesem Moment auch nur ein Wort. Selbst Jasmin saß mit großen Augen da, obwohl sich dem Mädchen mit seinen gerade einmal sechs Jahren die Tragweite dessen, was sie soeben mit anhören hatte müssen, noch gar nicht erschließen konnte. Vermutlich spürte sie einfach nur instinktiv die Stimmung der Erwachsenen, fühlte, dass gerade etwas Schreckliches geschehen sein musste.

»Was machen wir denn jetzt?«, brach Hauptfeldwebel Braumann schließlich das Schweigen. »Wie sehen unsere nächsten Schritte aus?«

»Wir fahren nach Mainz«, antwortete Mahler mit belegter Stimme. »Dort gibt es ebenfalls eine Schutzzone, und diese ist nach meinen Informationen massiv militärisch gesichert.«

»Verstehe.« Braumann nickte bedächtig. »Aber bis dort haben wir noch einiges an Weg vor uns.«

Mahler erwiderte nichts darauf. Natürlich wusste er um die Entfernung, ebenso wie er wusste, dass sie es unter Umständen gar nicht bis dorthin schaffen würden. Ihnen lagen keinerlei Informationen darüber vor, wie weit sich die Seuche inzwischen ausgebreitete hatte, was jeglichen Versuch einer Einschätzung, welchen Gefahren sie unterwegs begegnen könnten, von vornherein zum Scheitern verurteilte.

Doch Mahler machte noch etwas ganz anderes zu schaffen. Einmal gesetzt den Fall, dass es ihnen gelang, sich mit den beiden Panzern bis Mainz durchzuschlagen, was sollte er denn dort sagen? Dass er sein Kommando verlassen hatte, sich wie ein Feigling auf der Flucht befand?

Dabei tat er das noch nicht einmal für sich selbst, denn er spürte deutlich, dass es ihm vermutlich gar nicht viel ausgemacht hätte, im Zuge seiner Pflichterfüllung den Tod zu finden. Nein, es ging um seine Tochter Jasmin! Was auch immer die Erwachsenen in dieser Welt angestellt haben mochten, damit eine solche Seuche über sie hereinbrach, das Mädchen hatte damit nichts zu tun. Sie besaß ein Recht darauf, ein eigenes Leben zu führen, vielleicht das eine oder andere besser zu machen als ihre Eltern. Und dafür, dass sie diese Möglichkeit erhielt, tat er einfach alles, egal welche Konsequenzen das für ihn haben würde.

Das mussten doch auch andere Menschen verstehen, oder etwa nicht?

Candy und andere Leckereien

Einige Stunden zuvor

Nelson konnte nicht sagen, wie lange er jetzt schon einfach nur so dasaß. Er fühlte sich im Moment apathisch, konnte sich zu nichts aufraffen, so als müsse sich derzeit in seinem Inneren eine Art Batterie aufladen.

Das Rauschen der Dusche war bereits vor einiger Zeit verstummt, was Nelson aber nicht wirklich interessierte. Seine Gedanken kreisten immer noch um seinen Helden im Haus gegenüber und darum, wie er es am besten anstellen sollte, diesen zu beschützen.

Ein kleiner Teil seines Gehirns wunderte sich auf eigentümliche Weise darüber, warum ein Held überhaupt beschützt werden musste, doch die Stimme, mit der sich dieser Teil von Nelsons Überlegungen bemerkbar machte, ging im allgemeinen Lärm seiner Gedanken fast vollständig unter.

Aus dem Badezimmer erscholl eine weibliche Stimme, die etwas Unverständliches rief. Nelson ignorierte sie ebenso wie die Wisperstimme in seinem Kopf. Er konnte und wollte sich im Moment nicht mit irgendwelchen Nebensächlichkeiten befassen, dafür fand sich bestimmt später irgendwann noch genug Zeit. Und falls nicht, spielte das auch keine Rolle, denn manche Dinge erledigten sich von ganz alleine, wenn man sich nur lange genug nicht darum kümmerte.

Opa Michael, der sich nun endlich in einem Zustand befand, in dem Nelson ihn halbwegs leiden konnte, war nie müde geworden zu betonen, dass Deutschlands Politiker das auch immer so machen würden: alles liegenlassen, bis es sich von alleine erledigte. Er nannte das auch gerne »die Dinge aussitzen«, wobei Michael die Meinung vertrat, »die Merkel« könne das am besten von allen.

Nelson interessierte sich nicht für Politik, und ein Gefühl sagte ihm, dass diese seit kurzem einen ganz neuen Stellenwert besaß, nämlich ganz unten auf der Skala dessen, was die Leute als wichtig erachteten.

Erneut schickte sich ein Ruf aus dem Badezimmer an, Nelsons Gedanken zu stören. Nelson ließ auch diesen Versuch, seine Aufmerksamkeit zu erheischen, kläglich scheitern, indem er einfach überhaupt nicht darauf reagierte. Das Ding im Bad, welches sich seine Mutter nannte, konnte nichts tun oder sagen, was für ihn noch von Belang gewesen wäre. Diese dumme Pute war bereits tot, wusste es bloß noch nicht, und Nelson fragte sich ernsthaft, ob sie es überhaupt jemals bemerken würde, wenn sie nicht mehr am Leben war.

Nelson konnte hören, wie Candy die Badezimmertür öffnete. Kurz darauf tappten nackte Füße durch den Flur. Das Geräusch näherte sich dem Wohnzimmer. Gleich würde der Spaß beginnen.

»Scheiße, und wenn die Welt untergeht, ich will nicht wie eine Schlampe aussehen!«, sagte Candy mehr zu sich selbst, als sie das Wohnzimmer betrat.

Als ob du jemals etwas anderes als eine Schlampe gewesen wärst, dachte Nelson. *Wenn, dann ist das viele, viele Jahre her.*

Nelson erhob sich langsam aus dem Sessel, wunderte sich darüber, warum seine Erzeugerin noch nicht lauthals kreischend auf die Sauerei, welche Michaels Blut veranstaltet hatte, aufmerksam wurde. Wie er sogleich feststellte, lag das daran, dass Candy – wieder einmal – viel zu sehr mit sich selbst beschäftigt war. Den Blick nach unten gerichtet hielt sie in der Rechten ein Handtuch, mit dem sie durch ihre Haare rubbelte, während sie mit der Linken an ihrem Bademantel herumnestelte. Natürlich klappte weder das eine noch das andere richtig, denn Candy konnte keine zwei Sachen zur selben Zeit machen, so sehr sie sich das selbst auch gerne einredete.

Dann glitt ihr Blick nach oben, streifte Nelson kurz und landete schließlich auf dem Teppich vor dem Sofa. Schlagartig hielt Candy mit allem inne, nur ihre Augen weiteten sich immer mehr. Ihr Mund klappte auf, dann wieder zu und wieder auf. Das Handtuch rutschte ihr aus der Hand, und mit fast derselben Geschwindigkeit, in der es dem Boden entgegenfiel, wich alle Farbe aus ihrem Gesicht.

»O mein Gott!«, begann Candy übergangslos zu kreischen. »Wo kommt denn das ganze Blut her?«

Zwei Sekunden später erschloss sich ihr die Quelle des roten Saftes, was ihre Stimme fast eine Oktave nach oben trieb. »O mein Gott! O mein Gott!«

Brüll so laut die willst, höhnte Nelson im Stillen. *Der alte Mann mit dem langen weißen Bart hört dich ohnehin nicht, was vermutlich daran liegt, dass er eben* nicht *über den Wolken wohnt.*

»O mein Gott! O mein Gott!«

Interessant, wie sich dein Wortschatz reduziert hat.

»O mein Gott! Michael, so sag doch was!«

Ich wette, er würde, wenn er könnte ...

»Michael? Oh mein Gott! Michael!« Candys Stimme wurde immer leiser, schließlich sackte sie kraftlos an der Wand direkt neben der Tür zusammen. Zitternd hockte sie auf dem Boden, hauchte mehr, als dass sie flüsterte, nur noch diese drei Worte: »O mein Gott!«

Ein Zucken lief durch Candys Körper, dann ein zweites und drittes. Schließlich entrang sich ihr ein Schluchzen, welches sich gleich darauf in haltloses Weinen wandelte.

Langsam ging Nelson zu ihr, beugte sich über sie. An das Messer, welches noch auf dem Wohnzimmertisch lag, dachte er in diesem Moment nicht, ebenso wenig daran, was er jetzt eigentlich damit hatte tun wollen. Stattdessen sprach er leise zu ihr: »Es ist alles in Ordnung Mama, mir geht es gut.«

Candy sah zu ihrem Sohn hoch. Ihr Blick zeigte in erster Linie Verwirrung, aber auch ihre völlige Überforderung mit der Situation. »Was ist hier passiert?«, hauchte sie. »Was war hier los?«

»Opa.« Nelson deutete aufs Sofa. »Er ist durchgedreht, ging plötzlich auf mich los.«

»Er ist auf dich losgegangen? Aber warum? Und wie?«

»Warum, weiß ich auch nicht.« Nelson redete völlig ruhig, benutzte den Tonfall, mit dem Mütter normalerweise zu ihren Kindern sprachen, wenn sie ihnen die Angst vor etwas nehmen wollten. »Er hat mich einfach angegriffen, wollte mich umbringen. Da musste ich mich wehren, weißt du?«

»Nein, das glaube ich nicht! Das würde Michael niemals …« Erneutes Schluchzen lief durch Candys Körper, hinderte sie daran, weiterzusprechen.

»Es ist die Wahrheit. Er wollte mich töten. Opa hat sich verändert, wurde plötzlich so komisch. Ich glaube, das war gar nicht mehr wirklich Opa, er hat sich aufgeführt wie die Leute, von denen die Nachrichten erzählt haben, diese Beißer.«

»Das … das glaube ich nicht.« Candys Blick pendelte unruhig zwischen Nelson und ihrem toten Vater hin und her. Immer wieder zog sie die Nase hoch. »Michael konnte doch gar nicht …«

Langsam schlich sich Verstehen in Candys Blick. Dieser ruhte nun auf ihrem Sohn, fixierte ihn eindringlich, während das Misstrauen ihre Miene eroberte. »Du hast dich … verändert«, brachte sie schließlich hervor. »Du bist so anders, so … so kalt und berechnend. Das ist nicht mehr mein Nelson, mein über alles geliebter Sohn!

Was ist nur aus dir geworden? *Du* hast ihn abgestochen, nicht wahr? Du warst das, und Michael hat dir nichts, überhaupt nichts getan, also lüg mich nicht an!«

Nelson wich zwei Schritte zurück, aber nicht, weil er Angst vor Candy hatte, sondern weil sie ihn mit einem Mal anwiderte wie noch nie zuvor. Dieses greinende, selbstgerechte Flittchen, das ständig zwischen Vorwürfen und Hysterie schwankte, ihr Gekeife, ihr Gejammer, ihr ständiges selbstgefälliges Gehabe.

Unbändige Wut stieg in Nelson hoch, schien ihm förmlich zu den Augen hinausquellen zu wollen. Am liebsten hätte er das Bündel Mensch, dass da vor ihm auf dem Boden hockte, geschlagen, getreten und bespuckt. Doch noch riss er sich zusammen, konnte nicht sagen warum. Vielleicht, weil ihm dieses Spiel im Moment noch Freude bereitete. Also spielte er es zunächst weiter.

»Mama, du musst mir einfach glauben«, redete er weiterhin betont ruhig auf Candy ein. »Opa ist derjenige, der sich verändert hat, nicht ich. Du machst mir Angst, wenn du mich so anschaust.«

»Ich … ich weiß nicht, was ich glauben soll.« Candy schüttelte verzweifelt den Kopf. »Irgendwie ergibt das doch alles keinen Sinn! Keiner von uns war draußen, wir können uns doch gar nicht angesteckt haben. Oder etwa doch?«

»Ich weiß nicht Mama, ich bin kein Doktor.«

Dann fiel Candys Blick auf das große Küchenmesser. Anklagend hob sie Hand und deutete darauf:

»Wie kommt das denn hierher?«

»Was meinst du?«

»Stell dich nicht dumm, Nelson!« Candy begann wieder mit schriller Stimme zu keifen. »Wie kommt das Messer hierher, mit dem du deinen Opa abgestochen hast?«

»Das ist aus der Küche, denke ich.« Nelson spürte, dass er langsam den Spaß an diesem Spiel verlor. Candy wurde ihm immer gleichgültiger.

»Natürlich ist das aus der Küche. Aber dann stimmt es also doch!« In Candys Gesicht tobte ein Widerstreit der Gefühlsregungen, bis schließlich die schrille Hysterie erneut die Oberhand gewann. »Du warst es also doch! Du hast ihn umgebracht, und zwar völlig ohne Grund! Warum nur, Nelson, warum nur? Was ist aus dir bloß geworden?«

Jemand, der sich nicht mehr für dich und dein Gekreische interessiert.

Stumm wandte sich Nelson ab, ging auf die Wohnzimmertür zu.

Er hatte diese beinahe erreicht, als er aus dem Augenwinkel eine Bewegung wahrnahm. Diese stammte jedoch nicht von Candy, sondern kam vom Sofa her.

Unwillkürlich wandte Nelson sich um.

Sein toter Opa richtete sich mühsam auf, röchelte dabei wie ein Asthmakranker kurz vor dem Exitus.

Haha! Offensichtlich ging der Spaß nun weiter! *Haha! Haha!*

Nelson blieb genau in der Zimmertür stehen und wartete darauf, was als nächstes passieren würde.

Candys Blick klebte förmlich an ihrem wiedererwachten Vater. »Michael?«, fragte sie zaghaft. »Du lebst noch? Soll … soll ich einen Notarztwagen rufen?«

Die ist ja noch viel blöder als ich dachte. Nelson griente. Im Gegensatz zu Candy konnte er regelrecht spüren, dass Michael keiner der verhassten Menschen mehr war.

Nun wollte er sehen, wie lange die dumme Kuh brauchte, um das ebenfalls zu schnallen.

»Michael? So sag doch was!« Am ganzen Körper zitternd versuchte Candy aufzustehen. Schließlich tapste sie auf unsicheren Beinen in Richtung des Sofas. »Michael?«

Der Angesprochene wandte ihr den Kopf zu, sah sie so an, wie ein Forscher ein interessantes Studienobjekt betrachten mochte. Ein undefinierbares Geräusch drang aus seiner Kehle.

Candy blieb stehen, schien nicht recht zu wissen, was sie tun sollte. Noch einmal versuchte sie, ihren Vater anzusprechen, doch der dachte gar nicht daran, ihr zu antworten. Stattdessen erhob er sich vom Sofa und schlurfte langsam auf sie zu.

»Michael?« Candy wich zurück. »Was … was soll das? Was machst du da? Setz dich doch lieber wieder hin, hörst du?«

Doch Michael hörte nicht, schlurfte weiter auf sie zu.

Jetzt hob er seine Arme, streckte sie ihr entgegen, die Hände zu Krallen geformt.

»Mach doch keinen Scheiß!« Candy wich immer schneller zurück. »Ich bin's doch, deine Karin!«

Ach, nicht mehr Candy? Na sowas! Nelson amüsierte sich prächtig, und das fulminante Finale stand jetzt unmittelbar bevor.

Candys Rückzug endete schlagartig, als sie gegen Nelson prallte, der immer noch im Türrahmen stand. Sie fuhr herum, stammelte »Wie? Was?« und gleich darauf: »Lass mich durch! Lass mich durch!«

Doch Nelson dachte gar nicht daran. Mit aller Kraft verpasste er ihr eine schallende Ohrfeige. Noch während Candy sich erschrocken die Backe hielt, trat er ihr mit voller Wucht in den Unterleib.

Der Tritt trieb sie genau in Michaels Arme, der ein dankbar klingendes Gurgeln ausstieß, bevor er sich in seine Tochter verbiss.

*

Nelson konnte sich an dem neuerlichen Schlachtfest gar nicht sattsehen. Obwohl er im Moment keine Lust verspürte, sich selbst daran zu beteiligen, genoss er diese Orgie aus Blut, Gewalt und Geschrei.

Candy erwies sich als erstaunlich zäh, brüllte fast geschlagene fünf Minuten lang wie am Spieß, bevor ihr der Blutverlust vollends die Kraft dafür raubte.

»Hättest sonst ruhig auch mal mehr Durchhaltevermögen beweisen können«, kommentierte Nelson hämisch. »Vielleicht wäre dann ja doch so was wie eine Mutter aus dir geworden.«

Michael schien das alles in keiner Weise mehr zu stören. Er gab sich einfach seinem Festmahl hin, schmatzte, gluckste, kaute und schluckte, als habe er seit vielen Tagen nichts mehr zu essen bekommen.

Nelson nahm wieder in seinem Sessel Platz. Fürs erste hatte er genug gesehen. Und so geil das alles auch gewesen sein mochte, er fühlte sich im Moment wieder müde, wollte sich einfach nur ausruhen. Die Geräusche des fressenden Zombies wirkten zudem beruhigend auf ihn, sodass er gar nicht merkte, wie er langsam wegdämmerte.

*

Als Nelson wieder wach wurde, zeigte sich draußen das erste Licht des neuen Tages. Er sah sich im Wohnzimmer um. Sein Opa hockte immer noch auf dem Boden, fraß aber nicht mehr. Von Candy war noch knapp die Hälfte übrig.

»Na, Michi, machste ein Päuschen?« Nelson feixte. »Das hast du dir aber auch redlich verdient. Jaaa, bist ein ganz ein Braver.«

Kurz überlegte sich Nelson, ob er den Opa-Zombie tätscheln sollte, aber das hätte ihn dann doch zu sehr an einen Hund erinnert, und Hunde konnte er eigentlich nicht leiden. Wobei er sich im Moment fragte, wie diese wohl schmecken mochten …

Dann fiel ihm sein Hero wieder ein. Verdammt! Hoffentlich befand sich der noch im Haus gegenüber!

Nelson ärgerte sich über sich selbst. Die Show gestern Abend in diesem Wohnzimmer hatte ihn offenbar so sehr fasziniert, dass darüber alles andere in den Hintergrund getreten war. Und einen Plan besaß er jetzt immer noch nicht.

Dann zuckte Nelson gleichgültig mit den Schultern. Na und? Dann musste es eben ohne Plan gehen, denn länger zögern konnte und wollte er jetzt nicht mehr. Dort draußen wartete satte Action auf ihn, und zusammen mit seinem neuen Helden würde die sicher mindestens doppelt so viel Spaß machen, wie alles, was Nelson bisher erlebt hatte.

Er erhob sich aus seinem Sessel und ging Richtung Tür. Michael glotzte ihn dabei aus Augen an, in denen keinerlei Erkennen lag. Nelson tätschelte ihn jetzt doch, denn es erschien ihm nun irgendwie passend. »Teil dir dein Fresschen schön ein, hörst du?«

Nelson verließ das Wohnzimmer, durchschritt den Flur und stand kurz darauf im Treppenhaus. Die Wohnungstür ließ er einfach offen stehen, denn was aus der Wohnung wurde, interessierte ihn nicht die Bohne. Einbrecher gab es in ganz Köln vermutlich keine mehr, und falls sich doch noch einer hierher verirrte, gab er sicher ein leckeres Fresschen für Opa ab.

Zwei Stockwerke tiefer stand eine ältere Frau auf dem Treppenabsatz, lehnte mit der Hüfte am Fensterbrett, was schon beinahe ein wenig lässig wirkte. Nelson kannte sie, es handelte sich um die olle Schmidt-Maken. Er hatte diese Schachtel nie sonderlich leiden können, ihr Genöle, Getratsche und Getue war ihm immer total auf den Wecker gefallen. Aber jetzt, wo sie so dastand, ganz ruhig und ohne dass sich ihr Mundwerk bewegte, wirkte sie viel sympathischer als früher.

Nelson fand es äußerst faszinierend, wie die Zombiewerdung die Menschen doch zu ihrem Vorteil veränderte, sozusagen das Beste aus ihnen herausholte, sie zu angenehmen Zeitgenossen werden ließ, deren Gegenwart einem nicht mehr lästig fiel. Außerdem passte der neue Teint der Schmidt-Maken viel besser zur Farbe ihrer Haare, fand Nelson.

Aber da war noch etwas, das ihm die Frau näher brachte. Nelson brauchte einen Moment, um zu begreifen, um was es sich dabei handelte. Dann wurde es ihm klar, denn er hatte es bereits bei seinem Opa gespürt, als der in sein neues Leben erwachte: Die Schmidt-Maken gehörte jetzt genau wie Michael und auch Nelson zu etwas Neuem, etwas Großartigem. Sie alle waren Mitglied einer … ja, einer *Nation*, wie es sie nie zuvor auf diesem Planeten gegeben hatte.

Auf einmal stand das alles ganz klar vor Nelson, erschloss sich ihm in seiner ganzen Tragweite.

Er, der schon seit zwei Jahren wie besessen SF- und Horrorfilme schaute, befand sich tatsächlich mittendrin, war sozusagen ein »live actor« im größten Film der Weltgeschichte, dem Film über das Entstehen der Nation-Z.

*

Als Nelson auf die Straße trat, tauchte die Sonne Köln in goldenes Licht. Ja, genau so stellte er sich das vor! Er betrat eine neue Welt, vollzog sozusagen den ersten Auftritt auf der Bühne seines neuen Lebens. Herrlich!

Mit aller Theatralik, zu der Nelson fähig war, sog er die Luft des noch jungen Tages ein. Die Handfläche zu sich gewandt winkte er huldvoll in die Runde. Kam nicht sogar von irgendwoher Applaus? Nelson feixte. Nein, natürlich nicht, was ihn aber auch nicht wunderte, denn schließlich befand er sich nicht wirklich in einem bis auf den letzten Platz mit Zuschauern gefüllten Theater.

Keine zwei Meter neben dem Hauseingang lungerte ein Schleicher im Schatten herum. Neugierig betrachtete Nelson diesen Bürger der Nation-Z. Der Mann mochte zu Lebzeiten vielleicht dreißig Jahre alt gewesen sein. Seine Haare trug er akkurat und kurz geschnitten, dazu passend ein fein ausrasierter Bart, was auf der jetzt graublassen Haut noch viel besser zur Geltung kam.

Nelson überlegte, welchem Beruf derjenige wohl einmal nachgegangen sein könnte. Er kannte sich nicht wirklich mit Berufen aus, denn mit seinen dreizehn Jahren hatte es ihn bislang einen Scheiß interessiert, was man als »Großer« denn so alles werden konnte. Trotzdem machte ihm das Beruferaten mit einem Mal Spaß.

»Also, was warst du mal?«, überlegte er laut. »Hast du auf der Bank gearbeitet? Dein feiner Anzug würde gut dazu passen, aber der Bart ist irgendwie viel zu schnöselig, das wirkt doch nicht seriös. Ah, ich weiß! Versicherungen! Du hast den Leuten Versicherungen angedreht. Und wo ist jetzt dein Köfferchen mit den hübschen Hochglanzprospekten? Hast du das etwa verschlampert?«

In gespieltem Tadel wackelte Nelson mit dem Zeigefinger, dann musste er grinsen. Der Schleicher glotzte ihn einfach nur blöde an, verstand überhaupt nicht, was Nelson von ihm wollte, weshalb er noch ein »Braaaaav!« von sich gab, bevor er weiterging. Irgendwie erschien es ihm immer passender, die Schleicher als Hundchen zu sehen – vielleicht konnte man ihnen sogar Apportieren beibringen …

Nelson ging auf den nächsten Schleicher zu, genauer gesagt eine Schleicherin.

Die langen schwarzen Haare wirkten verfilzt, das schicke Abendkleid war über und über mit den verschiedensten Dingen besudelt. In den Strümpfen zeigten sich Laufmaschen, und bei einem der Stilettos fehlte der Absatz, sodass die Schwarzhaarige merkwürdig schief daherkam.

Dann sah Nelson, dass an der linken Hand der ehemals Schönen zwei Finger fehlten, der Mittelfinger offenbar abgeschnitten oder abgequetscht, der Zeigefinger aus dem Grundgelenk gerissen. Der Daumen baumelte schlaf herunter, schien nur noch an einer Sehne zu hängen.

»Da hat sich dein Fresschen wohl gewehrt«, kommentierte Nelson den Anblick. »Aber wie ich an der Blutkruste um deinen Mund sehen kann, hat es ihm nichts genutzt.«

Hinter der Schwarzhaarigen saß ein Mann auf dem Boden, der Nelson an einen Althippie erinnerte. Die langen grauen Haare trug er zu einem Pferdeschwanz zusammengefasst, an einer Kette um seinen Hals hing das unvermeidlich scheinende Peace-Zeichen.

Nelson musste unwillkürlich an einen seiner Lehrer denken, den er bis vor Kurzem hatte noch recht gut leiden können, denn er war der einzige gewesen, der Nelson nicht von oben herab behandelt hatte so wie seine Kollegen. Klar, Nelson war kein Musterschüler, was nicht zuletzt daran lag, dass er Schule langweilig fand, aber als Idiot fühlte er sich trotzdem nicht, seine Interessen lagen halt einfach auf anderen Gebieten.

Aber dieses Thema gehörte jetzt, zum, Glück der Vergangenheit an, genauso wie Althippies, Neoliberale und was es sonst noch so gab.

Die Nation-Z bot für so etwas keinen Platz, brauchte diese Art Weltanschauungen und Überzeugungen nicht und würde trotzdem bestens funktionieren.

Ein weiterer Schleicher zog Nelsons Aufmerksamkeit auf sich. Der Rothaarige hatte etliche Blessuren abbekommen, besaß nur noch seinen linken Arm, das rechte Auge fehlte ebenfalls. Das Hemd war über der Brust völlig zerfetzt, sodass Nelson dort etliche Einstiche erkennen konnte. Der Anblick erinnerte Nelson daran, wie sein Großvater jetzt herumlief. Er fand es irgendwie … passend.

Nelson hockte sich auf die Bordsteinkante, ließ das Straßenbild in Ruhe auf sich wirken. Hier herrschte ein Frieden, wie er ihn niemals zuvor erlebt hatte. Alles ging ruhig und gemächlich vor sich, niemand hetzte umher, keiner schimpfte oder hupte. Manche der Schleicher schlurften still vor sich hin, andere standen einfach nur da, schienen auf irgendetwas zu warten. Vereinzelt gewahrte Nelson auch Kinder unter ihnen, bei den meisten handelte es sich jedoch um Erwachsene unterschiedlichsten Alters. Hach, die Welt war einfach schön!

*

Nelson gab sich eine ganze Weile der Faszination hin, sog die Bilder, die sich ihm boten, förmlich in sich auf. Dann fiel ihm ein, dass er noch etwas Wichtiges zu erledigen hatte.

Er stand auf und ging direkt auf das gegenüberliegende Haus zu.

Die Tür zur Bankfiliale, die sich im Erdgeschoss befand, stand offen, von den Scheiben war nur noch eine unversehrt. Im Inneren konnte Nelson mehrere Schleicher ausmachen, die sich in der Schalterhalle aufhielten.

Kurz bevor er die Eingangstür erreichte, bemerkte Nelson eine Bewegung aus dem Augenwinkel. Er drehte den Kopf, sah etwas Großes sehr schnell auf sich zukommen, das er im ersten Moment nicht einordnen konnte.

Keine zehn Zentimeter von Nelson entfernt blieb der Beißer stehen, sah ihn direkt an, wirkte beinahe neugierig. Dem Mund des Zombies fehlten die Lippen, sodass die blutigen Zähne das markanteste Merkmal im Gesicht bildeten. Das linke Ohr hing irgendwie schräg vom Kopf weg, das rechte fehlte ganz. Auf der Stirn ließen sich mehrere Kratzer oder Schnittwunden erkennen.

Nelsons Blick glitt tiefer. Auch der Körper des Beißers machte einen lädierten Eindruck, einige Knochen schienen gebrochen zu sein, an der rechten Hand fehlte der kleine Finger. Die Kleidung wies mehrere Löcher und Risse auf, der rechte Schuh fehlte ganz, und beim linken löste sich bereits die Sohle ab.

Erneut fühlte Nelson große Faszination in sich aufsteigen. Trotz seines ramponierten Äußeren strahlte der Beißer etwas aus, das Nelson nach und nach als Mischung aus verschiedenen Dingen erkannte. Der Zombie wirkte wild und dennoch tot, gleichzeitig auf eine merkwürdige Art geradezu besessen lebendig. Immer noch sah er Nelson direkt an, schien zu überlegen, um wen oder was es sich bei ihm handeln mochte.

Nelson lächelte. Er spürte deutlich die Verbindung, die zwischen ihm und dem Beißer bestand, spürte ihre Verbundenheit und dennoch eine Art Gefälle, welches ihn, Nelson, über den anderen stellte.

Der Beißer grunzte, wirkte ein wenig verunsichert. Er senkte den Kopf, hob ihn wieder, öffnete und schloss mehrmals seine Kiefer, was jedes Mal ein Klacken zur Folge hatte, wenn die Zähne aufeinandertrafen. Schließlich hielt der Beißer inne, starrte Nelson noch einen Moment lang an und wandte sich dann ab. Er trottete ein paar Schritte davon, blieb wenige Meter von Nelson entfernt wieder stehen und wandte sich ihm erneut zu, so, als würde er auf Anweisungen warten.

»Du kannst mir sicher noch nützlich sein«, murmelte Nelson vor sich hin. »Mal sehen, was mir da noch einfallen wird.«

Eine neuerliche Bewegung zog Nelsons Aufmerksamkeit auf sich. Er wandte den Kopf und erblickte eine Katze, die den Rinnstein entlangstreunte. Keiner der Zombies nahm Notiz von dem Tier, weshalb es sich offenbar sehr sicher fühlte.

In Nelsons Gesicht entstand ein diabolisches Grinsen. Er wandte sich an den Beißer und befahl: »Fass!«

Tatsächlich schien der Zombie ganz genau zu verstehen, was Nelson von ihm wollte. Mit unglaublicher Kraft spurtete er aus dem Stand los, rannte direkt auf die völlig überrascht und verdattert wirkende Katze zu.

Dann regte sich der Überlebenswille in dem Tier. Mit einem Fauchen sprang es hoch, den Rücken zu einem Buckel geformt, die Krallen ausgefahren. Noch in der Luft begannen seine Beine zu laufen.

Doch bevor sie den Boden wieder erreichte, war der Beißer schon heran, packte die Katze mit festem Griff und hielt sie eisern fest. Eine Tatze fuhr in Richtung seines Gesichts, verfehlte es nur um Haaresbreite. Der Beißer zuckte noch nicht einmal, sondern wartete einfach auf weitere Anweisungen.

Nelson ließ sich nicht lange bitten. »Friss!«

Als ob die Katze ihn verstanden hätte, legte sie noch einmal alles in den Versuch, sich aus dem Griff zu lösen. Sie fauchte, schrie, strampelte und wand sich, als hätte sie plötzlich den Teufel im Leib.

Doch alles Wehren half ihr nichts. Der Beißer packte jetzt auch mit der zweiten Hand zu, hielt mit brutaler Kraft ihre Beine fest und hinderte sie auf diese Weise daran, noch weiter zu strampeln.

Ein schriller Klagelaut drang aus ihrer Kehle, als sich Zähne ihn ihren weichen Bauch schlugen. Ein Zittern lief durch den Leib des Tieres, gefolgt von einem kläglichen Winseln, dann erlahmten die Bewegungen vollends.

»So ist's brav«, kommentierte Nelson das Geschehen. »Du musst schön essen, damit du bei Kräften bleibst.«

Gleichzeitig erkannte er, dass tierisches Fleisch nicht

wirklich zu dem gehörte, was Zombies als Leckerli ansahen. Trotzdem würde es sie mit ausreichend Energie versorgen, damit sie weiterhin aktiv sein konnten.

Diese Überlegungen blitzten jedoch nur kurz in Nelson auf, dann verschwanden sie in seinem Unterbewusstsein, von wo er sie später bei Bedarf wieder hervorkramen konnte. Er ließ den Beißer noch ein wenig vespern, dann befahl er ihm, den Rest des Tierkadavers in Richtung der Schleicher zu werfen, die von dem ganzen Vorgang immer noch keine Notiz nahmen.

»Bei Fuß!«, befahl Nelson, dann versuchte er etwas anderes. Er konzentrierte sich auf die Schleicherin mit den langen schwarzen Haaren, stellte sich vor, wie er auf geistiger Ebene eine Verbindung zu ihr aufbaute. Unwillkürlich drangen dabei Laute aus Nelsons Mund: »Grotah! Greoah!«

Obwohl Nelson nicht sagen konnte wieso, tat die Schleicherin, was er von ihr wollte. Sie schlurfte zu dem Katzenrest, hob ihn auf und begann, daran herumzunagen.

»Na also, geht doch.« Nelson grinste zufrieden. Er wandte sich an den Beißer: »Du wartest hier auf mich, kapiert?«

Die Antwort bestand aus einem Grunzen, welches in Nelsons Ohren wie ein Ja klang. Das ließ sich doch alles prima an! Aber nun war es höchste Zeit, sich um seinen Helden zu kümmern.

*

Im Inneren sah die Bankfiliale noch viel schlimmer aus, als es von außen den Anschein machte. Überall lagen Sachen kreuz und quer herum, dazwischen fanden sich immer wieder einzelne Körperteile, mal mehr und mal weniger auf den bloßen Knochen reduziert.

Nelson nahm auch diese Eindrücke genüsslich in sich auf. Er erblickte Ordnung in diesem Chaos, und zwar Ordnung in einer Form, die sich einem »normalen« Menschen vermutlich nie erschließen würde. Während er langsam in der Schalterhalle herumging, blickte der eine oder andere Schleicher dumpf zu ihm herüber, verlor das Interesse jedoch schnell wieder.

Für Nelson war klar, dass er nicht ins Beuteschema passte. Er konnte sich jedoch nicht sicher sein, wie die Zombies auf einen herkömmlichen Menschen in seiner Begleitung reagieren würden, trotzdem ging er davon aus, sie soweit unter Kontrolle zu haben, dass sie seinem Helden nichts tun würden.

Es fühlte sich für ihn einfach *natürlich* an, warum, konnte er nicht sagen.

Im hinteren Bereich der Schalterhalle fand Nelson schließlich eine Tür mit der Aufschrift »Notausgang«. Wie erwartet öffnete sich diese zu einem Flur hin.

Von dort führte eine weitere Tür in den Innenhof, aber die interessierte Nelson nicht, denn er wollte nach oben, nicht raus.

Ein wenig musste er herumsuchen, dann entdeckte er eine Stahltür. Dahinter lag vermutlich die Treppe.

Verschlossen! Mist! Was sollte er jetzt tun?

Unschlüssig sah sich Nelson um. Irgendwo musste doch ein Schlüssel zu finden sein!

Nelson begann damit, sich hier alles gründlich und genau anzusehen. Schließlich fiel ihm ein rotes Metallkästchen ins Auge, welches sich in einer kleinen Nische vor zufälliger Entdeckung verbarg und das in der Mitte eine verglaste Aussparung besaß, hinter der ein Schlüssel an einem Haken hing. Was auch immer demjenigen, der das dort angebracht hatte, dabei durch den Kopf gegangen sein mochte, Nelson konnte es nur recht sein. Ohne zu zögern schlug er die Scheibe ein und fummelte den Schlüssel aus dem Kästchen. Damit bewaffnet ging er zu der Stahltür zurück und steckte ihn ins Schloss. Tatsächlich ließ sich der Schlüssel darin drehen.

Nelson zog die Tür auf und schob den Schlüssel in seine Hosentasche. Vielleicht konnte er den irgendwann noch einmal brauchen.

Hinter der Tür schloss sich ein enges Treppenhaus an. Nelson bezweifelte, dass auf den Stufen zwei Menschen nebeneinander Platz fanden.

Fast schon bedächtig stieg er Stufe für Stufe nach oben, schließlich wollte er seinem Helden nicht völlig außer Atem gegenübertreten, denn das kam sicherlich blöd rüber.

Und er legte Wert darauf, einen guten Eindruck zu

machen, dann würde sich alles Weitere schon finden.

Nach einer steilen Biegung ging es noch weiter hinauf. Kurz darauf stand Nelson vor einer zweiten Stahltür. Daran befand sich ein Schild, welches mit »Schneider« beschriftet war. Kurz überlegte Nelson, ob er versuchen sollte, die Tür mit dem eben erbeuteten Schlüssel zu öffnen, entschied sich dann aber dagegen. Stattdessen klopfte er schüchtern an.

Neue Freundschaft

Kurz zuvor

Als Alexander erwachte, stieg ihm als erstes Kaffeeduft in die Nase. Vor ein paar Stunden musste er wohl direkt hier auf dem Sofa eingeschlafen sein, was sich nun durch ein unangenehmes Ziehen in seinen Gliedern rächte. Mit ein wenig Mühe stand er auf, räkelte sich gründlich und ging zur Balkontür, um frische Luft in die kleine Wohnung zu lassen.

Während Alex dem noch relativ jungen Tag entgegenblickte, fragte er sich, wo Jason die Nacht verbracht haben mochte. Die ehemalige Hausmeisterwohnung verfügte nicht über sehr viele Zimmer, genau genommen über eine Küche, ein Bad, ein Schlafzimmer sowie ein Wohnzimmer. Keiner der Räume war wirklich groß, Luxus sah eindeutig anders aus.

Da Alex das einzige Sofa belegt hatte, blieben für Jason also nicht sehr viele Möglichkeiten, und er bezweifelte, dass dieser die Nacht im Bett der ollen Schneider verbracht hatte, denn das empfand selbst Alex als unpassend – nicht etwa, weil er es für pietätlos hielt, über solche Lappalien hatte er sich längst hinweggesetzt, sondern weil er sich einfach nicht vorstellen konnte, dass sich Jason im miefigen Bettzeug der Alten auch nur ansatzweise wohlfühlen könnte.

Zumindest hätte er das an Jasons Stelle nicht getan,

aber vielleicht stand der ja auf solche Sachen …

Alex grinste.

Mit diesem verhinderten Bankräuber hatte er sich schon so eine Type angelacht! Gut, ohne Jason und seine »Räuberbande« stünde ihm jetzt keine Waffe zur Verfügung, trotzdem fand er, dass der andere nicht gerade das darstellte, was man sich als Weggefährten in neuen, aufregenden Zeiten wünschte.

Ja, als Hausmann konnte er sich den Kerl ganz gut vorstellen, aber sonst?

Na klar, so musste es gewesen sein: Jason hatte sich sicherlich die Mühe gemacht, das Bett der ollen Schneider frisch zu überziehen, um gleich darauf in den seligen Schlummer der rechtschaffen Arbeitenden zu fallen.

Auf der anderen Seite wollte Alex das gar nicht so genau wissen. Seinetwegen konnte sich Jason auch den Buckel in der Badewanne krumm liegen, solange er ihm das Sofa nicht streitig machte.

»Guten Morgen!«, erklang in diesem Moment Jasons Stimme. »Na, gut geschlafen?«

Alex drehte sich um und taxierte den anderen mit seinen Blicken. »Verdammt gute Laune hast du. Darf man fragen, wo die herkommt?«

»Ich habe mir überlegt, dass uns schlechte Laune auch nicht weiterbringt«, erklärte Jason schulterzuckend. »Da dachte ich, ich probier's einfach mal mit guter. Ich kann aber auch gerne wieder granteln, wenn dir so viel daran liegt.«

»Sei einfach normal, okay? Wenn wir demnächst einen Supermarkt finden, der uns ganz alleine gehört, dann mache ich vielleicht auch einen auf gute Laune.«

»Ganz wie du willst.« Jason zuckte neuerlich mit den Schultern. »Auch was zu futtern? Hab ein paar Brote gerichtet, denn das Zeug hält nicht mehr so furchtbar lange.«

Alex hatte schon eine bissige Erwiderung auf der Zunge liegen, schluckte sie aber hinunter, bevor sie ihm entschlüpfen konnte. Jason ging ihm irgendwie auf den Senkel, obendrein futterte der Kerl ihm seine Essensvorräte weg – die strenggenommen zwar Elisabeth Schneider gehörten, aber wen juckte das noch?

Was also hinderte ihn daran, Jason einfach abzuknallen? Vielleicht freuten sich die Zombies unten auf der Straße auch dann über ein frisches Stück Fleisch, wenn es sich nicht mehr bewegte.

Das einzige, was für Jason sprach, war die Tatsache, dass er eine Pistole besaß und damit einigermaßen umgehen konnte. Sollte es also zu einem Zusammenstoß mit Zombies kommen, stellte das einen nicht zu unterschätzenden Vorteil dar. Jedoch: Hier in der Wohnung gab es weder Schleicher noch Beißer, also brachte dieser scheinbare Vorteil zuerst einmal nur Nachteile mit sich.

Während Alexander in die Küche ging, um sich auch einen Bissen zu genehmigen, bemerkte er, dass in ihm ein sehr eigenwilliger Plan zu köcheln begann …

*

Der Kaffee roch deutlich besser als er schmeckte. Irgendwie hatte Jason diesmal eine dünne Plörre zusammengerührt, die wohl besser direkt in den Ausguss gehörte. Obendrein bestätigte sich, dass das Brot wohl wirklich noch maximal heute und mit viel Glück morgen genießbar sein würde, denn es begann bereits merkwürdig zäh zu werden.

Es gab zwar noch ein paar Dosen, Tütensuppen und so ein Zeug, aber das würde nicht weit reichen. Spätestens morgen mussten sie ernsthaft darangehen, sich neue Vorräte zu beschaffen. Dazu kam, dass dieses ewige Herumsitzen Alex mehr und mehr auf die Nerven fiel. So gut die neuen Zeiten für ihn angefangen hatten, so beschissen fühlten sie sich im Moment an. Zumindest hielt Jason derzeit wenigstens die Klappe, war viel zu beschäftigt mit seinem »Frühstück«.

Alex grunzte unwillig und spülte den letzten faden Bissen mit einem großen Schluck der braunen Plörre hinunter. Er rülpste unflätig, nur um zu sehen, wie Jason angewidert das Gesicht verzog. Weichei!

»Ich geh mal an die frische Luft«, erklärte Alex. »Du kannst dich ja solange nützlich machen und die Küche auf Vordermann bringen.«

Hatte er mit Widerspruch gerechnet, sah er sich getäuscht. Jason sagte einfach gar nichts, sondern fing tatsächlich an, die Teller in die Spüle zu räumen.

Hausmann, sag ich doch! Alex grinste still in sich hinein. *Vielleicht bringe ich ihm vom Einkaufen eine schöne Schürze mit.*

Mit sich langsam bessernder Laune schlenderte er auf die Balkontür zu. Gerade, als er die Hand nach dem Griff ausstrecken wollte, ließ ihn ein Geräusch herumfahren. Hatte es da eben an die Wohnungstür geklopft?

Jason stand ebenfalls stocksteif in der Küche, machte keinen Mucks mehr. Wie Alex lauschte er, ließ dabei seinen Blick unsicher zwischen diesem und der Tür hin und her pendeln.

Das Geräusch wiederholte sich. Es kam ganz deutlich von der Wohnungstür, und es handelte sich definitiv um ein Klopfen. Kein solches, wie es ein Zombie verursachen würde, der tumb gegen die Tür rannte, sondern kontrolliert, geradezu gesittet, so wie man es fast nur noch in alten Filmen sah, wenn die Leute eine Faust machten, den Zeigefinger locker ein wenig öffneten, um dann mit dem Fingerknöchel gegen das Holz zu pochen – bloß dass diese Tür hier nicht aus Holz bestand, und das Geräusch dadurch stark gedämpft wurde.

Wie auf Kommando griffen Alex und Jason nach ihren Waffen. Langsam und darauf bedacht, möglichst kein Geräusch zu machen, näherten sie sich der Wohnungstür.

Wieder das Klopfen.

Jason wurde sichtlich nervös.

Alex entschloss sich zu handeln, bevor der andere

noch durchdrehte. Er gab Jason durch Zeichen zu verstehen, weiter ruhig zu sein und die Waffe in Bereitschaft zu halten. Dann steckte er seine eigene Pistole in den Hosenbund, formte die Hände am Türblatt zu einem Trichter und rief: »Wer ist da?«

Toll!, schalt er sich im selben Moment in Gedanken. *Was Blöderes ist dir wohl nicht eingefallen?*

Doch so idiotisch Alex seine Frage im Moment auch vorkommen mochte, sie erzielte offenbar genau die gewünschte Wirkung. Auf der anderen Seite der Tür begann jemand zu sprechen, die Stimme gehörte unzweifelhaft einem Jungen: »Hallo, können Sie mich hören?«

»Ja«, antwortete Alex. »Was willst du hier?«

Der Junge redete weiter, wobei Alex sich bemühen musste, alles zu verstehen: »Ich habe gesehen, wie Sie eine wunderbare Action gemacht haben, den neuen Zeiten sehr angemessen. Mich interessiert, was Sie weiterhin erleben werden …« Der Junge stockte kurz, dann fuhr er fort: »Ich bin Nelson, dreizehn Jahre alt und … immun gegen die … Seuche; die Zombies tun mir nichts, ich weiß nicht warum, aber es ist einfach so. Bitte lassen Sie mich rein und wir besprechen, wie das … Abenteuer weitergeht.«

»Bist du alleine da draußen?«

»Ja, bin ich.«

»Wo sind deine Eltern?«

»Beide tot – oder Zombies, das weiß ich nicht so genau.«

»Also ist kein Mensch bei dir?«

»Sag ich doch, ich bin alleine. Es ist keiner hier, noch nicht mal ein Toter.«

Alex stand schon im Begriff zu öffnen, als Jason ihn zurückhielt. »Lass die Tür zu, verdammt! Du kannst doch nicht einfach aufmachen, nur weil dir einer *erzählt*, er wäre alleine da draußen. Was, wenn die kleine Kröte lügt?«

»Du schnallst es mal wieder nicht, oder?« Alex sah seinen *Mitbewohner* mit einer Mischung aus Unverständnis und Verachtung an. »Das ist vielleicht *die* Chance für uns. Das Futter von der ollen Schneider reicht nicht mehr lange, und dann will ich *dich* sehen, wie du mal eben shoppen gehst, während draußen noch massig Zombies herumlaufen. Oder hast du inzwischen einen Pizza-Service gefunden, von dem ich nichts weiß und der immer noch ausliefert?«

»Nein, habe ich nicht.«

»Also! Was sind dann unsere Alternativen, hm? Sollen wir uns etwa gegenseitig auffressen?«

»Natürlich nicht.« Jason wurde immer kleinlauter.

»Der Junge scheint in Ordnung zu sein, und wenn das stimmt, was er uns erzählt, bieten sich uns ganz neue Möglichkeiten. Mensch, denk doch mal nach!«

»Vermutlich hast du recht. Es ist nur …«

»Es ist nur was?«

»Ach, ich weiß doch auch nicht.«

»Also, dann probieren wir es!«

Ohne auf eine weitere Antwort zu warten, öffnete Alex die Tür. Draußen stand ein Junge, der in der Tat etwa dreizehn sein mochte. Er wirkte ein wenig pummelig, aber die gerade einsetzende Pubertät würde das Körperfett bald schmelzen lassen. Seine braunen Haare waren kurz geschnitten, saßen über grünbraunen Augen, die überraschend wach und klar in die Welt blickten. Auf der linken Wange besaß er ein Muttermal, das jedoch irgendwie zu ihm passte. Alles in allem wirkte er sehr normal und durchschnittlich.

Durch ein paar rasche Blicke vergewisserte sich Alexander, dass sich außer dem Jungen tatsächlich niemand auf dem kleinen Flur sowie in dem Bereich der Nottreppe, den er einsehen konnte, aufhielt. Ohne groß zu überlegen, schnappte er ihn am Arm und zog ihn in die Wohnung. Sofort drückte er die Tür wieder zu und schloss sie ab.

*

»So, du bist also Nelson. Ich heiße Alex, das da ist Jason.«

»Hi, äh, Alex.« Nelson sah sein Idol mit leuchtenden Augen an, ignorierte Jason komplett, denn der war ihm jetzt schon zweimal unangenehm aufgefallen: das erste Mal, als er Alex daran hinderte, die Tür zu öffnen, das zweite Mal, als er ihn mit »kleine Kröte« titulierte. Nelson hatte das alles sehr wohl mitbekommen, und jetzt, da er den Stimmen ein Gesicht zuordnen konnte, fügte sich für ihn alles zu einem stimmigen Gesamtbild zusammen. Sein Held verhielt sich so, wie es sich für einen Helden gehörte, der andere erwies sich erwartungsgemäß als nichtswürdiges »Helferlein«, welches den Platz an der Seite des Helden eifersüchtig verteidigte.

»Das klingt alles sehr interessant, was du da vorhin erzählt hast«, fuhr Alex fort. »Die Zombies tun dir also nichts, habe ich das richtig verstanden?«

»Ja, hast du.« Nelson nickte.

»Und du hast keine Erklärung dafür?«, mischte sich nun Jason ein. »Wie kannst du dir da sicher sein?«

»Bin ich eben.«

»Also für mich klingt das nicht schlüssig.«

»Aber du glaubst mir doch, Alex, tust du doch, oder?«

»Ich muss zugeben«, antwortete der Angesprochene, »dass es ungewöhnlich klingt, aber keinesfalls unmöglich. In diesen neuen Zeiten ist vieles denkbar, was wir uns bislang nicht vorstellen konnten – gar nicht vorstellen *durften*. Endlich ist das Denken vollständig befreit, und dem Mutigen gehört die Welt. Na klar glaube ich dir, schon alleine aus der Tatsache heraus, dass du hier vor uns stehst. Wenn die Zombies dir ans Leben gewollt hätten, dann wärst du jetzt nicht hier.«

»Alex, du reimst dir da was zusammen!«, wandte Jason ein. »Vielleicht hat er einfach nur Glück gehabt.«

»Nach meiner Erfahrung existiert so etwas wie Glück überhaupt nicht. Wenn jemand etwas erreicht, dann, weil er etwas dafür tut. So einfach ist das.«

Ja, so spricht ein wahrer Held, fand Nelson. Er hatte sich in Alex nicht getäuscht, der war wirklich so tough und cool, wusste genau, wo's langging. Mit ihm würde er noch viel Spaß haben!

»Ihr wollt doch nicht ewig hier sitzen, habe ich recht?«, fragte Nelson. »Ich kann euch rausbringen.«

»Vielleicht wollen wir gar nicht raus«, knödelte Jason. »Die Wohnung ist nämlich ganz prima.«

»Wir wollten hier eigentlich unser Hauptquartier einrichten«, erklärte Alex.

»Echt?« Nelsons Augen leuchteten noch mehr. »Das klingt voll cool. Und von hier aus unternehmen wir dann Streifzüge in die Welt hinaus, dahin, wo die Action abgeht, ja?«

»Ich höre immer ›wir‹«, nuschelte Jason gerade laut genug, dass es vermeintlich nur Alex hören konnte.

»So genau habe ich mir das noch gar nicht überlegt«, gab dieser zu. »Ich stecke sozusagen noch in der Planungsphase. Die Eroberung des Hauptquartiers war der erste Schritt, weitere werden folgen.«

»Natürlich werden sie das.« Nelson strahlte. »Du bist ein richtiger Held, Alex, dir fallen bestimmt die besten Sachen ein!«

»Die besten Sachen also?«, zeigte sich Jason weiterhin kritisch. »Bislang war nur die Rede davon, dass wir bald neue Vorräte brauchen. Du kennst nicht zufällig einen Pizza-Service, der noch ausliefert, Kleiner?«

»Dein Freund scheint ein Komiker zu sein.« Nelson traf zu seiner eigenen Freude genau den Ton, den er bei diesem Satz in einem coolen Film gehört hatte. »Sollen wir ihm vielleicht ein Clownskostüm mitbringen?«

»Ich dachte eher an eine Schürze.« Alex feixte. »Und Palmolive für seine Spülhände.«

»Ha, ha, sehr witzig, wirklich.« Jasons Miene verfinsterte sich. »Gleich wälze ich mich vor Lachen auf dem Boden. Wer sind denn jetzt die Komiker hier?«

»Dein Freund hat recht, Alex.« Nelson sah seinem Idol direkt in die Augen. »Hier oben bleibt der Spaß total auf der Strecke. Ist in dieser miefigen Bude ja auch kein Wunder. Wir sollten uns etwas Besseres suchen, findet ihr nicht?«

»Und wie stellst du dir das im Detail vor?«, fragte Jason mit zweifelndem Unterton in der Stimme. »Wir marschieren also einfach mit dir zusammen durch Köln und hoffen, das uns dabei schon nichts passieren wird oder so?«

»Ich habe eine Idee«, erwiderte Nelson nachdenklich. »Zu Fuß ist doof und irgendwie auch unpassend. Wir brauchen ein entsprechendes Fahrzeug.«

»Klingt gut.« Alex nickte. »Mit einem Auto könnte es klappen, allerdings bin ich zu Fuß hier.«

»Das macht nichts.« Nelson lächelte. »Ich besorge uns einen fahrbaren Untersatz.«

»Du?« Jasons Augen weiteten sich. »Wie willst du das denn anstellen?

Du hast doch garantiert keinen Führerschein, geschweige denn bist du schon mal ein Auto gefahren.«

»Ein richtiges noch nicht, das stimmt. Aber wenn ich eines in der Nähe suche, wird das schon klappen. Ich weiß, was ich tun muss, habe das schon etliche Male in Videospielen gemacht. Wenn ich vorsichtig und langsam fahre, sollte es gehen.«

»Klingt machbar«, zeigte sich Alex einverstanden. »Und dann?«

»Parke ich die Karre direkt vor der Bank an der kaputten Fensterscheibe. Dort könnt ihr einsteigen, ohne dass ihr groß draußen rumlatschen müsst.«

»Also ich weiß nicht recht …«, gefiel sich Jason weiter in der Rolle des Zweiflers.

»Ach was!« Alex machte eine wegwerfende Handbewegung. »Wer nichts wagt, der nicht gewinnt. Nelson packt das schon, er ist schließlich kein Dummkopf. Komm, mein Junge, ich lass dich raus.«

*

Eine Zeitlang herrschte in der kleinen Wohnung Schweigen. Nur Jason ging unruhig im Wohnzimmer auf und ab.

»Was ist denn los?«, verlangte Alexander zu wissen, dem das Rumgetigere auf die Nerven ging.

»Was soll schon sein?«, brummelte Jason. »Nichts ist, rein gar nichts.«

»Jetzt klingst du wie eine Frau. Hast du auf einmal gar keine Eier mehr in der Hose?«

»Scheiße, Mann! Was soll schon sein? Ich halte den ganzen sogenannten Plan für komplett bescheuert!«

»Und was genau stört dich daran? Willst du mit mir vielleicht über die Details reden?«

»Hör mal, Alex!« Jason hielt in seiner unruhigen Wanderung inne. »Du bist doch kein Spinner, genauso wenig wie ich. Wir beide stehen mit beiden Beinen fest auf dem Boden der Tatsachen.«

»Und?«

»Stimmst du mir soweit zu?«

»Du hörst dich im Moment an wie irgend so ein Psycho Onkel, weißt du das?«

»Ist mir doch scheißegal, wie ich mich anhöre!«, brauste Jason auf. »Ich versuche gerade, etwas Wichtiges mit dir zu besprechen, und du kommst mir mit so einem Quatsch!«

»Dann solltest du dich vielleicht präziser ausdrücken, denn ich verstehe ganz offensichtlich immer noch nicht, was du mir eigentlich mitteilen möchtest.«

»Was ich dir mitteilen möchte? Du fragst ernsthaft, was ich dir mitteilen möchte?« Kurz wirkte es so, als würde Jason jeden Moment explodieren, dann fing er sich wieder und bemühte sich um einen möglichst ruhigen Tonfall. »Der Junge, dieser kleine Scheißer, der ist doch total plemplem. Der hat eine satte Kerbe in der Schüssel, nicht mehr alle Tassen im Schrank.

Verstehst du jetzt, was ich meine?«

»Nicht so ganz, aber ich bin sicher, du wirst es mir gleich erklären.«

»Mensch, Alex! Hast du denn gar nicht geschnallt, wie verquer der dahergequatscht hat?

Sein ganzes Heldengelaber und so. Der hat sie nicht mehr alle! Scheiße Mann, die Zombies merken das vermutlich auch und lassen ihn wahrscheinlich genau aus diesem Grund in Ruhe! Aber wir beide, Alex, wir sind normal, hörst du? Bei uns funktioniert das nicht! Für diese Viecher da draußen sind wir einfach nur lecker Happa-Happa, verstehste?«

»Du hast also Schiss«, stellte Alexander trocken fest.

»Mir doch egal, wie du das nennst, aber ich habe nicht die geringste Lust, sehenden Auges in mein Verderben zu rennen, nur weil so ein durchgeknalltes Gör mir erzählt, die Zombies würden uns nichts tun.«

»Was schlägst du also stattdessen vor? Sollen wir einfach hier in dieser Bude hocken bleiben, bis wir verhungert sind? Oder noch besser: Wir schlachten den Kleinen und futtern *den*, der schmeckt bestimmt ganz lecker und hat noch total zartes Fleisch. Im Bücherregal der ollen Schneider finden wir sicher ein paar passende Rezepte dazu.«

»Du bist eklig, weißt du das?«

»Du kannst das ruhig eklig finden, aber ich spreche hier über die Alternativen, die wir haben. Du darfst dich gerne daran beteiligen.«

»Bevor ich einen Menschen futtere, fange ich lieber eine streunende Katze ein«, moserte Jason. »Die Viecher nennt man nicht umsonst ›Dachhase‹, die sollen gar nicht schlecht schmecken.«

»Prima Plan! Dann mach dich schon mal auf die Jagd.«

»Das … das meinst du jetzt nicht ernst, oder?«

»Meinst *du* es denn ernst?«

»Keine Ahnung.« Jason zuckte mit den Schultern.

»Also weiter: Welche Möglichkeiten fallen dir sonst noch ein? Lass einfach hören, wir können über alles reden.«

»Wir können über alles reden«, äffte Jason den anderen nach. »Wer von uns beiden klingt denn jetzt wie ein Psycho-Onkel?«

»Lenk nicht vom Thema ab!«

»Also gut, also gut. Mir fällt *gar nichts* ein. Jetzt zufrieden? Aber den Jungen esse ich keinesfalls, das ist einfach nur widerlich!«

»Damit ist die Entscheidung gefallen.« Alex nickte. »Wir gehen mit Nelson. Pack schon mal die restlichen Vorräte zusammen, die nehmen wir auf jeden Fall mit.«

Auf zu neuen Abenteuern

Nelson kannte sich zumindest von der Theorie her gut mit Autos aus. Zwar wusste er, dass er vermutlich nicht allzu wählerisch sein durfte, trotzdem wollte er ein Fahrzeug mit Automatikgetriebe und ein paar PS unter der Haube.

Außerdem musste die Karre noch fahrtüchtig sein, also auch über genug Treibstoff im Tank verfügen. Und obwohl das eigentlich gar nicht so viele Anforderungen waren, erwies sich die Suche dennoch als gar nicht so einfach.

Das größte Problem stellte die Sache mit dem Automatikgetriebe dar. Im Gegensatz zu den USA, wo kaum jemand Lust verspürte, während der Fahrt auch noch »im Benzin rühren« zu müssen, schien es sich bei den meisten Deutschen um lauter verkappte Rennfahrer zu handeln, für die das manuelle Einlegen von Gängen mindestens ebenso sehr zum Fahrspaß gehörte wie Kavalierstarts an Ampeln oder das Herumrasen auf Autobahnen.

Wütend trat Nelson gegen den Kotflügel eines Volvo, der sich gerade ebenfalls als Niete erwiesen hatte. Kurz spielte er mit dem Gedanken, die Mistkarre einfach anzuzünden, doch dazu hätte er sich zuerst ein Feuerzeug besorgen müssen, und auf dieses zusätzliche Herumgesuche verspürte er im Moment nicht die geringste Lust.

Dann entdeckte er einen Polo mit Automatik. Nicht gerade das, was Nelson unter einem »Auto« verstand,

»aufgeregter, kleiner Hüpfer« passte da schon eher. Das Fahrzeug war nicht abgeschlossen, und der Zündschlüssel steckte. Dafür stand die Tankanzeige auf Null. Offenbar war das Ding verlassen im Leerlauf vor sich hin getuckert, bis der Motor mangels Sprit die Arbeit eingestellt hatte.

Nelsons Blick heftete sich auf einen SUV. Von außen machte der schon mal mächtig was her. Vielleicht hatte der irgendeiner Tussi gehört, dann bestand eine gute Chance darauf, dass es sich um einen Automatik handelte, schlussfolgerte Nelson. Frauen konnten ohnehin nicht Autofahren, wie Opa Michael mehrfach versichert hatte, und Candy besaß noch nicht einmal einen Führerschein, was diese These untermauerte.

Der SUV erwies sich als abgeschlossen, doch nachdem Nelson tatsächlich einen Automatik-Wählhebel im Inneren erspäht hatte, wollte er sich von dieser Bagatelle nicht aufhalten lassen. Er schnappte sich den Wagenheber aus dem Polo und drosch damit solange auf die Scheibe in der Beifahrertür des SUV ein, bis er hindurchgreifen und die Tür öffnen konnte.

Natürlich steckte kein Schlüssel. Nelson suchte den Innenraum nach einem Zweit- oder Notschlüssel ab, wurde jedoch nicht fündig. Dann eben die harte Tour. In den Filmen sah das Kurzschließen immer relativ leicht aus. Blöderweise hingen die Kabel hier nicht frei neben der Lenksäule herunter, sondern waren schön ordentlich hinter einer Abdeckung verborgen. Nelson zerrte an dem

Kunststoffteil, doch das erwies sich als erstaunlich zäh und widerstandsfähig. Mist, verdammter! Ohne Werkzeug kam er hier nicht weiter.

Während Nelson frustriert aus dem SUV stieg, geisterte ein Wort durch seine Gedanken, welches ihm zeigte, wie sinnlos sein Versuch mit dem Kurzschließen gewesen wäre: Wegfahrsperre. Na klar! Warum hatte er bloß nicht gleich daran gedacht?

Ab jetzt ging die Suche deutlich schneller. Ein rascher Blick nach Wählhebel und steckendem Zündschlüssel ließ innerhalb kürzester Zeit ein Fahrzeug nach dem anderen ausscheiden. Zu Nelsons Leidwesen trieb das jedoch auch seine Frustration immer schneller in die Höhe. Er stand bereits kurz davor, es doch einfach mit einer herkömmlichen Schaltung zu versuchen, da fiel sein Blick auf eine silbergraue Limousine, die eigentlich gar nicht in dieses Stadtviertel passte.

Der Mercedes stand mit offener Fahrertür einfach so in der Gegend herum, schien Nelson geradezu einzuladen, sich näher damit zu beschäftigen. »Eine C-Klasse«, stellte er mit Kennerblick fest. »Das hat Stil.«

Im Inneren des Wagens erwarteten ihn die nächsten freudigen Überraschungen: Automatik, Zündschlüssel und ein fast voller Tank.

»Na also, geht doch!«, stellte Nelson zufrieden fest. »Die Karre ist gekauft.«

*

»Wo bleibt der Junge denn nur?« Jason hatte seine rastlose Wanderung durch das kleine Wohnzimmer wieder aufgenommen. »Der Bengel ist jetzt schon über eine Stunde unterwegs. Entweder hat er uns verarscht oder er findet den Rückweg nicht mehr.«

Alexander fläzte sich erneut auf dem Sofa und versuchte das Herumgetigere und Genöle des anderen so gut wie möglich zu ignorieren. Er verstand Jason immer weniger. Erst wollte der am liebsten gar nicht mehr hier raus, jetzt schien es ihm mit einem Mal nicht schnell genug zu gehen. Dem konnte man es auch nicht recht machen, oder?

»Wenn du auf Bewegung stehst, kannst du mir gerne einen Kaffee kochen«, schlug Alex vor. »Aber bitte nicht so eine dünne Plörre wie beim Frühstück. Das Zeug war ja näher an Spülwasser als an allem anderen.«

»Haben der Herr sonst noch einen Wunsch?«, ätzte Jason. »Vielleicht ein Glas Schampus und ein Döschen Kaviar dazu?«

»Ein ordentlicher Kaffee würde mir fürs Erste genügen.« Alex grinste.

Jason öffnete den Mund, als wolle er etwas sagen, schloss ihn dann jedoch wieder, drehte sich um und ging Richtung Küche. Dabei murmelte er etwas, das nach »Kaffeemachen ist immer noch besser als blöd rumzusitzen« klang.

Es dauerte nicht lange, und Alex hörte das Blubbern und Zischen der Kaffeemaschine.

Fast gleichzeitig begann sich angenehmes Aroma in der Wohnung zu verbreiten. Der Gedanke, Jason tatsächlich zum Hausmann zu erziehen, gefiel Alex immer besser.

Fünf Minuten später stellte Jason eine Tasse mit dampfender, brauner Flüssigkeit vor Alex auf den Couchtisch. »Vorsicht, heiß!«, kommentierte er überflüssigerweise. Sich selbst hatte er ebenfalls eine Tasse mitgebracht, mit der er sich jetzt im Sessel niederließ.

Vorsichtig nippten die beiden Männer an dem Gebräu. Alex stellte zu seiner Freude fest, dass es Jason diesmal offenbar gelungen war, die richtige Menge Pulver in den Filter zu füllen. Er schien also doch lernfähig zu sein, auch wenn dieser Eindruck oft nicht lange anhielt.

Alex hatte seine Tasse etwa zur Hälfte geleert, als es an der Wohnungstür klopfte. Unisono stellten er und Jason ihren Kaffee ab und griffen zu den Waffen.

Wie schon zuvor trat Alex an die Tür, formte mit den Händen einen Trichter und rief: »Wer ist da?«

»Der Weihnachtsmann!«, kam es gedämpft von der anderen Seite. »Und ich habe ein Geschenk für euch dabei.«

»Immerhin scheint er Humor zu haben«, meinte Jason, dem beim Klang von Nelsons Stimme die Erleichterung förmlich ins Gesicht sprang. Während Alex dem Jungen öffnete, ging er in die Küche, um den Beutel mit Vorräten zu holen, der dort inzwischen bereitstand.

»Was für ein Auto hast du?«, fragte Alex neugierig.

»Wirst schon sehen.« Nelson grinste. »Ich bin mir sicher, dass dir die Karre gefallen wird. Die hat nämlich Stil, musst du wissen.«

»Hauptsache sie fährt«, bemerkte Jason. »Solange ich weder laufen noch schieben muss, ist mir alles recht.«

»Können wir los?« Nelson schien es kaum noch erwarten zu können.

»Ja, wir sind soweit.« Alex nickte, dann wandte er sich an Jason: »Du hast heute schon dein Teil geleistet. Komm, gib mir die Tasche, ich schleppe die.«

»Soll mir recht sein.« Jason grinste. »Ich dachte nämlich schon, du willst mich nach und nach zum Hausmann verkommen lassen.«

*

Langsam, fast schon genüsslich stieg Nelson die enge Nottreppe nach unten. Sein Held ging direkt hinter ihm, dieser komische Jason bildete das Schlusslicht. Nelson fand diese Reihenfolge äußerst passend.

Im Erdgeschoss angekommen, öffnete Nelson die untere Stahltür und versicherte sich durch einen schnellen Blick, dass sich in dem Flur immer noch keine Zombies aufhielten.

»Du meine Güte, wie das hier stinkt!«, beklagte sich Jason, als ihm die Luft aus dem Flur entgegenschlug.

Alex grinste. »Ja, ein gewisses Aroma lässt sich hier nicht verleugnen, was vermutlich daran liegt, dass in der einen oder anderen Ecke ein Toter vor sich hin gammelt.«

»Macht dir der Gestank denn gar nichts aus?«

»Geht so.« Alex zuckte mit den Schultern. »Ich habe schon Schlimmeres gerochen. Vermutlich willst du gar nicht wissen, was für ein Odeur sich hier in ein paar Tagen verbreiten wird.«

»Nein, will ich bestimmt nicht.« Jason schüttelte angewidert den Kopf. Dann stutzte er. »Ist … ist das Sunny?«

Alexander folgte Jasons Blick. Nahe der Aufzugtür lag eine übel zugerichtete Leiche mit dem Gesicht nach unten, nicht weit davon entfernt eine Pistole. »Sieht ganz so aus«, kommentierte er kühl, bevor er mit ein paar raschen Schritten zu Sunnys Überresten ging und die Waffe aufhob. »Die braucht er jetzt wohl nicht mehr.«

»Ganz … ganz wie du meinst.« Jason klang zittrig. »Ich glaube, mir wird schlecht.«

Nelson achtete nicht auf Jason. Stattdessen hielt er zielstrebig auf die Tür zu, die in die Schalterhalle führte. Alex ging wieder dicht hinter ihm, und auch Jason berappelte sich, sah zu, dass er den Anschluss nicht verlor.

Die drei betraten die Schalterhalle.

Während Nelson noch ein paar Schritte in den Raum hinein machte, blieben Alex und Jason wie angewurzelt stehen.

»Scheiße!«, keuchte Jason. »Hier sind ja jede Menge von den Viechern!«

Selbst Alex machte im Moment einen nervösen Eindruck, schluckte mehrfach und schien nicht recht zu wissen, was er davon halten sollte.

Zu allem Überfluss wurden die gut fünfzehn Schleicher auf die beiden Männer aufmerksam. Ein Gurgeln und Zischen hob an, gleichzeitig schlurften die ersten von ihnen in Richtung des Notausgangs.

»Das sind nur Schleicher«, sprach sich Alex selbst Mut zu. »Keine Beißer dabei.«

»Aha«, machte Jason. »Und was bedeutet das für uns genau?«

Nelson ging direkt auf den vordersten Schleicher zu, baute sich regelrecht vor diesem auf. »Seht ihr? Sie tun mir nichts. Das habe ich euch doch gesagt.«

»Schön für dich, Junge.« Jason schluckte und verlor mehr und mehr von seiner Gesichtsfarbe. »Ich werde trotzdem das Gefühl nicht los, dass das auf Alex und mich nicht zutrifft.«

»Ach was!« Nelson winkte ab. »Die wollen doch bloß spielen.«

»Du machst Witze, oder?« Jason tastete mit der linken Hand hinter sich nach der Türklinke. »Das sind keine Hundchen, weißt du?«

»Klar weiß ich das.« Nelson drehte sich zu den Männern um und grinste. »Trotzdem sind die hier harmlos. Pass auf!«

Nelson wandte sich wieder den Schleichern zu, fuchtelte mit einer theatralischen Geste in der Luft herum, dann befahl er mit schneidender Stimme: »Kusch! Böse Schleicher! Weg mit euch! Macht Platz!«

Für einen kurzen Moment schien gar nichts zu geschehen, dann gehorchten die Zombies den Anweisungen und zogen sich langsam von Nelson und den Männern zurück.

»So ist's brav«, kommentierte der Junge den Vorgang, dann ließ er weitere Kommandos folgen, welche die Schleicher dazu brachten, sich so in der Schalterhalle zu verteilen, dass zwischen dem Notausgang und der kaputten Fensterscheibe eine Art breite Gasse entstand.

»Wenn die Herren mir dann bitte folgen wollen?« Nelson strahlte übers ganze Gesicht. »Der Wagen wartet bereits.«

Tatsächlich stand direkt vor der Bank ein Auto. Die geöffnete Fahrertür zeigte in Richtung des Gebäudes, befand sich von diesem keine zwei Meter weit entfernt.

Nelson ging voraus, winkte den Männern, ihm zu folgen.

Zögernd setzten sich Alex und Jason in Bewegung. Misstrauisch wanderten ihre Blicke durch die Schalterhalle, versuchten alle Schleicher möglichst gleichzeitig im Auge zu behalten.

»Scheiße, Alex, ich hab Schiss!« Jason fühlte sich erkennbar unwohl in seiner Haut.

»Hab dich nicht so!«, gab der Angesprochene zurück, konnte aber nicht verhindern, dass in seiner Stimme eine gewisse Anspannung mitschwang.

Einer der Schleicher wandte den Kopf in Richtung der Männer. Diese blieben wie angewurzelt stehen, machten keinen Mucks mehr.

»Der ist nur neugierig«, erklärte Nelson lachend. »Glaubt mir, der tut euch nichts. Los, kommt jetzt!«

Zaghaft setzten sich Alex und Jason wieder in Bewegung. Der Schleicher rührte sich tatsächlich nicht von der Stelle. Schließlich erreichten die beiden die zerstörte Fensterfront, wo Nelson sie bereits erwartete. »Und, habe ich zu viel versprochen?«

»Hey, das ist ja ein Mercedes C350 4Matic«, stellte Jason mit Kennermiene fest. »Mann, echt ein cooles Gerät: 3,5 Liter V6 mit prallen 307 PS, permanenter Allrad-Antrieb, 7-Stufen-Automatikgetriebe. Wo hast du den denn aufgetrieben?«

»Stand einfach so in der Gegend herum und hat auf ein neues Herrchen gewartet.« Nelson grinste. »Der Tank ist fast voll, und das Teil fährt sich echt gut, kinderleicht sozusagen.«

»Super, Nelson!«, lobte Alex. »Das ist genau das, was wir brauchen.«

»Der Schlüssel steckt, also rein in die Kiste! Alex fährt, ich sitze vorn.«

»War klar, dass ich hinten rein muss«, maulte Jason.

»Stell dich nicht so an«, erwiderte Alex grinsend. »Das ist doch der Ehrenplatz. Alle hohen Herrschaften werden im Fond des Wagens kutschiert. Nicht gewusst?«

»Na, wenn das so ist …« Jason grinste nun ebenfalls. »Auf was warten wir dann noch?«

Während Nelson flink um das Auto herum wieselte, nahm Alex auf dem Fahrersitz Platz.

Jason wollte gerade die hintere Tür öffnen, als ihn von der Seite etwas ansprang. Mit einem schrillen Aufschrei ging er zu Boden. Blut spritzte, während der Beißer die ersten Brocken Fleisch aus dem Mann riss.

Nelson stieg ungerührt ein und zog die Beifahrertür zu.

»Scheiße, was ist da los?«, brüllte Alex, wurde kreidebleich im Gesicht. »Funktioniert dein Trick … deine Immunität plötzlich nicht mehr, oder was?«

»Doch, tut sie.« Nelsons Miene wurde grimmig. »Aber der Kerl da draußen hat es nicht anders verdient. Das primitive Schwein ist nicht mein Held, nicht der Held, den ich mir gewünscht habe, um mit ihm Abenteuer in der neuen Welt zu erleben.«

»Aber … aber … aber das ist doch kein Grund …!«

»Ach komm, Alex, mach mir doch nichts vor!« Nelson taxierte den Mann mit seinen Blicken. »Es würde mich sehr wundern, wenn *jemand wie du* so einen Typen auch nur eine Sekunde lang vermissen würde. Ich hab doch recht, oder?«

Alex schluckte, dann hatte er sich wieder halbwegs gefangen. »Stimmt.« Er nickte. »Wir brauchen ihn nicht. Sein ständiges Gequatsche und Genörgel ist mir auch auf den Wecker gegangen.« Insgeheim schwante ihm, dass ihm mit seiner neuen Bekanntschaft noch einiges bevorstand ...

»Sag ich doch, dass der Typ überflüssig ist. Komm, lass uns endlich fahren!«

»Irgendwelche Ideen?« Alex sah den Jungen mit schwer zu deutender Miene an. »Oder einfach der Nase nach?«

»Nach Süden!«, legte Nelson fest. »Wir fahren zur Schutzzone Köln-Süd, von der sie immer in den Nachrichten gequatscht haben, zu dieser Konrad-Adenauer-Kaserne. Ein Gefühl sagt mir, dass dort bald mächtig die Action abgehen wird. Das sollten wir uns keinesfalls entgehen lassen, oder was meinst du?«

Alex nickte nur und ließ den Motor an. Langsam setzte sich der Wagen in Bewegung.

Über Stock und über Stein

Nach kurzer Fahrt erreichten der Luchs und der Marder die Brühler Landstraße, welche als B51 in Richtung Süden führte. Ursprünglich wollte Mahler auf der Militärringstraße nach Osten weiterfahren, um dann an deren Kreuzung mit der Bonner Straße beim großen Kreisel auf die A555 zu wechseln, welche auf direktem Weg nach Bonn führte.

Die Idee, über die A3 nach Mainz zu gelangen, hatten er und Braumann sofort wieder verworfen, denn sie gingen davon aus, dass diese komplett dicht sein würde, also hatten sie sich für einen »Schleichweg in Etappen« entschieden, dessen erstes Teilziel Bonn darstellte. Von dort wollten sie nach Möglichkeit über die A565 zur A61 gelangen, dieser dann weiter Richtung Süden folgen und schließlich auf die A60 wechseln, um zur Schutzzone Mainz zu gelangen.

Unschlüssig hielt Mahler sein Fahrzeug an, der Schützenpanzer kam hinter ihm zum Stehen. Der vor ihnen liegende Teil der Militärringstraße wirkte ziemlich verstopft, und zwar in beiden Richtungen. Auf der Brühler Landstraße schien das in erster Linie auf die stadtauswärts führenden Spuren zuzutreffen.

»Was meinen Sie, Hauptfeld?«, wandte sich Mahler hilfesuchend an Braumann. »Sollen wir es geradeaus versuchen, oder von hier erst mal zur A4 und dann rüber zur A555?«

»Schwer zu sagen.« Der Hauptfeldwebel kratzte sich nachdenklich im Nacken. »Von hier sieht es so aus, als könnte sich der kleine Umweg über die A4 lohnen, aber wenn die auch dicht ist, haben wir kaum etwas gewonnen.«

»In dem Fall könnten wir der B51 weiter Richtung Süden folgen und schauen, wie es auf der A553 aussieht.«

»Die führt uns aber immer weiter von Bonn weg.«

»Das ist mir auch klar, aber vielleicht können wir auf der Höhe von Brühl dann wieder zur A555 wechseln.«

»Ja, das könnte klappen.« Braumann nickte bedächtig. »Und wenn alle Stricke reißen, fahren wir bis zur A61 runter und dann über die B56 im Bogen zurück nach Bonn.«

»Klingt, als hätten wir einen Plan.«

»Eines noch: Die B51 besitzt keine Anschlussstelle an die A4.

Wir müssen uns entweder zur Anschlussstelle Köln-Eifeltor durchschlagen, die aber im Westen liegt und somit einen zusätzlichen Umweg bedeutet, oder uns eine andere Möglichkeit suchen, auf die Autobahn zu kommen.«

»Ich bin sicher, uns wird etwas einfallen, wenn wir erst einmal dort sind«, zeigte sich Mahler zuversichtlich. »Zur Not muss der Marder eben eine Leitplanke niederwalzen, ich glaube nicht, dass die im Moment jemand vermissen wird.«

»Herr Leutnant«, meldete sich in diesem Moment Timo Manske via Funk aus dem Marder. »Ich glaube, wir sollten weiter. Von hinten kommen etliche Zombies auf uns zu, die jetzt wohl eine Chance wittern, uns einzuholen.«

»Alles klar, folgen Sie mir!« Mahler setzte den Luchs wieder in Bewegung, bog auf die Brühler Landstraße ein und wählte dabei erneut die »falsche« Fahrbahnseite, weil hier deutlich weniger Autos herumstanden als auf der anderen.

*

Zuerst ging die Fahrt relativ flott voran. Dann liefen die vier Spuren der Ausfallstraße in zwei zusammen, was dazu führte, dass immer wieder auf der gesamten Fahrbahn Fahrzeuge herumstanden. Zuerst bereitete es den beiden Panzern keine großen Probleme, den Hindernissen auszuweichen, doch kurz nach Beginn des Waldstücks, welches die A4 noch vor den Blicken der Männer verbarg, ging auch das nicht mehr.

Offenbar hatte sich hier ein Auffahrunfall ereignet, in den dann fünf weitere Fahrzeuge hineingedonnert waren. Ein Knäuel aus sieben Blechkisten blockierte den Weg, ein Umfahren lag an dieser Stelle nicht im Bereich des Möglichen.

»Hätten die nicht ein wenig weiter vorne crashen können?«, knotterte Braumann, der die Gegend offenbar sehr gut kannte. »Dort ist nämlich ein Parkplatz, über den könnten wir jetzt prima ausweichen.«

Mahler starrte auf die Fahrzeuge. Diese erwiesen sich als keineswegs so verlassen, wie es zuerst den Anschein erweckt hatte. In der ziemlich lädierten Fahrgastzelle eines weißen Ford Fiesta konnte Mahler den merkwürdig verdrehten Torso einer Frau ausmachen. Die Frontscheibe des Wagens war komplett geborsten, hing aber immer noch als eine Art feines weißes Netz im Rahmen. Trotzdem ließ sich erkennen, dass sie auf der Innenseite voller Blut war.

Übelkeit stieg in Mahler auf. Er wollte gar nicht daran denken, welche Tragödien sich hier abgespielt haben mochten, hörte förmlich die Schreie der Menschen, spürte ihre Panik und ihre Verzweiflung.

Doch als wäre das noch nicht genug, begann sich die Tote in dem Fiesta jetzt zu bewegen, zuckte und zappelte, was durch ihre stark eingeschränkte Bewegungsfreiheit nur umso skurriler wirkte.

Mahler zwang sich, den Blick von dem Wagen zu lösen. Doch in den anderen Unfallfahrzeugen zeigte sich ein ähnliches Bild. Nur zwei von ihnen erwiesen sich als verlassen, in allen anderen regten sich jetzt Körper, die sich eigentlich gar nicht mehr bewegen dürften. Gleichzeitig drang von draußen ein Zischen und Heulen in den Luchs, welches dessen Insassen sofort an das erinnerte, was sie vor gar nicht allzu langer Zeit in noch viel stärkerem Ausmaß zu hören bekommen hatten.

»Ich habe Angst!« Jasmin klang weinerlich. »Die bösen Leute da draußen können uns doch nichts tun, oder?«

»Nein, können sie nicht«, gab sich Jenny zuversichtlich, die der Kleinen nicht mehr von der Seite wich und sich so rührend um sie kümmerte, als handele es sich bei dem Mädchen um ihre eigenen Tochter. »Alles wird gut. Dein Papa gibt auf uns Acht, uns kann also gar nichts passieren.«

Jasmin schniefte noch einmal, dann ließ sie sich von Jenny bereitwillig beim Naseputzen helfen.

Mahler spürte, wie sich ein Kloß in seinem Hals bildete. *Nein, keine Tränen jetzt!,* befahl er sich selbst. Er konnte jedoch nicht verleugnen, dass die kleine Szene, welche sich da soeben im hinteren Teil des Spähpanzers abgespielt hatte, sein Herz intensiv berührte. Draußen schien es nur noch Tod und Zerstörung zu geben, auf unnatürliche Weise Wiedererweckte wandelten umher und trachten den wahrhaft Lebendigen nach dem Leben. Alles schien im Chaos zu versinken, dem Untergang geweiht zu sein. Mehrere tausend Jahre Zivilisation standen kurz davor, sich einfach in Nichts aufzulösen. Und trotzdem gab es immer noch Menschen, die Wärme und Nächstenliebe verströmten, die sich um andere kümmerten und nicht nur an sich selbst dachten.

»Was machen wir denn jetzt, Herr Leutnant?«, riss Braumanns Stimme ihn aus seinen Gedanken. »Umkehren?«

»Nein, keinesfalls.« Mahler schüttelte entschieden den Kopf und versuchte damit gleichzeitig, die melancholische Stimmung zu vertreiben, die ihn erfasst hatte. »Das sind doch bloß Autos, wir hingegen fahren einen Panzer. Ich werde jetzt versuchen, diesen Blechhaufen vor uns so zur Seite zu schieben, dass wir durchkommen.«

»Sollte das nicht lieber der Marder …?«

»Ich weiß, was Sie denken, Hauptfeld. Wir müssen auf unsere Reifen aufpassen. Aber beim Marder ist die Gefahr, dass er mit seinen Ketten einfach *über* die Autos fährt, viel zu groß. Damit käme er dann zwar weiter, aber uns wäre der Weg immer noch versperrt.«

»Verstehe.« Braumann nickte. »Und es klingt auch irgendwie logisch, von der Seite habe ich das noch gar nicht betrachtet.«

Vorsichtig gab Mahler Gas. Ein dumpf-metallisches Geräusch zeigte ihm an, dass er mit der Vorderseite des Luchs das Blechknäuel der PKW erreicht hatte. Fast im selben Moment erhöhte er den Schub des Motors.

Zuerst sah alles danach aus, als würde der Plan aufgehen, doch dann musste Mahler immer mehr Gas geben, um überhaupt noch vorwärts zu kommen. Der Luchs begann zu rütteln und sich zu schütteln, und Mahler hatte den Eindruck, dass jeden Moment etwas kaputtgehen könnte. Schließlich nahm er den Fuß vom Gas.

»Eins der Fahrzeuge hat sich rechts in den Bäumen verkeilt«, stellte Braumann fest. »Deshalb geht es nicht weiter. Aber links ist eine Lücke entstanden, die uns eigentlich zum Durchkommen reichen müsste, schätze ich.«

»Das ist mir zu riskant«, erwiderte Mahler. »Ich bin mit dem Panzer nicht so vertraut, dass ich abschätzen kann, ob wir da wirklich durchpassen. Wenn wir Pech haben, schlitzen wir uns bei dem Versuch womöglich doch noch einen der Reifen auf.«

»Dann winke ich sie eben ein.« Braumann machte Anstalten auszusteigen.

»Viel zu gefährlich!«, widersprach Mahler. »Da draußen sind Zombies, die nur darauf warten, dass einer von uns rauskommt.«

»Mit Verlaub, Herr Leutnant, die sind alle in den Autos eingesperrt. Ich passe schon auf, dass ich denen nicht zu nahe komme.«

»Herr Braumann hat recht!«, meldete sich nun Sybilla Henersen zu Wort. »Einer muss da raus und schauen, ob es passt. Das klingt nur vernünftig.«

»Wollen Sie vielleicht, Gnädigste?« Erik sah die Frau von der Seite an. »Sie machen sicher eine gute Figur dabei.«

»Kommt gar nicht in Frage! Für so etwas fehlt mir die nötige Schulung. Aber jemand wie Herr Braumann hat das sicherlich in seiner Soldatenausbildung gelernt, das gehört da bestimmt dazu, nicht wahr, Herr Braumann?«

»So ähnlich«, brummte der, dann wandte er sich an Erik: »Wenn Herr Mahler nichts dagegen hat, können Sie mich ja sichern, während ich draußen bin.

Meinen Sie, Sie schaffen das?«

»Ich denke schon.« Erik nickte bedächtig. »Ich bin zwar kein Meisterschütze, aber in erster Linie geht es wohl darum, den Bereich um sie herum im Auge zu behalten, um Sie rechtzeitig vor einem Angriff warnen zu können, nicht wahr?«

»Genau das meinte ich.« Braumann nickte zufrieden. »Herr Leutnant, was sagen Sie?«

»Keine Einwände mehr. Machen Sie es so.«

*

Braumann stand mitten in der Lücke, die zwischen den Bäumen auf der linken Seite und dem jetzt noch mehr zusammengeschobenen Blechhaufen entstanden war, und gab mit seinen Händen Zeichen. Erik stand oben im Geschützturm des Spähpanzers, seinen Revolver schussbereit in der Hand, und sah aufmerksam in alle Richtungen, vor allem aber in den Bereich, aus dem eine unmittelbare Gefährdung für den Hauptfeldwebel kommen konnte. Mahler lenkte den Luchs vor die schmale Lücke. Braumann nickte, gab das Zeichen, dass er geradeaus langsam weiterfahren sollte.

Zentimeter um Zentimeter bewegte sich der Panzer vorwärts, schrammte schließlich links an den Bäumen und rechts an den Autos entlang, doch Braumann nickte immer wieder und bedeutete Mahler weiterhin, die Fahrt fortzusetzen.

Dann, nach langen Minuten voller Konzentration und Anspannung ließ der Luchs das Hindernis hinter sich. Mahler fuhr noch ein paar Meter, dann hielt er an und setzte sich mit dem Marder in Verbindung: »Manske, was denken Sie, kommen Sie da ebenfalls durch? Schließlich ist Ihre Kiste ziemlich genau vierzig Zentimeter breiter als meine.«

»Dafür muss ich nicht so vorsichtig sein, Herr Leutnant. Zur Not fahre ich einem der Autos eben den Arsch weg.«

Mahler konnte das Grinsen des jungen Mannes förmlich durch den Funk hören.

»Am besten steigt der Herr Hauptfeldwebel wieder ein«, fuhr Manske fort. »Und dann machen Sie mir bitte noch ein wenig mehr Platz.«

»Alles klar. Sie fahren nach eigenem Ermessen.«

»Verstanden.«

Mahler trennte die Verbindung und wandte sich an Erik: »Braumann soll wieder reinkommen. Der lungert für meinen Geschmack eh schon viel zu lange da draußen rum.«

Der Angesprochene hielt sich erst gar nicht damit auf, die Anweisung zu bestätigen, sondern bedeutete dem Hauptfeldwebel durch Zeichen, dass seine Dienste auf der Straße nicht mehr benötigt wurden.

Braumann sah noch einmal fragend in Richtung des Marder, dann zuckte er mit den Schultern und stieg zurück in den Luchs. Dieser setzte sich auch sogleich in

Bewegung und fuhr langsam weiter.

Währenddessen kletterten die Männer vom Dach des Marder. Sie sicherten nach allen Seiten, wie es in keinem Lehrfilm schöner demonstriert werden konnte, und beeilten sich, zu dem Luchs aufzuschließen. Als sie etwa zwanzig Meter von der Unfallstelle entfernt waren, röhrte der Motor des Marder auf.

»Verdammt, was macht Manske da?« Braumann klang besorgt. »Der will doch nicht etwa …?«

»Keine Angst«, erwiderte Mahler. »Der Gefreite weiß ganz genau, was er tut und vor allem, was er seinem Fahrzeug zumuten kann. Ich kenne ihn nun schon eine Weile, und bislang hat er mich nie enttäuscht. Sie müssen sich das in etwa so vorstellen, als sei der Marder quasi ein zusätzliches Körperteil für ihn. Fragen Sie mich bloß nicht, warum das so ist, aber ich habe noch nie einen talentierteren Fahrer erlebt als ihn.«

Bevor Braumann etwas antworten kannte, kam von hinten ein Knirschen, Kreischen und Rumpeln. Kurz sah es so aus, als würde der Marder das Blechknäuel aus Fahrzeugen vollends zur Seite rammen, dann lief seine rechte Kette über den Kofferraum des am weitesten links stehenden PKWs nach oben. Der Panzer kam für einen Augenblick in Schräglage, bevor das Blech des Autos unter dem Gewicht laut protestierend nachgab. Ein paar Sekunden später war auch der Marder an der Engstelle vorbei.

»Nette Show, Manske«, kommentierte Mahler den

Vorgang und konnte sich ein Grinsen nicht verkneifen. »Und jetzt lassen Sie die Männer wieder aufsteigen, wir haben uns hier schon viel zu lange aufhalten lassen.«

*

Zwar tauchten auf dem weiteren Weg immer wieder größere und kleinere Hindernisse auf, doch diese stellten keine ernsthaften Probleme dar. Entweder ließen sie sich umfahren oder es handelte sich um einzelne Fahrzeuge, die der Luchs problemlos beiseiteschieben konnte.

»Das dort vorne ist die Autobahn«, erklärte Braumann, als eine Brücke in Sicht kam, welche die B51 überquerte. »Wie ich schon sagte, gibt es hier keine Anschlussstelle.«

Mahler hielt den Luchs an und griff zum Funkgerät. »Manske, Sie sind dran. Fahren Sie links durch den Acker und versuchen Sie, uns auf die A4 zu bringen. Ich folge Ihnen.«

»Verstanden«, kam die knappe Antwort, dann scherte der Schützenpanzer auch schon aus und pflügte durch das Feld, welches bereits abgeerntet zu sein schien.

Na, zumindest wird das keine Beschwerde wegen Flurschadens nach sich ziehen, ging es Mahler unwillkürlich durch den Kopf, wobei er sich fragte, warum er in diesem Moment überhaupt auf solch abstruse Gedanken kam.

Er ließ den Luchs wieder anrucken.

Nach hinten gewandt sagte er: »Festhalten, denn das könnte jetzt ein wenig holperig werden.«

»Passt schon«, gab Erik launig zurück. »Wir hocken hier hinten ohnehin so kuschelig, dass wir nicht versehentlich aus den Sitzen fallen können.«

Klar, der Luchs verfügte normalerweise über vier Mann Besatzung, kam aber zur Not auch mit zwei Leuten aus. In dem Fall blieben die Plätze für Kommandant und Funker unbesetzt, was zur Folge hatte, dass der Fahrer den Platz wechseln musste, sollte der Panzer rückwärtsfahren, außer der Richtschütze übernahm diese Aufgabe, was dann aber das Geschütz unbesetzt ließ, weil für das Rückwärtsfahren interessanterweise der Funker zuständig war.

Aber wie auch immer. Derzeit hielten sie sich zu sechst hier drin auf, was die Sache ganz schön eng werden ließ. Trotzdem beschwerte sich keiner, denn die Alternative bestand in einem Fußmarsch, der zwar wesentlich mehr Bewegungsfreiheit bot, dafür aber auch aller Wahrscheinlichkeit nach tödlich enden würde.

In dem Marder sah es ein wenig besser aus, aber nur deshalb, weil vier Männer auf seinem Dach mitfuhren. Der Schützenpanzer bot Raum für insgesamt neun Leute. Auf dem Platz des Fahrers saß Timo Manske, das Geschütz wurde vom Obergefreiten Norbert Grüner bedient, die Position des Kommandanten blieb im Moment unbesetzt. Auf den anderen sechs Plätzen saßen die restlichen Männer der ehemaligen Reservegruppe.

Mussten oder wollten die vier vom Dach nun ebenfalls ins Innere, würde es allerdings mindestens genauso »kuschelig« werden wie im Luchs.

»Ich glaube, ich habe eine gute Stelle ausgemacht«, meldete sich Manske via Funk bei Mahler. »Die Leitplanke schaffe ich locker, wenn ich vorsichtig bin, und das Gelände ist hier einigermaßen eben.«

»Sind Sie sich ganz sicher, was die Leitplanke angeht?«

»Von dieser Seite aus schon, ja. Die Dinger sind schließlich dazu gemacht, Fahrzeuge aufzuhalten, die von der anderen Seite kommen. Wir nehmen sozusagen den Hintereingang.«

»Also gut«, antwortete Mahler. »Ich klebe an Ihrem Hintern. Versauen Sie's also nicht!«

In den Lärm der Motoren mischte sich kurz ein anderes Geräusch, dann meldete Manske: »Ich bin durch!«

*

Auf der A4 ging es tatsächlich deutlich besser voran. Da die Autobahn an dieser Stelle um Köln herum und nicht von der Stadt wegführte, hatten offenbar viele Flüchtende diesen Abschnitt gemieden beziehungsweise erst gar nicht als Route in Betracht gezogen. Mahler und seinen Leuten konnte das nur recht sein, auch wenn sie ein weiteres Mal mit der »falschen« Seite vorlieb nehmen mussten, denn Mahler scheute das Risiko, sich beim

Versuch, auf die »richtige« Seite durchzubrechen, eventuell doch noch eine Beschädigung an einem der Fahrzeuge einzuhandeln. War das Fahren auf der linken Seite den Männern anfangs komisch vorgekommen, gewöhnten sie sich so langsam daran. Darüber hinaus machte es ihnen jedoch erschreckend deutlich, wie wenig solche Regeln und Übereinkünfte im Moment noch wert waren.

Für die knapp zwei Kilometer bis zur A555 brauchten die Panzer keine zehn Minuten, obwohl sie immer noch äußerst vorsichtig fuhren. Auch hier standen überall Autos herum, deren Besitzer sich entweder in Zombies verwandelt hatten oder gefressen worden waren – einigen wenigen Glücklichen mochte vielleicht sogar die Flucht gelungen sein, so genau konnte das aber im Moment niemand sagen, und es spielte auch nicht wirklich eine Rolle.

Das Autobahnkreuz stellte Mahler vor eine neue Aufgabe. Für welchen Weg sollte er sich entscheiden? Die A555 nach Süden, das war klar, aber linke oder rechte Seite? Und wie kam er dorthin? Erst jetzt merkte er, wie stark man im Laufe der Jahre das Autofahren automatisierte, teilweise gar nicht mehr darüber nachdachte, welche Abzweigung man nehmen musste, um in eine bestimmte Richtung zu gelangen. Dazu kam, dass immer mehr Anstrengungen unternommen worden waren, damit es möglichst keine Geisterfahrer mehr gab, eine entsprechende Spurführung gehörte mit dazu.

»Ich würde vorschlagen, wir bleiben links.«

Braumann schien die Gedanken des Leutnants erraten zu haben. »Wenn ich mich nicht täusche, müssen wir uns dazu kurz vor der Brücke links halten, dann sollte uns der Bogen nach der Brücke in die gewünschte Richtung führen.«

»Da bekommt man fast einen Knoten in den Kopf, was?« Mahler lächelte, obwohl ihm eigentlich nicht wirklich danach war. »Wenn man von West nach Ost fährt und dann Richtung Süden abbiegen will, fährt man eigentlich nach rechts, nicht nach links.«

»So ist es.« Braumann grinste schief. »Aber in den letzten Tagen mussten wir bereits vieles umlernen, warum also nicht auch das?«

Mahler ließ den Luchs wieder anfahren. Immer wieder vereinzelten Fahrzeugen ausweichend, folgte er dem von Braumann vorgeschlagenen Weg.

Auf der A555 ging es dann weiterhin zügig voran. Mahler erhöhte sogar die Geschwindigkeit, sodass sie jetzt mit knapp dreißig Stundenkilometern unterwegs waren.

»Wenn wir das Tempo halten können, dürften wir in etwa einer Dreiviertelstunde in Bonn sein«, stellte Braumann fest. »Wäre schön, wenn es weiterhin so gut läuft.« Dann zog draußen etwas seine Aufmerksamkeit auf sich. »Ich sehe Menschen, ich meine *normale* Menschen. Sie scheinen auf der Flucht zu sein, so wie wir.«

Mahler sah die Leute jetzt auch. Während einige von ihnen matt und abgekämpft wirkten, besaßen andere noch so viel Energie, den beiden Panzern zuzuwinken.

Der Leutnant spürte, wie sich erneut ein eisiger Klumpen in seiner Magengegend bildete. Diese Leute winkten nicht aus reinem Vergnügen, die wollten, dass ihnen jemand half. Mahlers Mundwinkel verkrampften sich, in seinen Ohren hörte er ein Summen und Rauschen anschwellen.

Einige der Leute begannen, winkend auf die Fahrzeuge zuzulaufen. Mahler ahnte, was gleich kommen würde, und er musste mit Gewalt gegen die in ihm aufsteigende Übelkeit ankämpfen.

»Herr Leutnant, wie sollen wir uns verhalten?«, fragte Braumann da auch schon.

»Wie schon?«, gab Mahler schärfer als beabsichtigt zurück. »Tempo beibehalten und weiterfahren! Wir haben keinen Platz, um zusätzliche Flüchtlinge aufzunehmen.« Mahler schnaufte, dann setzte er mit ersterbender Stimme hinzu: »Diese Menschen müssen selbst sehen, wie sie zurechtkommen, wir können nicht allen helfen … Das konnten wir noch nie …«

Melden macht frei

Eine Weile verlief die Fahrt schweigend. Jeder hing seinen eigenen Gedanken nach, Jasmin nickte sogar in Jennys Armen ein. Der Stress der letzten Stunden war vermutlich zu viel für die Kleine gewesen.

Als sich die beiden Panzer kurz vor Wesseling befanden, erblickte Mahler eine größere freie Stelle auf der Fahrbahn. Dort hielt er an und stellte den Motor ab.

»Wir halten?«, fragte Braumann in einem Ton, in dem ein »Warum das denn?« mitschwang.

»Ich denke, es ist an der Zeit, dass wir uns schon mal in Mainz anmelden«, erklärte Mahler. »Vielleicht haben die dort auch ein paar Tipps für uns, welche Straßen wir am besten nehmen und so weiter. Außerdem kann es nicht schaden, wenn sich alle ein wenig die Beine vertreten, während ich am Funkgerät sitze. Natürlich hat unser Selbstschutz weiterhin oberste Priorität. Schnappen Sie sich also die Leute aus dem Marder und teilen Sie sie entsprechend ein. Ich denke, dass wir uns in etwa einer halben Stunde wieder auf den Weg machen werden.«

»Alles klar.« Braumann nickte, dann war er auch schon draußen und brüllte in Richtung des Schützenpanzers: »Absitzen, Männer! Pinkelpause!«

Während Mahler auf den Platz des Funkers wechselte, bekam er mit halbem Ohr mit, wie der Hauptfeldwebel weitere Anweisungen an die Männer gab und gleich darauf den vier Zivilisten beim Aussteigen aus dem

Luchs behilflich war.

Kurz wunderte sich Mahler, dass der alte Haudegen ihm keine weiteren Fragen stellte, auf der anderen Seite war es nicht ungewöhnlich, dass Zivilisten bei einem dienstlichen Gespräch nur in Ausnahmefällen etwas zu suchen hatten.

Als Mahler alleine war, stellte er eine Verbindung zur Schutzzone Mainz her. Dort meldete sich ein Stabsunteroffizier Fiedler, der ihn sogleich an einen Major Niedermann weiterreichte, sobald Mahler Name und Dienstgrad genannt hatte. Letzterem erstattete er ausführlich Bericht über ihre aktuelle Position, darüber, welche Fluchtroute sie nach Mainz nehmen wollten, über die Anzahl der Fahrzeuge und deren Zustand. Dann kam der schwierigste Teil. Mahler schluckte, holte noch einmal tief Luft und erklärte: »Ich weiß nicht, ob Sie diese Meldung bereits erreicht hat, aber die Schutzzone Konrad-Adenauer-Kaserne, die auch unter dem Namen ›Köln-Süd‹ geführt wird, muss als gefallen betrachtet werden. Nach meinem letzten Kenntnisstand harren dort weiterhin Menschen aus, wobei ich nicht sagen kann, um wie viele es sich dabei handelt. Aber das ist noch nicht alles. Es ist davon auszugehen, dass selbst diejenigen, die sich noch im Schutz eines Gebäudes befinden, dort nicht mehr lange sicher sein werden. Neben den allgemein bekannten Beißern und Schleichern scheint es unter den Zombies eine dritte Art zu geben, die wesentlich koordinierter vorgeht als ihre Artgenossen.«

»Ja, diese dritte Art ist uns inzwischen ebenfalls bekannt«, bestätigte Niedermann. »Diese werden mittlerweile als Hybriden bezeichnet, weil sie offenbar eine Art Mittelding zwischen normalem Menschen und Zombie darstellen. Sie werden von den Zombies nicht attackiert, scheinen darüber hinaus sogar die Fähigkeit zu besitzen, diese zu lenken. Ich meine sogar, dass der erste Bericht einer Sichtung dieser Hybriden von Ihnen stammt, Herr Mahler, auch wenn sie damals diesen Begriff natürlich noch nicht kannten.«

Toll!, dachte Mahler und erschrak dabei beinahe vor dem eigenen Sarkasmus. *Ich habe also sozusagen etwas entdeckt, das besser unentdeckt – noch besser: gar nicht existent – geblieben wäre.* Laut sagte er: »Ja, ich habe bereits gestern eine solche Beobachtung melden lassen. Aber was ich sagen wollte: Ich gehe davon aus, dass diese Hybriden die anderen Zombies nicht nur lenken, sondern aktiv ins Geschehen eingreifen werden. Sie werden die aggressiven Beißer dabei unterstützen, in die Gebäude einzudringen und damit den Weg für ganze Horden ihnen nachfolgender Schleicher ebnen.«

»Verstanden, Herr Mahler. Ich werde diese Informationen umgehend weitergeben und melde mich wieder bei Ihnen. Sie sagten, Ihre derzeitige Position sei im Moment sicher?«

»Ja, wir scheinen vorerst ein ruhiges Fleckchen gefunden zu haben, auch wenn ich hier nicht die Nacht verbringen möchte.«

»So lange werden Sie nicht warten müssen. Ich melde mich so schnell wie möglich wieder bei Ihnen. Niedermann, Ende.«

Mahler stieß hörbar die Luft aus. Das Gespräch war einigermaßen … gut verlaufen. Eigentlich hatte er damit gerechnet, dass Niedermann ihm eine Reihe unbequemer Fragen stellen würde. Zum Beispiel, warum er einfach seinen Posten verlassen und sich mit einem guten Dutzend Menschen sowie zwei Fahrzeugen abgesetzt hatte. Zwar gab es keinen direkten Befehl, der den Leutnant dazu zwingen würde, bis zum bitteren Ende in der Kaserne auszuharren, aber eine gewisse Anrüchigkeit lag trotzdem in dieser Flucht, zumal Mahler dabei auch noch seine einzige verbliebene Familienangehörige gerettet hatte.

Überhaupt kam ihm dieser Major Niedermann erstaunlich abgeklärt vor. Entweder hatte der Mann in seinem Leben bereits einiges durchmachen müssen oder er kämpfte seine Gefühle deutlich erfolgreicher nieder, als Mahler das vermochte. Vielleicht handelte es sich bei ihm aber auch einfach nur um einen eiskalten Kommisskopf, dem Befehl und Gehorsam über alles ging, so etwas sollte es ja auch heutzutage immer noch zur Genüge geben.

Aber wie Mahler es auch drehen oder wenden mochte, diese Grübelei über den Major brachte ihn auch nicht weiter. Er hatte ihm ordentlich Meldung gemacht und somit einen großen Teil der Verantwortung erst einmal auf Niedermann abgewälzt. Außerdem würde er den Mann vermutlich noch früh genug persönlich kennenlernen und konnte sich dann immer noch ein umfassendes Bild von ihm machen. Viel wichtiger fand Mahler in diesem Moment, dass er bei seiner Entscheidung geblieben war, nicht auch noch von seinen Fluchtvorkehrungen zu berichten, denn spätestens daraus würde ihm irgendwer irgendwann garantiert einen Strick drehen.

*

Gut fünf Minuten später meldete sich Major Niedermann wieder. »Herr Mahler, wie ist die Lage bei Ihnen?«

»Unverändert, Herr Major.«

»Das ist gut. Wie schätzen Sie Ihre Leute ein?«

»In Bezug auf was?«

»Einsatzbereitschaft, Kampfwillen und diese Dinge. Vor allem: Wie ist es um deren Nervenkostüm bestellt? Sind die Männer noch belastbar?«

»Ich denke schon. Den Umständen entsprechend eben. Sie tun, was getan werden muss.«

»Freut mich, das zu hören.« Niedermann machte eine kurze Pause, bevor er weitersprach. »Ich habe einen Auftrag für Sie und Ihre Männer. Da Sie ohnehin nach Bonn unterwegs sind, sollte der nur wenig zusätzliche Zeit in Anspruch nehmen.«

Mahler verspürte ein unangenehmes Kribbeln im

Bauch. Er konnte Niedermann immer noch nicht einschätzen – woher auch? – und fühlte sich unbehaglich, obwohl er dafür keinen wirklichen Grund angeben konnte.

»Herr Mahler? Sind Sie noch da?«

»Ich, äh, natürlich. Verzeihung, Herr Major, ich war einen Moment lang abgelenkt.«

»Gibt es Schwierigkeiten?«

»Nein, keine Schwierigkeiten. Ich habe die letzte Zeit lediglich etwas wenig Schlaf bekommen.«

»Das geht uns allen so, das verstehe ich. Was den Auftrag angeht …«

»Ja?«

»Ist Ihnen das Redemptoristenkloster in Bonn-Auerberg ein Begriff?«

»Nein, das sagt mir nichts. Was ist damit?«

»Uns liegt eine Meldung vor, dass sich dort ein Geistlicher mit einer Gruppe von etwa zwanzig Kindern aufhalten soll. Anscheinend ist es ihnen gelungen, sich in einem der Gebäude des Klosters in Sicherheit zu bringen, aber jetzt sind sie abgeschnitten und kommen dort nicht mehr weg.«

»Das klingt nicht gut.«

»Was denken Sie, Herr Mahler? Sehen Sie sich und Ihre Männer in der Lage, die Kinder und den Pfarrer zu retten?«

»Das kann ich von hier aus nicht wirklich einschätzen. Außerdem bräuchten wir dazu ein weiteres Fahrzeug, denn die beiden Panzer sind bereits überbesetzt.«

»Das ist mir alles klar. Meine Frage bezog sich in erster Linie darauf, ob Sie sich in der Verfassung dazu sehen.«

»Ich … ich denke schon. Mein Gott, es geht um Kinder! Wir fahren auf jeden Fall hin, schauen uns das vor Ort an und werden auch einen Bus oder etwas in der Art auftreiben können.«

»Mehr kann ich von Ihnen nicht verlangen. Danke Herr Leutnant.« Niedermann gab noch die Adresse des Klosters durch, dann beendete er die Verbindung.

*

Mahler kletterte aus dem Luchs. Er brauchte jetzt zuerst einmal frische Luft. Was hatte er dem Major erzählt? Er fühle sich in der Lage, die Kinder aus dem Kloster zu retten? Blödsinn! Zu gar nichts fühlte er sich mehr in der Lage, zu überhaupt nichts!

Er hatte einfach die Schnauze voll, wollte von dieser ganzen Scheiße nichts mehr hören, nichts mehr sehen und auch nichts mehr wissen. Einfach nur noch schlafen, vergessen, seine Ruhe haben …

Ein Rauschen schwoll in Mahlers Ohren an, wurde immer lauter. Gleichzeitig begannen schwarze Flecken vor seinen Augen zu tanzen. Keuchend stützte er sich an dem Spähpanzer ab, um sein Gleichgewicht nicht zu verlieren. Er merkte kaum, dass sich eine warme Hand auf seine Schulter legte.

»Alles in Ordnung, Herr Leutnant?«

Die Stimme gehörte eindeutig Erik Herkenrath, auch wenn Mahler sich anstrengen musste, um sie durch den Geräuschorkan in seinen Ohren zu verstehen.

»Sie sehen nicht gut aus.« Erik klang aufrichtig besorgt. »Vielleicht sollten Sie sich besser für einen Moment hinlegen.«

Sich hinlegen, hier, wo die Menschen, die ihm ihr Leben anvertraut hatten, die darauf zählten, dass er stark war und wusste, was er tun musste, es sehen konnten? Keinesfalls! »Danke, Herr Herkenrath, es geht schon.« Mahler spürte, wie ein Teil seiner Kraft zu ihm zurückkehrte. Das Rauschen in seinen Ohren ebbte ab, die Punkte vor den Augen verflüchtigten sich.

»Sicher, Herr Leutnant?« Erik sah ihn prüfend an.

»Ja, ich bin mir sicher.« Mahler nickte und zwang sich zu einem Lächeln.

»Gut.« Erik nickte ebenfalls. »Langsam bekommen Sie auch wieder ein wenig Farbe. Und übrigens: Nennen Sie mich bitte einfach Erik, ich hab's nämlich nicht so mit Förmlichkeiten.«

»Einverstanden … Erik. Ich bin Thorsten.«

Erik nickte noch einmal, dann gesellte er sich wieder zu den anderen. Mahler folgte ihm mit seinen Blicken, dabei sah er seine Tochter, die auf der Straße saß und mit Onkel Dino spielte. Doch Jasmin war nicht alleine. Neben ihr hockte Jenny, hielt ein Stück Holz in der Hand, das sie irgendwo gefunden haben musste, und ließ dieses gerade zu dem Stoffsaurier »sprechen«. Einem Impuls folgend gesellte sich Mahler zu den beiden. »Na, ihr zwei? Alles okay bei euch?«

»Schau mal Papa, Onkel Dino hat einen neuen Freund!« Jasmins Augen leuchteten. »Das ist Peter Stöckchen. Die beiden wollen jetzt ganz oft etwas miteinander machen.«

»Das ist schön.« Mahler strich seiner Tochter über den Kopf, dann wandte er sich an Jenny: »Frau Stede, ich weiß gar nicht, wie ich Ihnen danken soll. Was Sie da tun, ist einfach wunderbar.«

»Ich sagte es Ihnen doch bereits: Ich mache das sehr gerne. Jasmin ist ein liebes Mädchen. Peter Stöckchen findet das übrigens auch.« Jenny lächelte.

Mahler fühlte sich seltsam berührt. »Tja, äh, also, nochmals vielen Dank, Frau Stede.«

»Jenny. Bitte nennen Sie mich Jenny. Das tun alle. ›Frau Stede‹ klingt furchtbar, finde ich.«

»Wenn Sie darauf bestehen …«

»Ja, tue ich«, erklärte Jenny entschieden. »Und wenn ich sonst noch etwas für Sie tun kann, sagen Sie einfach Bescheid, ja?« Mahler nickte stumm und erhob sich. Er wusste im Moment nicht, was er sagen sollte. In ihm tobte ein Orkan sich widerstreitender Empfindungen, durchsetzt von dem guten Gefühl, dass sich Jasmin bei Jenny in sehr guten Händen befand, und das war ihm im Moment das Wichtigste auf der Welt.

Vollsperrung einmal anders

Nachdem Mahler sich noch ein paar Minuten die Beine vertreten hatte, drängte er zum Aufbruch. Bis Bonn hatten sie noch einige Kilometer vor sich, und er verspürte wenig Lust, erst in der Dunkelheit bei dem Kloster einzutreffen. Die Männer hatten es überraschend gut aufgenommen, dass sie eine Gruppe Kinder befreien sollten, auch wenn sie alle mindestens ebenso erschöpft und übernächtigt sein mussten wie Mahler selbst. Völlig egal, wie die Sache bei dem Kloster ausgehen würde, danach mussten sie sich unbedingt eine Bleibe für die Nacht suchen, um endlich den dringend benötigten Schlaf nachzuholen, andernfalls würde es nicht mehr lange dauern, bis der erste von ihnen tatsächlich zusammenklappte. Während Mahler wieder den Luchs fuhr, übernahm es Braumann, nach geeigneten Fahrzeugen Ausschau zu halten, mit denen sie die Kinder aus dem Kloster fortschaffen konnten. Nach Möglichkeit wollten sie dafür einen Bus einsetzen, zur Not würde es jedoch auch ein LKW tun müssen. Die A555 führte momentan durch bebautes Gebiet hindurch. Immer wieder konnte Braumann Zombies ausmachen, die aber meistens nur apathisch herumstanden. Dann entdeckte er dunklen Qualm, der in einiger Entfernung in den Himmel stieg. Ganz offensichtlich brannte es dort hinten, und Braumann wunderte sich im Stillen, warum nicht schon mehr Häuser in Flammen aufgegangen waren. Zwar »kämpften« die Zombies mit »natürlichen« Waffen, benutzten also weder Sprengstoff noch Flammenwerfer oder etwas in der Art, aber bei den Verteidigern mochte das durchaus anders aussehen.

Der Hauptfeldwebel fragte sich unwillkürlich, wie sich wohl mehrere Molotow-Cocktails auswirken mochten, die in eine Horde Schleicher geschleudert wurden. Würde das den Zombies überhaupt etwas ausmachen? Vermutlich nicht viel, dennoch war nicht auszuschließen, dass verzweifelte Menschen es trotzdem versuchten, und wenn es dann dumm lief, konnte sich das obendrein als Bumerang erweisen.

Ein Reisebus zog Braumanns Aufmerksamkeit auf sich. Eigentlich viel zu groß für ihr Vorhaben, dennoch stellte er vielleicht eine Option dar. Der Hauptfeldwebel stand im Begriff, Mahler zu informieren, als er die zerfetzten Reifen bemerkte. Was auch immer hier geschehen sein mochte, dieser Bus schied damit definitiv aus, denn sie verfügten weder über das Material noch über die Zeit, diesen Schaden zu reparieren. Eine Zeitlang kamen sie nur an liegengebliebenen PKW vorbei.

Typisch!, dachte Braumann. *Normalerweise sind die Autobahnen mit LKW verstopft, aber wenn man mal dringend einen braucht ...*

Als ob diese Gedanken von einer höheren Macht erhört worden wären, kam prompt ein Sattelschlepper in Sicht, der allerdings einen Schönheitsfehler besaß: Er stand quer und blockierte die gesamte Fahrbahn.

*

Mahler hielt an und setzte sich mit dem Marder in Verbindung: »Manske, ich komme mit Hauptfeld Braumann zu Ihnen. Sorgen Sie inzwischen dafür, dass die Männer die Augen offen halten, damit wir keine böse Überraschung erleben.«

»Verstanden.«

»Erik, wären Sie bitte so freundlich, uns wieder vom Geschützturm aus im Auge zu behalten?«

»Geht klar.« Der Angesprochene nickte und kletterte gleich darauf nach oben.

Die beiden Soldaten verließen den Luchs, versicherten sich noch einmal, dass sich keine Zombies in ihrer Nähe aufhielten und gingen dann zügig nach hinten zum Schützenpanzer. Die vier Mann auf dessen Dach standen inzwischen und sondierten die Umgebung, während die anderen sechs der Gruppe eine Art Gasse bildeten, die in Richtung des Spähpanzers zeigte. Dort wurden Mahler und Braumann bereits von Manske und Grüner erwartet.

»Können mich alle gut verstehen?«, fragte Mahler in die Runde.

Zustimmendes Gemurmel antwortete ihm.

»Wie Sie sehen, steht dort vorne ein Problem, das wir irgendwie beseitigen müssen. Da uns zum einen die Zeit unter den Nägeln brennt, ich zum anderen aber auch keine Ausfälle riskieren möchte, versuchen wir es zur Abwechslung einmal mit Gruppenarbeit. Hat jemand irgendeine Idee, wie wir den LKW von der Fahrbahn bekommen?«

»Wenn er noch Sprit hat, können wir ihn vielleicht einfach wegfahren«, schlug ein Hauptgefreiter vor, der laut dem Aufnäher an seiner Brust auf den Namen Kellermann hörte.

»Keine Chance«, widersprach Manske. »Das Ding ist links und rechts in der Leitplanke verkeilt, aus dem Stand bekommt er die nicht umgedrückt.«

»Können Sie mit dem Marder durchbrechen?«, fragte Mahler in der Hoffnung auf eine ebenso brachiale wie schnelle Lösung.

»Hm, schwer zu sagen.« Manske massierte nachdenklich sein Kinn. »Hängt davon ab, was der geladen hat. Wenn er leer ist, könnte das klappen. Aber Ausräumen können wir vergessen, das dauert viel zu lange.«

»Was haben wir denn an Werkzeug dabei?«, erkundigte sich Braumann.

»Das Übliche«, antwortete Manske. »Was schwebt Ihnen denn vor?«

»Wir könnten versuchen, die äußere Leitplanke zu demontieren und den Sattelzug dann rückwärts von der Autobahn zu fahren oder zu schieben.«

»Das könnte klappen.« Manske nickte.

»Bestens«, zeigte sich Mahler zufrieden. »Dann haben wir ja jetzt einen Plan A und einen Plan B. Zuerst sehen wir nach, ob das Teil leer ist beziehungsweise falls dem so ist, wie groß die Chancen sind, dass der Marder heil durch das Ding durchfahren kann. Und wenn diese Möglichkeit, die ja die deutlich schnellere ist, ausscheidet, machen wir uns an der Leitplanke zu schaffen. Noch Fragen? Nein? Gut. Ausführung!«

*

Während die vier Mann auf dem Marder weiterhin die Umgebung im Auge behielten, näherten sich Mahler, Braumann, Manske und die anderen sechs Männer vorsichtig dem querstehenden LKW. Obergefreiter Grüner stieg wieder in den Marder ein, um im Notfall mit dessen Geschütz eingreifen zu können, falls plötzlich doch ungebetener Besuch auftauchen sollte.

Mahler spürte ein Kribbeln im Nacken. Er hatte einmal gelesen, dass es Menschen gab, die auf diese Weise vor nahenden Gefahren gewarnt wurden, wie auch immer das so genau funktionieren sollte. Er hielt es für Quatsch, schrieb das Kribbeln einfach seinen überreizten Nerven zu. Doch Mahler blieb auch nicht verborgen, dass die anderen Männer ebenfalls von einer gewissen Anspannung erfasst worden waren. Selbst Braumann, der alte Haudegen, wirkte ein ganz kleines bisschen nervös, was sonst gar nicht seine Art war. Liefen sie hier etwa geradewegs in eine Falle?

Mahler schalt sich einen Narren. Was für eine Falle denn? Und wer sollte die für wen aufgestellt haben? Die Zombies etwa?

Die waren doch viel zu blöd für so etwas. Außer – ja, außer wenn sich hier in der Nähe einer dieser verfluchten Hybriden aufhielt!

Niemand konnte bislang sagen, wie viele es von denen gab. Mahler hatte bisher zwei davon zu Gesicht bekommen, zwei unter mehr als zehntausend Zombies. Wie groß mochte also die Wahrscheinlichkeit sein, dass sich ausgerechnet hier an dieser Stelle ein weiterer aufhielt? Und warum sollte der hier eine Falle aufbauen, anstatt einfach übers Land zu ziehen und irgendwelche Zombiehorden auf die letzten normalen Menschen zu hetzen?

Das alles klang doch reichlich abenteuerlich, fand Mahler. Er zwang sich zur Ruhe, gleichzeitig beschloss er jedoch, besonders vorsichtig zu sein.

Die Männer befanden sich nur noch wenige Meter von dem LKW entfernt, als ein Knall ihre Aufmerksamkeit in Richtung der Fahrerkabine lenkte. Sofort erschloss sich ihnen, was das Geräusch verursacht hatte: Im Führerhaus befand sich ein Zombie, offenbar darin gefangen. Der Art nach zu urteilen, wie er sich gebärdete, handelte es sich um einen Beißer. Wieder und wieder knallte sein Kopf gegen die Scheibe der Beifahrertür und seine Kiefer schnappten in dem hilflosen Versuch, einen der Menschen da draußen zu beißen.

»Scheiße, hat der mich erschreckt!« Kellermann schüttelte den Kopf und atmete dabei hörbar aus.

»Inzwischen versuchen die Biester wohl, uns durch

Herzinfarkt umzubringen.«

Ein paar der Männer lachten leise, doch es klang irgendwie gekünstelt, fast ein wenig gepresst. Das Gebaren des Beißers ließ nicht wirklich Heiterkeit aufkommen, zumal der jetzt noch damit begann, wie ein Wahnsinniger zu heulen und zu kreischen.

»Eliminieren?«, fragte Braumann und deutete dabei mit dem Daumen in Richtung Führerhaus.

»Nein, noch nicht.« Mahler schüttelte den Kopf. »Wir sehen zuerst nach der Ladung, und falls wir durchbrechen, können wir uns die Kugeln sparen.«

Die Männer wandten sich nach links, um zu den Türen des Aufliegers zu gelangen. In diesem Moment kroch unter dem LKW ein weiterer Zombie hervor, zog sich mit seinen Krallenhänden auf dem Asphalt vorwärts und legte dabei eine für diese Forstbewegungsart erstaunliche Geschwindigkeit an den Tag.

Gleich darauf sah Mahler den Grund dafür: Dem Untoten fehlten die Beine. Beide Oberschenkel waren kurz unterhalb der Hüfte offenbar abgequetscht worden. Da Mahler wusste, dass man das Gewicht von Beinen keinesfalls unterschätzen durfte, erklärte dieser Umstand, wieso dieses Ding sich nur mit der Hilfe seiner Arme so schnell nach vorne ziehen konnte.

Auch sonst machte der Zombie einen äußerst ramponierten Eindruck. Seine Arme waren nackt, an mehreren Stellen fehlten größere und kleinere Stücke seines Fleisches, sodass hier und da der blanke Knochen hervorblitzte. Doch das schien ihn alles nicht im geringsten zu stören. Seine unbändige Gier nach Menschenfleisch trieb ihn vorwärts, ließ ihn auf direktem Weg auf die Männer zukriechen, die mit einer Mischung aus Überraschung und Abscheu dem entgegensahen, was sie fressen wollte.

Ein Schuss aus Braumanns Pistole beendete das Spektakel gezielt und äußerst unspektakulär.

*

Für einen kurzen Moment standen alle ein wenig betreten herum. Nur der Beißer im Führerhaus versuchte immer noch, mit seinem Kopf im wahrsten Sinne des Wortes durch die Wand zu gelangen.

»Wir können nicht ausschließen, dass noch mehr von denen hier sind«, mahnte Mahler. »Es gilt also weiterhin äußerste Vorsicht, verstanden?«

Stummes Nicken antwortete ihm.

»Kellermann, Sie gehen vor, die anderen decken Sie. Versuchen Sie, ob Sie hinten an die Türen rankommen. Wenn Ihnen etwas spanisch vorkommt, ziehen Sie sich sofort zurück. Alles klar?«

Nicken.

»Ausführung!«

Die Männer setzten sich wieder langsam in Bewegung. Das ständige Poltern an der Scheibe der Beifahrertür zehrte an ihren Nerven.

»Wir hätten das Miststück doch umnieten sollen«,

murmelte einer von ihnen.

Mahler konnte nicht ausmachen, wer das gesagt hatte, verzichtete daher auf eine Rüge. Es hätte ohnehin nichts gebracht, den Mann zurechtzuweisen, denn Mahler konnte ihn nur zu gut verstehen. Auch er wünschte dem Polter-Beißer im Moment die Pest an den Hals.

Kellermann blieb abrupt stehen, schien zu lauschen.

Bumm! Bumm! Bumm!

Das Gepolter machte es unmöglich, andere, leisere Geräusche wahrzunehmen.

Mahler überlegte bereits, ob er das Drama im Führerhaus jetzt nicht doch einfach beenden sollte, da ging Kellermann weiter. Der Hauptgefreite erreichte die hintere Ecke des Aufliegers und spähte vorsichtig drum herum. Dann zog er seinen Kopf zurück und erklärte: »Nichts Verdächtiges zu sehen.«

Während die anderen nachrückten, machte sich Kellermann bereits an der Verriegelung der Türen zu schaffen. Diese waren nicht gesichert, sodass es ihm gelang, sie mit einem kräftigen Ruck zu öffnen, obwohl der Aufbau des Aufliegers leicht verzogen zu sein schien.

Eklig feuchter Mief schlug den Männern aus dem Inneren des LKW entgegen. Gleichzeitig gewahrten sie, dass dieser bis unter die Decke mit Kisten vollgestapelt war.

»Gemüse aus Spanien«, stellte Kellermann nach einem Blick auf eines der Etiketten fest. »Riecht allerdings nicht mehr wirklich frisch.«

»Logo«, meinte Manske. »Beim Crash ist vermutlich die Kühlung ausgefallen, und das Ding stand danach ein oder zwei Tage in der prallen Sonne. Nicht mehr lange, und das, was aus dem Gemüse wird, ist in der Lage, unsere Sprache zu erlernen.«

»Oder auch nicht.« Kellermann schlug die Tür mit angewidertem Gesichtsausdruck wieder zu. »Auf jeden Fall können wir uns das mit dem Durchbrechen wohl abschminken.«

»Sehe ich auch so.« Manske nickte, dann wandte er sich direkt an Mahler: »Herr Leutnant, ich fürchte, wir müssen auf Plan B zurückgreifen. Das Gemüse hat einfach zu viel Masse, da komme ich mit dem Marder nicht durch.«

*

Während zwei der Männer zurück zum Marder gingen, um das Werkzeug zu holen, mit dem sie die Leitplanke demontieren wollten, kümmerten sich die anderen um die Säuberung des Fahrerhauses. Braumann hob seine Pistole und legte auf den Beißer an, doch Mahler hielt ihn zurück.

»Nicht durch die Scheibe«, erklärte er. »Wenn das entsprechendes Sicherheitsglas ist, besteht die Möglichkeit, dass das Projektil unter Umständen zu viel Geschwindigkeit verliert, sodass das Gehirn des Zombies nicht mehr ausreichend beschädigt wird, um ihn auszuschalten. Falls das passiert, wird uns das gesprungene Glas obendrein die Sicht nach innen erschweren.«

»Verstehe.« Braumann ließ den Arm mit der Waffe sinken. »Wer soll die Tür aufmachen?«

»Das übernehme ich«, legte Mahler mit Bestimmtheit fest.

Braumann wollte etwas erwidern, doch der Leutnant bedeutete ihm, zu schweigen.

»Ich weiß, was Sie sagen wollen, Hauptfeld. Aber die Vorschriften gehen mir im Moment ein gutes Stück weit am Allerwertesten vorbei. Jeder von Ihnen«, Mahler machte eine Handbewegung, die alle Soldaten umfasste, »hat bereits in irgendeiner Weise seinen Kopf für uns riskiert. Und jetzt bin *ich* dran. Keine Angst, ich pass schon auf mich auf. Bisswunden vertragen sich nicht mit meinem zarten Teint.«

Braumann nickte und grinste dabei. »Alles klar, Herr Leutnant. Bereit, wenn Sie es sind.«

Mahler kletterte zum Türgriff hoch. Bevor er daran ziehen konnte, hörte der Beißer damit auf, seinen Schädel ununterbrochen gegen die Scheibe zu dreschen. Auf der Stirn des Zombies konnte Mahler eine Art Platzwunde erkennen, aus der jedoch kein Blut drang. Dafür fixierte ihn der Untote jetzt mit einem Blick, in dem sich Hass und Gier die Waage zu halten schienen.

Unvermittelt donnerte der Kopf des Beißers wieder gegen die Scheibe.

Mahler wäre vor Schreck beinahe heruntergefallen,

konnte sich aber gerade noch festhalten.

»Es wird höchste Zeit, dich aus dem Verkehr zu ziehen«, knurrte er, dann rief er in die Richtung von Braumann: »Bei drei! Eins – zwei – drei!«

Zusammen mit der letzten Zahl riss Mahler die Beifahrertür auf, sprang gleichzeitig von seiner Position ab und schwenkte sozusagen mitsamt der Tür zur Seite. Er ließ den Griff los und landete gleich darauf unsanft in dem Gestrüpp, das zwischen den Fahrbahnen der Autobahn wuchs.

Braumanns Pistole bellte zweimal auf, dann war Ruhe.

*

Ein wenig mühsam rappelte sich Mahler wieder hoch. Sein Knöchel schmerzte ein wenig, aber sonst schien ihm nichts zu fehlen, wenn er einmal von einem kleinen Riss in seiner Hose absah, aber der ließ sich leicht wieder flicken.

Mahler wollte gerade über die Leitplanke zurück auf die Fahrbahn steigen, als nochmal drei Schüsse fielen. Ohne dass er sich dagegen wehren konnte, machte sich schlagartig erneut ein ungutes Gefühl in ihm breit.

»Was ist da los?«, rief Mahler und konnte dabei nicht verhindern, dass Sorge in seiner Stimme mitklang.

Er wusste nicht, ob die Tatsache, dass den drei Schüssen keine weiteren folgten, ihn eher beruhigen oder in

Panik versetzten sollte. Die Logik sagte ihm, dass, falls immer noch eine Gefahr bestand, die anderen Männer längst ebenfalls schießen würden. Trotzdem beruhigte ihn das nicht wirklich, denn es konnte ebensogut sein, dass es Braumann zwar gelungen war, die Gefahr zu beseitigen, er das jedoch mit seinem Leben bezahlt hatte.

Hastig setzte Mahler sein Vorhaben, die Leitplanke zu übersteigen, in die Tat um. Dazu musste er sich erst vollends aus dem Gestrüpp freikämpfen, welches ihm bislang die Sicht auf das Geschehen raubte. Gleichzeitig ärgerte er sich darüber, dass er anstatt sofort zu handeln, einfach stocksteif stehengeblieben war.

Das lässt du besser nicht zur Gewohnheit werden, mein Freund!, ermahnte er sich selbst. Klar, diese Zeiten veränderten einen, aber *das* war garantiert die falsche Richtung!

Zu seiner Erleichterung stellte Mahler kurz darauf fest, dass Braumann sich immer noch bester Gesundheit erfreute, wenn man einmal von einer etwas bleichen Gesichtsfarbe absah. Auch von den anderen Männern schien keiner zu fehlen, und sie machten ebenfalls einen unversehrten Eindruck.

»Was war da eben los?«, verlangte Mahler von dem Hauptfeldwebel zu wissen. »Die letzten drei Schüsse kamen doch ebenfalls aus Ihrer Pistole, oder?«

»Ja, kamen sie.« Braumann nickte. »Bei dem Beißer hat es sich offensichtlich nur um den Beifahrer gehandelt. Der Fahrer ist zu einem Schleicher geworden und witterte wohl seine Chance, als ich gerade ins Führerhaus klettern wollte. Verdammt, hab ich mich über das Viech erschrocken!«

»Da passt man *einmal* nicht auf Sie auf, und dann machen Sie gleich solche Sachen.« Mahler grinste, denn ihm fiel gerade ein Stein vom Herzen.

Zwar hatte er schon früher ab und zu mit Braumann zu tun gehabt, richtig kennengelernt hatte er ihn jedoch erst die letzten drei Tage. Der Eindruck, den der Hauptfeldwebel dabei auf ihn machte, gefiel ihm, und Mahler musste sich eingestehen, dass er diesen Mann inzwischen stark vermissen würde, sollte ihm etwas passieren.

Braumann grinste kurz zurück, dann wurde er wieder ernst. In gleichem Maße kehrte die Farbe in sein Gesicht zurück.

»So, genug herumgealbert«, erklärte er schließlich in gewohnter Tonlage. »Sobald die Leitplanke hinten weg ist, haben Sie Ihren Auftritt, Manske. Ich nehmen an, nachdem Sie sozusagen in einem Bagger* auf die Welt gekommen sind, können sie mit so einem LKW gleich zweimal umgehen, nicht wahr?«

»Natürlich, Herr Hauptfeldwebel.« Der Gefreite nickte. »Und außerdem: Den Rückwärtsgang findet man immer irgendwie, vor allem dann, wenn man es gar nicht will …«

*

---

* Bagger: Bundeswehr-Jargon für »Panzer«

Keine zehn Minuten später gelang es den Männern, hinter dem LKW genügend von der Leitplanke zu demontieren, dass dieser durchpasste. Das Teil, wo der Brummi mit seinem Hinterteil dagegen gekracht war, zeigte sich ein wenig widerborstig, was nicht nur an leicht rostigen Schrauben lag, sondern in erster Linie daran, dass der Aufprall es deutlich aus der Form gebracht hatte. Trotzdem hielt es den vereinten Kräften von vier Männern, die auch mit grobem Werkzeug darauf losgingen, nicht lange stand.

Timo Manske kümmerte sich in der Zwischenzeit um das Innere der Fahrerkabine des Lastwagens. Zuerst zog er mithilfe von Braumann und Mahler die beiden jetzt endgültig toten Untoten heraus, dann überprüfte er den Zustand von Batterie und Treibstofftank.

»Sieht gut aus«, stellte er fest. »Der Schlüssel steckt, und die Sicherheitsautomatik hat den Motor beim Aufprall abgestellt, sodass der Tank immer noch gut halbvoll ist. Für die paar Meter sollte uns das dicke reichen.«

»Das sind zwei gute Stichworte«, stellte Mahler fest. »Wir sollten versuchen, so viel wie möglich von dem Diesel mitzunehmen, zum einen für unsere Panzer, zum anderen für das Fahrzeug, mit dem wir die Kinder aus dem Kloster holen wollen. Es wäre nämlich ziemlich blöd, wenn wir einen passenden Bus finden, und es dann daran hapert, dass dessen Tank leer ist.«

»Klingt vernünftig«, stimmte Braumann zu. »Und was ist das zweite Stichwort?«

»Ich will eigentlich nicht, dass Manske seinen Kopf riskiert, wenn er mit dem Sattelschlepper rückwärts in die Pampa fährt. Für mich klingt dieses Vorhaben ehrlich gesagt ziemlich heikel.«

»Keine Sorge, Herr Leutnant.« Der Gefreite strahlte wieder einmal Ruhe und Zuversicht aus. »Ich habe mir das sehr gut überlegt. Ich setze gerade einmal so weit zurück, dass Marder und Luchs durchpassen. Die Zugmaschine dürfte dann noch komplett auf der Straße stehen. Außerdem lasse ich es langsam angehen, sodass ich im Notfall einfach abspringen kann.«

»Einverstanden.« Mahler nickte. »Aber sehen Sie zu, dass Sie immer zur Beifahrerseite rauskommen, denn nur auf dieser Seite können wir für Ihren Schutz sorgen.«

Kellermann, der inzwischen die Reservekanister von Luchs und Marder geholt hatte, machte sich daran, möglichst viel Treibstoff aus dem Tank des LKW abzupumpen und in die Kanister umzufüllen.

Ein Schlauch diente ihm dabei als provisorische »Absaugvorrichtung«, und er musste höllisch aufpassen, keinen Diesel in den Mund zu bekommen.

Braumann fand zwei weitere Kanister, die hinter dem Führerhaus des Lastwagens festgeschnallt waren. Kurzerhand stellte er sie ebenfalls an der provisorischen »Zapfsäule« ab.

Als in die vier Kanister nichts mehr hineinpasste, schleppte Kellermann sie mithilfe zweier Kameraden zu den Panzern.

Der Leutnant befahl den restlichen Männern, sich ebenfalls von dem LKW zurückzuziehen. Dann signalisierte er Manske mittels eines hochgereckten Daumens, dass er loslegen konnte.

Der Anlasser der Zugmaschine jaulte auf. Zuerst schien es, als wolle der Motor Zicken machen, dann sprang er rumpelnd an, ging kurz darauf in gleichmäßiges Standgas über.

Im Gesicht des Gefreiten spiegelte sich jetzt eine gewisse Anspannung wider, auch wenn er nach wie vor äußerst ruhig wirkte. Er stellte den Wählhebel auf R, dann nahm er den Fuß von der Bremse. Das Fahrerhaus begann leicht zu vibrieren. Manske gab vorsichtig Gas.

Wie in Zeitlupe setzte sich der LKW in Bewegung. Ein kurzes Kreischen entstand, als sich die Zugmaschine vollends aus der Mittelleitplanke löste, dann war der Sattelschlepper frei.

Sofort nahm Manske Gas raus, ließ das Fahrzeug nur noch rollen. Nach und nach wurde die Sicht auf den dahinterliegenden Autobahnabschnitt frei. Kurz darauf ließ sich das Zischen von Bremsen vernehmen, und das Grollen des Dieselmotors erstarb.

Ein strahlender Timo Manske kletterte aus dem LKW und verkündete: »Wenn's nach mir geht, können wir weiter.«

Die Wege des Herrn

Während die Männer zu den Panzern zurückkehrten, sprach Braumann Mahler an: »Herr Leutnant, ich glaube, mir ist da soeben etwas klar geworden.«

»Was meinen Sie?«

»So ein Bus ist doch gar nicht so viel kürzer als ein Sattelschlepper, oder?«

»Kommt auf den Bus an, würde ich sagen. Aber auf was wollen Sie hinaus?«

»Wir sind auf der falschen Seite.« Braumann machte eine Geste, die die nähere Umgebung mit einbezog. »Wenn wir hier einen Bus finden, müssen wir den zuerst umdrehen, bevor wir ihn mitnehmen können, denn mehrere Kilometer im Rückwärtsgang wird vermutlich kein Spaß werden, zumal ja auch immer wieder andere Fahrzeuge im Weg stehen.«

»Verstehe.« Mahler nickte. »Wenden können wir uns vermutlich abschminken, also müssen wir wohl auf der Gegenfahrbahn nach einem geeigneten Transportmittel suchen.«

»Das war auch mein erster Gedanke. Allerdings sehen Sie ja selbst, dass auf der Gegenfahrbahn kein Durchkommen ist.«

»Was schlagen Sie also vor?«

»Vielleicht sollten wir die Autobahn an der nächsten Ausfahrt verlassen und abseits davon nach einem Bus suchen.«

»Ich weiß nicht recht.« Mahler wiegte den Kopf. »An dieser Idee gefallen mir mehrere Dinge nicht. Zum einen kommen wir dadurch sehr wahrscheinlich deutlich langsamer voran, zum anderen wird das zu einer Suche nach der berüchtigten Nadel im Heuhaufen. Wenn wir auf der Autobahn bleiben, fahren wir sozusagen am gesamten *Warensortiment* vorbei.«

»Sie haben vermutlich recht.« Braumann rieb sich über das immer stoppeliger werdende Kinn, was ein schabendes Geräusch verursachte. »Blöde Sache das. Hm. Aber vielleicht gibt es noch eine andere Möglichkeit.«

»Ich bin ganz Ohr.«

»Etwa auf halbem Weg zwischen Wesseling und Bonn befindet sich eine ehemalige Raststätte, die inzwischen stillgelegt wurde. Das Gelände gibt es aber noch.«

»Was versprechen Sie sich davon?«

»Eine geschickte Möglichkeit, die Seite zu wechseln. Ab dort dürfte auch die Fahrbahn Richtung Bonn nicht mehr so sehr zugepflastert sein wie hier, außerdem befindet sich diese Stelle mitten in der Pampa, sodass sich dort kaum Zombies herumtreiben dürften. Lassen Sie uns also möglichst zügig dorthin fahren und dann auf der anderen Seite nach einem Bus suchen.«

»Klingt zwar alles ein wenig vage, aber da ich auch keinen besseren Vorschlag habe, machen wir es so.«

*

»Mist!«, schimpfte Braumann, als sie rund fünfzehn Minuten später an dem ehemaligen Rasthof ankamen. »An die Leitplanke habe ich nicht mehr gedacht.«

Tatsächlich war das Gelände auf dieser Seite der Autobahn mittels einer durchgehenden Leitplanke von selbiger abgesperrt. Auf der anderen Seite hingegen hatte man sich diese Mühe nicht gemacht, warum auch immer.

»Vielleicht kann der Marder nochmal …?«, überlegte Braumann laut.

»Herr Manske?«, wandte sich Mahler via Funk an den Fahrer des Schützenpanzers. »Schafft ihr Baby diese Leitplanke hier auch?«

»Wahrscheinlich schon, allerdings lege ich nicht meine Hand dafür ins Feuer, dass der Luchs anschließend ebenfalls unbeschadet durchkommt. Sie wissen schon: falsche Richtung.«

»Dann fahren wir eben doch bis zur nächsten regulären Anschlussstelle weiter«, schlug Braumann vor. »Das sind von hier aus geschätzt noch rund zwei Kilometer. Auf die kommt es dann auch nicht mehr an, denke ich.«

»Ich muss Ihnen leider widersprechen, Hauptfeld, denn ich habe auf ein Uhr soeben *Beute* ausgemacht.« Mahler deutete schräg nach vorne. »Da drüben steht genau der Bus, den wir haben wollen: richtige Größe, augenscheinlich guter Zustand, nirgends eingekeilt und so weiter.«

»Ja, ich sehe ihn. Dann müssen die Jungs eben noch mal mit dem Schraubenschlüssel ran.«

*

Erik im Geschützturm des Luchs sowie die vier Männer auf dem Marder sicherten in bewährter Manier die Umgebung, während Mahler und Braumann sich die Sache genauer ansahen.

»Was denken Sie?« Mahler kratzte sich nachdenklich am Hinterkopf. »Bauen wir leichter die beiden Mittelleitplanken ab und nehmen dann den kurzen Weg oder lieber die eine vor dem ehemaligen Rasthof und dann untenrum?«

»Besser nur eine abbauen«, brummte Braumann. »Wenn das ähnlich mühsam wird wie vorhin bei dem LKW, dann sind wir trotz des weiteren Weges am Ende schneller.«

»Ja, das sehe ich auch so«, bestätigte Mahler, dann wandte er sich an die Soldaten, die mit dem Werkzeug bereitstanden und deutete dabei auf die Leitplanke, welche die Fahrbahn vom ehemaligen Rasthofgelände abtrennte: »Sehen Sie zu, dass wir möglichst schnell da durchkommen!«

Die Männer machten sich sofort an die Arbeit und demontierten das Hindernis in Rekordzeit. Keine fünf Minuten später fuhren die beiden Panzer weiter und rollten auf den früheren Parkplatz. Hier wirkte alles verlassen, ganz so, wie Braumann es vorhergesagt hatte.

»Wo jetzt weiter?«, fragte Mahler, der wieder mit dem Luchs voran fuhr.

»Dort hinten geht ein Weg in das Wäldchen«, antwortete Braumann. »Wenn mich nicht alles täuscht, führt der zu einer kleinen Straße, auf der man auch unter der Autobahn durchkommt.«

»Wieso kennen Sie sich hier eigentlich so gut aus? Man könnte ja fast den Eindruck bekommen, als stünden Sie mit jedem Baum in der Gegend auf du und du.«

»Ganz so schlimm ist es dann doch nicht.« Braumann grinste. »Aber früher, als die Bundeswehr noch eine richtige Armee war, haben wir öfter Manöver in dieser Region abgehalten. Dabei bleibt dann eben so einiges an Ortskenntnis hängen, was unter anderem auch einer der Gründe für diese Manöver war.«

Mahler fragte nicht nach, warum der Hauptfeldwebel offenbar dachte, dass die Bundeswehr heutzutage keine richtige Armee mehr sei. Einiges davon konnte er sich denken, es hing sicherlich unter anderem mit der Abschaffung der Wehrpflicht sowie den überall stattfindenden Einschnitten aufgrund irgendwelcher Sparmaßnahmen zusammen. Aber jetzt war nicht der richtige Zeitpunkt, sich über solche Themen den Kopf zu zerbrechen. Stattdessen lenkte Mahler den Luchs in das kleine Wäldchen.

»Ein lauschiges Plätzchen ist das hier«, kommentierte Erik die Umgebung. »Das ist sicher gut für ein kleines Schäferstündchen geeignet.«

»Erlauben Sie mal!«, fuhr Sybilla Henersen ihn an. »Sie haben wohl vergessen, dass ein Kind zugegen ist!«

»Was habe ich denn Böses gesagt?« Erik sah die Grundschullehrerin mit ratlosem Gesichtsausdruck an. »Ich habe doch nur angemerkt, dass das hier eine nette Gegend ist.«

»Jenny, was ist ein Schäferstündchen?«, krähte da Jasmin auch schon. »Hier hat es doch gar keine Schafe.«

»Da sehen Sie, was Sie angerichtet haben!«, zischte Henersen. »Das arme Kind ist jetzt völlig verwirrt.«

Bevor Erik etwas erwidern konnte, mischte sich Mahler in das Gespräch ein: »Ich würde es sehr begrüßen, wenn jetzt einfach *alle* den Mund hielten, denn wir befinden uns hier nicht auf einem Sonntagsausflug. Danke.«

Während Erik noch die Kopf schüttelte, verzog Sybilla Henersen missbilligend das Gesicht, schwieg aber. Jenny bedeutete Jasmin derweil, ebenfalls still zu sein.

Nach gut dreihundert Metern mündete der Weg tatsächlich in eine Straße. Nach rechts führte diese durch Felder, nach links unter der Autobahn hindurch.

»Na al…«, setzte Braumann an, brach dann aber mit einem Fluch auf den Lippen ab.

Erbarmungslos präzise ratterte gleich darauf die 20-Millimeter-Maschinenkanone des Luchs los.

Jetzt sah Mahler es auch. Aus dem Dunkel der Unterführung staksten mehrere Zombies auf den Spähpanzer zu. Allein schon aufgrund ihrer Art, sich zu bewegen, bestand nicht der geringste Zweifel daran, dass es sich um eine Gruppe Schleicher handelte.

»Feuer einstellen!«, befahl Mahler, als nur noch vier der Untoten auf ihren Beinen standen. »Den Rest schaffen wir auch ohne Munition zu verbrauchen.«

Braumann nickte grimmig. Im Gegensatz zu Sybilla Henersen, die Mahler fragend anglotzte, hatte er sofort verstanden, auf was der Leutnant hinauswollte. Selbst Jenny, die manchmal etwas länger brauchte, um zu schalten, hielt Jasmin die Ohren zu.

Mahler gab Gas. Der Luchs rammte den ersten Zombie, gleich darauf einen weiteren. Ein paar hässliche Geräusche später hatte der Schützenpanzer den letzten Untoten hinter sich gelassen und fuhr ungehindert durch die Unterführung.

*

Das ehemalige Rasthofgelände auf der anderen Seite lag völlig verlassen da. Mahler lenkte den Spähpanzer Richtung Autobahn. Der Bus, den er vorhin gesehen hatte, stand kurz hinter der Stelle, wo die Einfädelspur endete. Er befand sich halb auf dem Standstreifen, musste dort ausgerollt sein, nachdem der Fahrer aus einem bisher nicht ersichtlichen Grund ausgefallen war.

Gut zwanzig Meter von der Stelle entfernt hielt Mahler an. Bei dem Fahrzeug handelte es sich nicht um einen der großen Reisebusse, sondern um ein eher kleineres Exemplar, das etwa dreißig Leuten Platz bot. Genau aus dem Grund legte Mahler Wert auf eben dieses Fahrzeug, denn durch seine kürzere Bauform würde es sich als wendiger erweisen als seine großen Brüder.

»Sieht zu gut aus, um wahr zu sein«, sagte Braumann mehr zu sich selbst. »Steht einfach so da und scheint auf uns zu warten.«

»Ich meine aber, bei meiner ersten Sichtung auch Fahrgäste entdeckt zu haben«, erwiderte Mahler. »Wir werden das Teil also nicht einfach so übernehmen können.«

»Ja, das sehe ich auch so. Die Frage, die mich beschäftigt, ist eine ganz andere: Wie viele Leute schicken wir da rein?«

»Genau einen.«

»Nur einen?« Braumann sah seinen Vorgesetzten mit großen Augen an, dann blitzte Verstehen in seiner Miene auf. »Und der lockt die Biester raus, damit wir draußen freies Schussfeld haben, oder?«

»Genau so.« Mahler nickte.

*

Kurz darauf hatten sich die Soldaten aus dem Marder so postiert, dass sie freies Schussfeld auf die beiden Ausstiege auf der rechten Seite hatten. Mahler stand zusammen mit Braumann und Manske in der Nähe der Fahrertür. »Alle bereit?«, rief Mahler.

»Bereit!«, meldete Kellermann, der wieder die Führung über die Schützengruppe übernommen hatte.

»Gut.« Mahler nickte, dann wandte er sich an Manske: »Sie sind dran!«

Der Gefreite öffnete vorsichtig die Fahrertür, während Mahler und Braumann ihn mit ihren Pistolen im Anschlag sicherten. Im Bus regte sich nichts. Trotzdem machte Manske zuerst ein paar Schritte zurück. »Wie es aussieht, wurde der Fahrer totgebissen«, erklärte er. »Ein Wunder, dass der Bus nicht irgendwo reingeknallt ist.«

»Irgendeine Spur von dem Zombie, der den Fahrer auf dem Gewissen hat?«, erkundigte sich Braumann.

»Hab nichts gesehen.« Manske schüttelte den Kopf, dann sagte er laut: »Achtung, ich öffne jetzt die anderen Türen!«

Mit drei schnellen Schritten ging er wieder zur Fahrertür und machte sich am Armaturenbrett zu schaffen. Gleich darauf zischte es, und die Türen auf der rechten Seite des Busses schwangen auf. Immer noch regte sich nichts in dem Fahrzeug, obwohl die Männer von draußen eindeutig sehen konnten, dass einige der Passagiersitze besetzt waren.

Mahler wollte gerade etwas sagen, als doch Leben in die Insassen des Busses kam. Ein paar von ihnen wandten jetzt den Blick nach draußen, so als würden sie just in diesem Moment völlig überrascht bemerken, dass sich dort jemand befand.

»Da ist wohl kein Beißer dabei«, vermutete Braumann. »In dem Fall könnte das *Aufräumen* relativ entspannt verlaufen.«

»Sofern wir die Schleicher wirklich aus dem Bus bekommen.« Mahler spürte, dass er ein wenig zappelig wurde. Sie verloren eindeutig zu viel Zeit, denn die Nacht war nicht mehr weit entfernt, und sie hatten immer noch ein paar Kilometer bis zum Kloster vor sich.

Die Zombies taten ihm jedoch nicht den Gefallen, einfach nach draußen zu spazieren. Stattdessen drückten sie tumb gegen die Scheiben, schienen nicht zu verstehen, warum etwas, das sie nicht sahen, ihnen den Weg versperrte.

Mahler wurde es zu bunt. »Fahrertür zu!«, wies er Manske an, dann begann er, wie wild mit den Armen zu wedeln und rief dabei: »Hier bin ich! Kommt, feines Happa Happa! Hierher!« Gleichzeitig ging er um den Bus herum, immer darauf bedacht, dass dessen Insassen ihn dabei möglichst nicht aus dem Blick verloren.

Schon als Mahler an der Windschutzscheibe vorbeikam, sah er, dass sein Plan aufging. Die ersten Schleicher erhoben sich aus ihren Sitzen, wankten den schmalen Mittelgang nach vorne. Gleich darauf fiel der erste von ihnen ins Freie – davon, dass man Stufen auch anders überwinden konnte, hatte er offenbar noch nie etwas gehört.

Die Soldaten gaben dem Zombie erst gar nicht die Möglichkeit, wieder auf die Beine zu kommen. Mehrere Schüsse beendeten seine Existenz.

Dann drängten auch schon seine Artgenossen nach, wollten alle an das leckere Fresschen, das immer noch winkend und rufend seitlich vor dem Bus stand. Doch auch mit denen machten die Männer kurzen Prozess.

»Das lief gut«, freute sich Kellermann.

»Zu gut für meinen Geschmack«, erwiderte Mahler, der inzwischen damit aufgehört hatte, die angepflockte Ziege zu geben. »Ich gehe jetzt da rein, und sehe nach, ob wir alle haben, nicht dass noch ein paar Verstecken mit uns spielen. Kellermann, Sie kommen mit!«

Mahler stieg in den Bus. Angewidert verzog er das Gesicht. Hier drin stank es wie in einem Gulli, auch wenn durch die offenen Türen langsam Frischluft hereinkam.

Die vorderen Sitze erwiesen sich allesamt als frei, auch wenn einige davon fleckig waren und den Eindruck erweckten, als würden sie die Quelle des Gestanks sein.

Plötzlich sah Mahler eine Bewegung im hinteren Teil des Busses. Ein einzelner Zombie saß dort auf der hinteren Bank, erhob sich jetzt und setzte sich in Richtung auf die beiden Männer in Bewegung.

»Nicht schießen!«, wies Mahler den Hauptgefreiten hinter ihm an. »Ich will kein Loch in einer der Scheiben riskieren.«

Mahler spürte förmlich, dass Kellermann etwas fragen oder einwenden wollte, ignorierte es jedoch. Mit raschen Schritten ging er auf den Schleicher zu und trat ihm mit voller Wucht gegen die Brust.

Der Zombie taumelte prompt nach hinten, stolperte und fiel hin.

Mahler stützte sich mit den Händen links und rechts auf je einer Rückenlehne ab und schwang sich behände über den Untoten hinweg. Dann griff er sich dessen Arme und zog ihn kraftvoll in Richtung des hinteren Ausstiegs. Immer wenn der Zombie Anstalten machte, nach Mahler zu schnappen, drosch dieser ihm den schweren Kampfstiefel gegen den Schädel.

Kellermann erkannte jetzt offenbar, was der Leutnant vorhatte, und schnappte sich die Füße des Untoten. Mahler nickte dem Hauptgefreiten zu, und die beiden Männer hoben das zappelnde Stück untoten Fleisches hoch, dessen gebrochener Unterkiefer inzwischen unnatürlich zur Seite wegstand. Mit vereinten Kräften trugen sie den Zombie kurzerhand die letzten Meter zum Ausstieg und beförderten ihn dort durch die Tür ins Freie. Ein Schuss bellte, dann zappelte nichts mehr.

*

Rasch füllten die Männer den Diesel, welchen sie aus dem querstehenden LKW gezapft hatten, in den Tank des Busses. Kurz danach erwachte dessen Motor mit einem kurzen Rumpeln zum Leben und brummte dann dezent vor sich hin. Zwei der Soldaten, die sich zutrauten, mit dem Fahrzeug umzugehen, übernahmen es nach einer kurzen Einweisung durch Timo Manske, den Bus zu fahren, alle anderen kehrten wieder zu ihren jeweiligen Panzern zurück.

»Warum bleiben wir in dieser engen Sardinenbüchse sitzen, anstatt ebenfalls in den Bus zu steigen?«, empfing Sybilla Henersen Mahler und Braumann mit spitzem Unterton in der Stimme. »Für uns Frauen fände ich dieses Gefährt wesentlich angebrachter.«

»Sie dürfen beim nächsten Halt gerne umsteigen, Frau Henersen«, erwiderte Mahler und versuchte dabei, einen möglichst sachlichen Ton an den Tag zu legen, obwohl ihm die Frau nun bereits zum wiederholten Mal mit ihrer besserwisserischen Art auf die Nerven fiel. »Allerdings bleiben meine Tochter und Jenny hier im Luchs.«

»Warum das denn? Finden Sie diesen … diesen Panzer etwa den richtigen Ort für ein Mädchen von gerade einmal sechs Jahren?«

»Es ist auf jeden Fall ein *sicherer* Ort. Sie dürfen – wie gesagt – gerne umsteigen, allerdings weise ich Sie darauf hin, dass jederzeit ein Fall eintreten könnte, der uns dazu zwingt, den Bus wieder aufzugeben.«

»Warum das denn?«

»Frau Henersen, bei aller Liebe, wir haben im Moment nicht die Zeit, über so etwas zu diskutieren, also lassen Sie mich jetzt bitte in Ruhe fahren, andernfalls verfrachte ich Sie eigenhändig in den Bus.«

Bei den letzten Worten legte Mahler bewusst eine gewisse Schärfe in seine Stimme, und diese verfehlte ihre Wirkung nicht.

Zwar nuschelte Henersen noch etwas in ihren nicht vorhandenen Bart und zog eine Schnute, setzte sich dann aber wieder auf ihren Platz und gab endlich Ruhe.

Innerlich seufzend ließ Mahler den Luchs anrucken. Als er den Bus passierte, schloss dieser sich ihm an, der Marder bildete das Schlusslicht.

*

Wenig später kamen die ersten Häuser in Sicht. Auf der Fahrbahn standen wieder zunehmend mehr Fahrzeuge herum, sodass die kleine Kolonne ihre Geschwindigkeit drosseln musste.

»Wir hätten vielleicht doch schon bei der letzten Ausfahrt von der Autobahn runter sollen«, brummte Braumann. »Soweit ich mich erinnere, müssen wir jetzt ein Stückweit blöd durch Bonn-Auerberg gurken, um zum Kloster zu gelangen.«

»Was sagt denn die Karte?«, fragte Mahler, der sich inzwischen wie selbstverständlich auf die Ortskenntnis des Hauptfeldwebels verließ und durch dessen Zweifel nun daran erinnert wurde, dass sich Verkehrsführungen in Städten unter Umständen auch recht schnell ändern konnten.

»Nicht viel.« Braumann klang nicht sonderlich begeistert. »Wir haben nur eine topographische Karte für die Gegend hier, und da ist nicht unbedingt jede verkehrstechnische Feinheit vermerkt.«

»Feinheiten interessieren mich derzeit nicht wirklich.« Mahler grinste schief. »Zur Not fahre ich auch eine gottverdammte Einbahnstraße in verkehrter Richtung oder ähnliches.«

»Das ist es nicht, was mir Sorge bereitet.« Braumann blickte ernst drein. »Die Streckenführung ist hier einfach blöd, was bedeutet, dass wir einen Umweg machen müssen, der uns quasi durch die halbe Stadt führt. Tut mir leid, dass mir das erst jetzt auffällt.«

»Ist schon okay.«

Mahler konnte den Hauptfeldwebel sehr gut verstehen. Auch ihm war bisher nicht der Sinn danach gestanden, sich mit irgendwelchen Land- oder Straßenkarten auseinanderzusetzen. Ständig mussten sie damit rechnen, irgendwo steckenzubleiben oder mit einer größeren Horde Zombies konfrontiert zu werden. An manchen Stellen waren sie auch einfach nur froh, durchzukommen, ohne wieder Werkzeug einsetzen zu müssen.

»Am besten nehmen wir wohl die Hauptroute«, sprach Braumann weiter. »Also die A555 bis zum großen Kreisel an ihrem Ende, von dort in den Lievelingsweg Richtung Osten. Der führt uns direkt zur Kölnstraße, an der sich auch das Kloster befindet.«

»Klingt nach einem Plan. Sie sagen mir einfach rechtzeitig, wenn ich abbiegen muss.«

*

Tatsächlich trafen sie auf weit weniger Probleme als erwartet. Zwar trieben sich in der Stadt immer wieder

Zombies herum, aber die beiden Panzer und der Bus kamen erstaunlich gut durch, die Schleicher und wenigen Beißer stellten keine ernste Gefahr für sie dar.

Schließlich überquerte die Kölnstraße die A565, welche hier von Westen nach Osten verlief. Untote ließen sich auf der Brücke keine blicken, also hielt Mahler an.

»Bus und Marder warten hier«, befahl er den Männern. »Wir fahren mit dem Luchs ein Stück vor und tun das, wozu dieser Panzer eigentlich gemacht wurde: Wir spähen und sondieren die Lage beim Kloster.«

Wieder spürte Mahler eine gewisse Hektik in sich aufsteigen. Inzwischen setzte die Dämmerung ein, was das Risiko, einen herannahenden Zombie zu spät zu erkennen, deutlich erhöhte. Ungeachtet dessen zwang er sich zur Ruhe. Überstürztes Handeln barg aller Wahrscheinlichkeit nach noch mehr Gefahren in sich.

Er wandte sich an die Zivilisten im Luchs: »Jetzt ist der Zeitpunkt gekommen, wo Sie in den Bus wechseln. Ich brauche Ihre Plätze für zwei der Männer aus dem Marder. Erik, übernehmen Sie es bitte, auf meine Tochter und die beiden Damen aufzupassen?«

Sybilla Henersen wollte etwas sagen, doch ein scharfer Blick Mahlers ließ sie das, was ihr ganz offensichtlich schon auf der Zunge lag, schnell hinunterschlucken. Erik half den beiden Frauen sowie Jasmin beim Aussteigen, dabei ließ er seine Blicke aufmerksam in alle Richtungen schweifen. Schließlich nickte er Mahler noch einmal zu, dann verschwand er mit den dreien im Bus.

Mahler hoffte, dass sich der dortige Gestank inzwischen einigermaßen verflüchtigt hatte. Es widerstrebte ihm absolut, von seiner Tochter getrennt zu sein, aber im Augenblick konnte er es nicht ändern. Erik und Jenny würden gut auf die Kleine Acht geben, und diese Henersen hatte sich selbst hoffentlich wenigstens so weit unter Kontrolle, dass sie nicht zum Sicherheitsrisiko werden würde. Aber zur Not befanden sich ja auch noch zwei Soldaten im Bus, die im Fall der Fälle eingreifen und die zur schnippischen Hysterie neigende Dame ruhigstellen konnten.

Als Kellermann zusammen mit einem Kameraden im Luchs saß, ließ Mahler den Panzer wieder anfahren und dann immer weiter nach vorne rollen. Braumann hielt die Augen offen, sondierte mit seinen Blicken hochkonzentriert die Umgebung.

»Tut sich was?«, fragte Mahler, bei dem sich zu der inneren Unruhe jetzt zu allem Überfluss noch eine gewisse Anspannung gesellte. »Was sehen Sie, Hauptfeld?«

»Bislang nichts, um was wir uns sorgen müssten«, antwortete der Angesprochene. »Da draußen regt sich rein gar nichts. Zwar liegen etliche Tote herum, aber von denen macht keiner auch nur einen Zucker. Ich kann mich zwar täuschen, würde aber sagen, dass die alle tatsächlich tot sind.«

»Das gefällt mir gar nicht«, murmelte Mahler. »Das stinkt geradezu nach einer Falle.«

»Denken Sie, dass hier ein Hybride am Werk ist?«, fragte Braumann, der offenbar immer noch über äußerst gute Ohren verfügte. »Haben die wirklich die Möglichkeit, andere Zombies ›Toter Mann‹ spielen zu lassen?«

»Ich habe keine Ahnung, Hauptfeld.« Mahler zuckte mit den Schultern. »Im Moment dürfte wohl noch niemand sagen können, zu was alles diese Mistkerle fähig sind. Überhaupt finde ich ›Hybriden‹ ein viel zu harmloses Wort für diese Ausgeburten der Hölle. Mir würden da auf Anhieb eine ganze Reihe deutlich passenderer Begriffe einfallen …«

Mahler hielt den Luchs auf Höhe der Klosterpforte an. »Und?«, erkundigte er sich. »Draußen immer noch alles ruhig?«

»Ich sehe nicht mehr als Sie sehen, Herr Leutnant.« Braumann machte eine Geste, die eine Mischung aus Bedauern und Ratlosigkeit zum Ausdruck brachte.

»Okay, wir gehen raus. Genau gesagt, gehen wir drei raus.« Mahler umfing mit einer Handbewegung sich und die beiden Soldaten aus dem Marder. »Hauptfeld, Sie bleiben am Geschütz und decken unseren Hintern.«

»Ich tue mein Bestes.«

*

Die drei Männer waren kaum aus dem Luchs ausgestiegen, als sich die Klosterpforte öffnete. Im Türrahmen tauchte ein Mann in der Gewandung eines Pfarrers auf und lief freudig erregt auf die Soldaten zu.

»Da sind Sie ja endlich!«, rief er ihnen entgegen. »Mainz hat mich bereits darüber informiert, dass wir uns zum Ausbruch bereithalten sollen, sobald hier Militärfahrzeuge auftauchen.«

»Pst, leise!« Mahler verdrehte innerlich die Augen. »Wenn Sie so herumschreien, besteht die Gefahr, dass Zombies auf uns aufmerksam werden.«

Der Mann, dessen Alter Mahler auf vielleicht vierzig Jahre schätzte, lief freudestrahlend weiter. Immerhin senkte er jetzt seine Stimme. »Der Herr hat sich ganz offensichtlich meiner Schützlinge angenommen«, erklärte er mit einer gewissen Entrücktheit in der Stimme.

»Warum?« Mahler sah ihn ungläubig an. »Weil wir hier sind?«

»Das auch.« Der Pfarrer nickte eifrig. »Aber das ist nicht das einzige Wunder, welches er gewirkt hat. Sehen Sie doch selbst: Es befinden sich keine dieser schrecklichen Kreaturen mehr hier in der Nähe.«

»Mit den Kreaturen meinen Sie die Zombies?«, hakte Mahler nach, um sicherzugehen, dass er richtig verstanden hatte.

»Ich mag dieses Wort nicht. Es klingt abscheulich. Aber ja, die meine ich.«

»Und wo sind sie hin?«

»Diese Frage kann ich Ihnen nicht beantworten, und zwar ganz einfach aus dem Grund, weil ich es nicht weiß. Ich habe mit den Kindern gebetet, müssen Sie wissen, für unsere Rettung und – falls das nicht klappen sollte – für unser Seelenheil, was ich den Kindern aber verschwiegen habe, um sie nicht noch mehr zu ängstigen.«

»So so, Seelenheil also.« Kellermann sah den Pfarrer misstrauisch an. »Haben Sie die Kleinen vielleicht noch getröstet?«

»Natürlich spende ich dort Trost, wo er notwendig ist. Das ist eine meiner Aufgaben als Seelsorger, mein Sohn.«

»Ich bin nicht Ihr Sohn!«, erwiderte Kellermann scharf. »Und wenn ich Sie dabei erwische, wie Sie …«

»Das reicht, Herr Hauptgefreiter!«, fuhr Mahler dazwischen. »Wenn Sie ein Problem mit geistlichen Würdenträgern haben, dann klären Sie das gefälligst in Ihrer Freizeit. Derzeit befinden Sie sich jedoch im Dienst und tun, was ich sage. Verstanden?«

»Jawohl, Herr Leutnant.« Kellermann wirkte für einen Moment betreten. »Es tut mir leid«, setzte er dann leise hinzu. »Da ist wohl … irgendwas mit mir durchgegangen.«

»Ist okay, sofern es sich nicht wiederholt«, zeigte sich Mahler versöhnlich. »Und jetzt gehen Sie zum Luchs und geben an den Marder durch, dass er zusammen mit dem Bus nachrücken soll.«

Während Kellermann den Auftrag ausführte, wandte sich Mahler an den Pfarrer: »Wir haben uns noch nicht einmal vorgestellt. Ich heiße Thorsten Mahler und führe diese Gruppe von Menschen.«

»Mein Name lautet Dieter Birkenmaier, ich leite die hiesige Jugendgruppe der Zehn- bis Vierzehnjährigen. Aber Ihren Worten entnehme ich, dass sich bereits andere Zivilisten unter Ihrem Schutz befinden.«

»Wie kommen Sie darauf?«

»Sie sprachen von einer Gruppe Menschen, die sie anführen, nicht von Soldaten oder davon, dass Sie deren Vorgesetzter seien. Daraus schließe ich, dass sich auch Zivilisten darunter befinden.«

»Sie haben vollkommen recht, Herr Pfarrer. Aber das sollten wir zu einem späteren Zeitpunkt vertiefen. Darf ich Sie nun bitten, die Kinder zu holen?«

»Natürlich. Ich bin sofort wieder da.«

Während Birkenmaier zurück zum Kloster lief, sah Mahler dem Mann gedankenverloren nach. So naiv – beinahe dümmlich – der Pfarrer im ersten Moment auch auf ihn gewirkt haben mochte, auf den Kopf gefallen schien er jedenfalls nicht zu sein. Mahler fragte sich, ob das gut oder schlecht war. Auf jeden Fall beschloss er, ein Auge auf den Geistlichen zu haben.

*

Etwa zeitgleich mit dem Eintreffen des Busses kam auch Birkenmaier zusammen mit den etwa zwanzig Kindern aus dem Kloster. Manske platzierte den Marder so, dass er nach hinten, Richtung Süden sichern konnte, während Braumann im Luchs den weiteren Verlauf der Kölnstraße Richtung Norden im Auge behielt.

Die Kinder taten Mahler leid. Sie wirkten verängstigt und durcheinander, auch wenn der Pfarrer es offensichtlich schaffte, sie soweit zu beruhigen, dass keines von ihnen in Panik ausbrach. Unwillkürlich musste der Leutnant an seine Tochter denken. Wie würde sie auf die fremden Kinder reagieren? Bislang schlug sich Jasmin wacker, hatte sich aber auch mit Erik und Jenny mehr oder weniger zwei Freunde »erobert«, denen sie vertraute.

Fast wie eine Familie, ging es Mahler durch den Kopf, dann wurde ihm klar, dass er sich eigentlich an Eriks Stelle befinden sollte, was ihm neuerlich einen Kloß im Hals bescherte. Er atmete tief durch, um das beklemmende Gefühl, welches ihn mit einem Mal befallen hatte, zu vertreiben.

Während die Kinder in den Bus stiegen, ging Mahler zu dessen Fahrer. »Sobald alle eingestiegen sind, fahren wir zurück zur Autobahn und dann weiter Richtung Mainz.«

»Herr Leutnant, äh, Thorsten?«, machte Erik, der in der vordersten Sitzreihe saß, auf sich aufmerksam.

»Was gibt es denn, Erik?«

»Sehen Sie das Schild da hinten?« Erik zeigte auf ein Haus, welches etwa zweihundert Meter entfernt von der Klosterpforte auf der anderen Seite der Kölnstraße stand.

»Das ist eine Apotheke. Was ist damit?«

»Nun, äh, ich will Sie ja nicht mit meinen Problemen belasten, aber ich brauche regelmäßig ein seltenes und teures Mittel gegen meine rheumatischen Beschwerden. Wenn wir ohnehin schon hier sind, würde es Ihnen etwas ausmachen, wenn ich mich dort kurz wegen Nachschub umsehe?«

Mahler rang mit sich. Es wurde bereits zunehmend dunkler, nicht mehr lange, und das Tageslicht würde vollends verschwunden sein.

»Bitte, Thorsten, ich brauche das Zeug, sonst machen mich die Schmerzen über kurz oder lang so fertig, dass ich eher eine Last als eine Hilfe sein werde.«

»Also gut. Aber es muss schnell gehen. Sobald alle in den Fahrzeugen sind, fahren wir die paar Meter und sichern dann von außen die Umgebung.«

»Danke, Sie haben was gut bei mir.«

Mahler nickte, wandte sich ab und stieg wieder in den Luchs. Er hoffte inständig, dass er die eben getroffene Entscheidung nicht bereuen würde.

Nachschub

Als Erik sich der Apotheke näherte, gingen in der Kölnstraße die Straßenlaternen an. Es gab also weiterhin Strom, was Erik irgendwie … nicht richtig vorkam. Es passte so ganz und gar nicht zu der apokalyptischen Stimmung, die überall zu herrschen schien. Zwar zogen hier keine Zombies durch die Straßen, wie er es in Köln erlebt hatte, dafür lagen alle paar Meter Leichen herum, was ebenfalls nicht gerade zu seinem Wohlbefinden beitrug.

Erik fragte sich, wie es um die Tür der Apotheke bestellt sein mochte. Als Apothekenstammkunde, zu dem er die letzten Jahre aufgrund seiner Krankheit zwangsläufig geworden war, wusste er, dass es in Deutschland so gut wie keine Apotheke mehr gab, deren Tür noch von Hand geöffnet oder geschlossen werden musste. An einem Tag, an dem Erik in seiner »Stammapotheke« für ein paar Minuten der einzige Kunde gewesen war, war er mit dem Apotheker, Herrn Wesiger, über dieses Thema ins Gespräch gekommen, weil dessen automatische Tür gerade Zicken machte. Erik fand es damals sehr interessant, dass die Technisierung ausgerechnet im Apotheken-Sektor, wo es kaum jemand vermutete, sehr stark vorangetrieben wurde. Neben der obligatorischen Automatiktür gehörten mehrere PCs sowie hochmoderne Kassensysteme zur Standardausstattung, darüber hinaus legten sich immer mehr Apotheker vollautomatische

Lagersysteme für ihre Medikamente zu, die ihnen den Gang zu den Ziehschränken ersparten, weil sie nach Einscannen des Rezepts an der Kasse wie von Geisterhand dafür sorgten, dass die gewünschte Packung mittels einer Fördertechnik direkt in die Offizin gebracht wurde.

Die Offizin … Das Wort hatte Erik damals als merkwürdig empfunden, selbst als Herr Wesiger ihm erklärte, dass damit keineswegs ein Büro gemeint sei, sondern der Verkaufsraum einer Apotheke. Viel interessanter fand Erik jedoch die Sache mit der vollautomatischen Lagerung der Medikamentenpackungen. Als Fan der Science-Fiction-Literatur, der er selbst auch hin und wieder entsprechende Geschichten verfasste, fand er diese Vorstellung äußerst faszinierend. Doch zu seinem Leidwesen hatte Herr Wesiger seinerzeit bedauert, noch kein solches System zu besitzen, er dachte aber wohl immer wieder über eine entsprechende Anschaffung nach.

Fast schon mit Gewalt musste Erik die Erinnerungen abschütteln. In seinem Rücken standen mehrere Männer, die ihn sicherten und nur darauf warteten, dass er wieder mit seinem Medikament aus der Apotheke kam, um endlich weiterfahren zu können. *Also los, zur Tür!*

Erik nahm seinen Revolver fest in die Hand, denn er rechnete damit, das Glas der Tür mit dem Griffknauf einschlagen zu müssen. Aus irgendeinem Grund ging er davon aus, dass sich diese trotz des ganz offensichtlich vorhandenen Stroms nicht von alleine vor ihm auftun würde. Er knipste die Taschenlampe an, die Braumann ihm vorhin noch gegeben hatte, denn der Eingang der Apotheke lag bereits im Dunkeln.

Der bleiche Lichtkegel huschte über die großen Schaufensterscheiben, fand schließlich die Tür, welche ein wenig nach hinten zurückgesetzt war. Im selben Moment verflüchtigten sich Eriks Sorgen darüber, ob er Gewalt anwenden musste, um hineinzugelangen – das hatte bereits jemand anders für ihn erledigt.

Vorsichtig stieg Erik durch das große Loch in der Scheibe, achtete dabei darauf, sich nirgends zu schneiden. Glassplitter knirschten unter seinen Füßen, und das Geräusch trieb ihm eine unangenehme Gänsehaut über den Rücken.

Der Verkaufsraum lag im Dunkeln. Der Lichtfinger der Taschenlampe geisterte darin herum, wanderte über Regale mit Bio-Shampoo, Fruchtsaft, Traubenzucker und sonstigen Dingen, die man nicht unbedingt an einem solchen Ort erwartete, die aber inzwischen trotzdem zum Standardsortiment gehörten, denn der Apotheker musste sehen, wo er dazuverdienen konnte, hatte Herr Wesiger ihm erklärt, denn die Gesundheitsreform würde auch von seinem Berufsstand entsprechende Opfer fordern.

Du bist schon wieder nicht bei der Sache!, ermahnte sich Erik selbst, zwang sich, seine ganze Aufmerksamkeit auf die vor ihm liegende Aufgabe zu richten. *Ganz schön gruselig so ein fremder, dunkler Verkaufsraum.*

Erik blieb stehen, lauschte. War da nicht jemand? Nein, vermutlich hatte er sich getäuscht.

Trotzdem musste er weiterhin äußerst vorsichtig sein, denn er konnte nicht ausschließen, dass sich hier irgendwo ein Beißer oder Schleicher herumtrieb, der nur darauf wartete, Erik annagen zu können.

Die Sache mit den automatischen Lagersystemen fiel ihm wieder ein. Wenn diese Apotheke hier über so eines verfügte, war er vermutlich der Gearschte. Erik hatte sich nach dem Gespräch mit Wesiger noch ein wenig über diese Automaten informiert. In den herkömmlichen Ziehschränken wurden die Medikamente fein säuberlich nach Alphabet sortiert, sodass ein jeder schnell fündig werden konnte, der den Namen des gewünschten Mittels wusste. Aber soweit er es verstanden hatte, war das bei der automatischen Lagerung nicht der Fall. Die Automaten legten die Packungen nach ganz anderen Kriterien ab, bei denen vor allem deren Maße eine entscheidende Rolle spielten. Ohne Zugriff auf die entsprechende Datenbank würde es also eine Art Lotteriespiel sein, unter vielen Tausend Schachteln diejenige zu finden, die er brauchte. Das Mittel, welches er benötigte, musste zwar gekühlt gelagert werden, würde sich also ohnehin nicht in einem Ziehschrank finden lassen, aber ein Teil der automatischen Lagersysteme verfügte inzwischen sogar über gekühlte Bereiche, sodass der zusätzliche Medikamentenkühlschrank in solcherart ausgestatteten Apotheken ebenfalls der Vergangenheit angehörte.

Dann atmete Erik auf. Das Licht der Taschenlampe wanderte über einen großen beigen Schrank mit vielen,

vielen Schubladen. Jetzt musste er nur noch den Kühlschrank finden, und er hoffte inständig, dass sich sein spezielles Präparat auch darin befand.

Erik ließ den Lichtfinger der Taschenlampe hektisch im hinteren Teil der Apotheke herumwandern. Verdammt, hier irgendwo musste der vermaledeite Kühlschrank doch sein! Da, etwas großes Weißes!

Mit drei schnellen Schritten ging Erik zu dem Gerät und riss dessen Tür auf. Er spürte, dass er fahrig wurde, denn sein kleiner Ausflug dauerte eigentlich schon viel zu lange. Überhaupt fragte er sich, warum er Mahler nicht darum gebeten hatte, einen der Soldaten zur Sicherheit mitzubekommen. Vermutlich, weil er einen auf starker Mann machen wollte – aber um wem was zu beweisen?

Unwillig wischte er diesen Gedanken gleich darauf wieder beiseite. Die Frage stellte sich nicht mehr, denn er hatte den Kühlschrank ja gefunden und war augenscheinlich alleine hier. Es konnte also nichts mehr schiefgehen, denn ein eventuell anwesender Zombie hätte sich sicherlich längst in irgendeiner Weise bemerkbar gemacht.

Hastig sah Erik den Inhalt des Kühlschranks durch. Hier verwendete wohl jede Apotheke ihr eigenes System, denn nach Alphabet wurde er nicht fündig. Dann, nach schier endlos scheinenden Sekunden, hielt er endlich einen Sechser-Pack der von ihm benötigten Spritzen in der Hand.

Erik machte gerade die Kühlschranktür wieder zu, als er aus dem Augenwinkel einen großen Schatten rasend schnell auf sich zukommen sah. Fast im selben Moment wurde er zu Boden gerissen, während ein wütendes Knurren an seine Ohren drang.

Scheiße! Scheiße! Scheiße!, hämmerte es ihm durch den Kopf. *Wo kommt denn auf einmal der Beißer her?!?*

*

Erik wand sich und strampelte wie ein Besessener. Er spürte schon förmlich die Zähne, die sich gleich an irgendeiner Stelle in seinen Körper graben würden. Verdammt, so durfte es nicht enden!

Erik wollte schreien, die Soldaten, die draußen auf ihn warteten, auf seine Situation aufmerksam machen, aber irgendetwas Weiches, Stinkendes bedeckte seinen Mund. Es fühlte sich wie Stoff an, aber dem Geruch nach zu urteilen hatte der schon lange keine Waschmaschine mehr zu Gesicht bekommen.

Panik stieg in Erik auf. Er spürte, wie sich seine Rückenmuskulatur verkrampfte. Dann, endlich, bekam er mit einem gewaltigen Ruck, der ihn beinahe alles seiner Kraft kostete, einen Arm frei.

Erik schlug zu, traf etwas Weiches. Täuschte er sich, oder keuchte da jemand? Egal! Noch einmal schmetterte Erik seine Faust gegen das, was ihn am Boden festhielt.

Zu seiner Überraschung verminderte sich plötzlich der

Druck auf seiner Brust, schwand schließlich ganz. Mit einer fast schon fließenden Bewegung kam Erik auf die Beine, wunderte sich in diesem Moment über sich selbst und darüber, welche Kraft der Adrenalinschub, welcher momentan durch seinen Körper tobte, ihm offenbar verlieh.

Durch die Schleier vor seinen Augen erblickte Erik im fahlen Licht der Taschenlampe, die neben seinen Füßen auf dem Boden lag, einen Mann. Ja, es handelte sich eindeutig um einen Mann, keinen Zombie.

Nach und nach erkannte Erik mehr Details. Der andere mochte Ende zwanzig, vielleicht Anfang dreißig sein, wirkte ungepflegt und irgendwie krank. Dunkle Ringe lagen unter seinen Augen, deren Pupillen hektisch hin und her flitzten. Das blasse Gesicht wurde von strähnigen, langen Haaren umrahmt, die letzte Rasur des Mannes lag inzwischen definitiv einige Tage zurück.

Dann wurde Erik klar, in welche »Schublade« er seinen Gegenüber einsortieren musste. Bei dem Kerl handelte es sich um einen Junkie, dessen Drogenkonsum das Gesicht gezeichnet hatte.

»Verpiss dich!«, fauchte der Mann in diesem Moment. »Die Drugs hier sind alle mir! Klar?«

»Ich will doch gar nichts von deinen Sachen.« Erik machte eine beschwichtigende Handbewegung mit der Linken, gewahrte dabei wie durch einen Nebel hindurch, dass seine Rechte immer noch den Revolver umklammerte. »Ich brauche nur diese Packung mit Spritzen dort auf dem Boden, dann bin ich auch schon weg. Mit dem Zeugs kannst du eh nichts anfangen.«

»Laber mich nicht zu, sondern verpiss dich endlich! Hörst du? Wenn du nicht sofort abhaust, mach ich dich platt! Ich mein's ernst!«

In Erik tobte ein Widerstreit der Gefühle. Der Nachschub, wegen dem er diese ganze Aktion hier überhaupt machte, lag zum Greifen nah auf dem Boden vor dem Kühlschrank. Daneben stand ein Typ, aus dessen Gesicht eine Mischung aus Verzweiflung und wilder Entschlossenheit sprach, und der ihn offenbar partout nicht an die Spritzen lassen wollte. Was sollte er mit dem Kerl machen? Irgendwie hatte er fast ein wenig Mitleid mit ihm.

Erik wollte gerade etwas sagen, da sprang der Junkie ihn erneut an. Die Wucht des Angriffs riss Erik von den Beinen, obwohl der Kerl total schmächtig wirkte. Schmerzhaft prallte er mit dem Rücken auf den Boden. Nur durch äußerste Anstrengung konnte er vermeiden, mit dem Hinterkopf auf die Steinfliesen zu knallen. Erik schrie vor Schmerz auf, hatte das Gefühl, sein Brustkorb würde ihm eingedrückt. Gleichzeitig spürte er einen Ruck und Hitze in der Bauchregion, hörte einen gedämpften Knall.

Der Junkie bäumte sich noch einmal auf, dann regte er sich nicht mehr. Ganz langsam wurde Erik klar, was da eben passiert war: Aus seinem Revolver hatte sich ungewollt ein Schuss gelöst, musste den anderen tödlich getroffen haben – sozusagen ein »Glückstreffer«, auf den

Erik gerne verzichtet hätte.

Mühsam strampelte er sich frei, sein ganzer Körper schien im Moment ein einziger Schmerz zu sein.

Noch während Erik versuchte, auf die Beine zu kommen, stürmten zwei Männer in die Apotheke, ihre Gewehre im Anschlag. Weitere Lichtkegel erhellten die Szenerie, zeigten die Blutlache, die unter dem toten Junkie immer größer wurde.

Einem Impuls folgend sah Erik an sich hinunter. Seine Jacke wies auf Höhe des Bauchnabels einen dunklen Fleck auf, der vermutlich vom Mündungsfeuer des Revolvers herrührte. Ansonsten schien er mit heiler Haut davongekommen zu sein.

»Alles in Ordnung, Herr Herkenrath?«, fragte der junge Mann, in dem Erik jetzt den Hauptgefreiten Kellermann erkannte. »Sind Sie okay?«

»Ja, ich, äh, ich denke schon.« Erik nickte bedächtig. »Soweit ich es beurteilen kann, ist mir nichts passiert.«

»Haben Sie, wonach Sie gesucht haben?«

Erik wollte gerade antworten, als er im hinteren Teil des Verkaufsraums erneut eine Bewegung wahrnahm. Zorn und Enttäuschung machten sich in ihm breit. Offenbar wollte das Schicksal ihn mit Gewalt von seinen Spritzen fernhalten!

*

Die beiden Soldaten bemerkten die Bewegung nun ebenfalls und rissen ihre Gewehre hoch.

»Was ist?«, bohrte Kellermann nach. »Können wir los?«

In Erik arbeitete es. Fast schon sehnsüchtig wanderte sein Blick in Richtung der Spritzen, die mit einem Mal in unerreichbare Ferne gerückt zu sein schienen. Verdammt, er brauchte das Zeug!

Eine fremde Stimme ließ die drei Männer aufhorchen: »Hallo? Sie … Sie sind Menschen, nicht wahr? Also *normale* Menschen, meine ich. Bitte nicht schießen, ich komme jetzt zu Ihnen.«

Die Stimme gehörte eindeutig einer Frau.

»Okay, kommen Sie!«, antwortete Kellermann, hielt jedoch weiterhin sein Gewehr im Anschlag. »Aber ganz langsam und vor allem so, dass wir jederzeit Ihre Hände sehen können.«

Erik fühlte sich plötzlich in einen amerikanischen Krimi versetzt. Die ganze Situation bekam etwas Groteskes. Auf dem Boden vor ihm lag die Leiche, neben ihm standen zwei »Ordnungshüter« und forderten eine Unbekannte auf, sich möglichst unverdächtig zu nähern.

Sorge stieg in Erik hoch. Kellermann und der andere Soldat würden hoffentlich die Nerven behalten! Ein Toter reichte ihm für den Moment komplett aus, und diese Fremde klang in seinen Ohren völlig normal.

Langsam schälte sich ein Umriss aus der Dunkelheit. Erik schätzte die Frau auf ungefähr Mitte vierzig.

Sie mochte etwa einen halben Kopf kleiner sein als er, trug ihre langen, braunen Haare offen und wies überdies eine ausnehmend ansehnliche Figur auf, sofern er das in diesen Lichtverhältnissen beurteilen konnte.

Ein eigenartiges Gefühl begann sich in Erik zu regen. Zuerst schob er es darauf, dass sein letztes Schäferstündchen, wie er es gerne bezeichnete, inzwischen schon einige Zeit zurücklag, dann wurde ihm jedoch klar, dass es sich keineswegs um sexuelle Begierde handelte, was er da verspürte. Nein, es war …, ja was eigentlich? Beschützerinstinkt?

Kellermanns Stimme riss Erik aus seinen Überlegungen: »Wer sind Sie?« Die Frage galt der Fremden, die inzwischen ein Stückweit von den Männern entfernt stehengeblieben war.

»Ich heiße Eva Heffner. Mir gehört diese Apotheke hier. Als ich den Schuss hörte, hoffte ich auf Rettung. Bitte, nehmen Sie mich mit, ich will hier keine Sekunde länger bleiben!«

*

Während Kellermann seinen Kameraden weiter sicherte, durchsuchte dieser die Apothekerin. »Sie ist unbewaffnet«, stellte er schließlich fest.

»Natürlich bin ich unbewaffnet.« Heffner sah den Mann ungläubig an. »Was dachten Sie denn? Wenn ich über eine persönliche Artillerie verfügte, würde ich wohl kaum hier festsitzen und auf einen Retter warten. Dass der nicht auf einem Schimmel dahergeritten kommt, war mir auch klar, aber soviel Misstrauen hatte ich dann doch nicht erwartet.«

Erik musste grinsen. Die Art der Frau gefiel ihm irgendwie, zudem konnte sie sich gut ausdrücken, was ihr bei ihm weitere Pluspunkte verschaffte. Er mochte Leute, die gut mit Worten umgehen konnten, vor allem wenn es sich dabei nicht um leere Worthülsen handelte, wie sie gerne von Politikern gedroschen wurden.

»Wenn Sie erlebt hätten, was wir erlebt haben, wären Sie vermutlich ebenfalls äußerst misstrauisch«, erwiderte Kellermann, während er die Waffe senkte. »Wir kommen von Köln, und der Weg hierher war kein Zuckerschlecken.«

»Woher wollen Sie wissen, was *ich* erlebt habe? Schließlich waren Sie nicht dabei.«

Erik meinte, für einen Moment tiefe Trauer über die Züge der Frau huschen zu sehen, doch sie hatte sich sofort wieder unter Kontrolle.

»Also, nehmen Sie mich nun mit?«, hakte sie nach.

»Das muss ich mit meinem Vorgesetzten klären. Bitte folgen Sie mir.«

»Nicht so schnell!«, sah Erik sich genötigt, den Eifer des jungen Mannes zu bremsen. »Vorher hätte ich gerne noch meine Medis.«

»Was brauchen Sie denn?«, wandte sich Eva Heffner an ihn. »Wenn ich es dahabe, ist es kein Problem, nur das mit dem Bestellen will einfach nicht mehr so recht klappen.«

»Ich habe es bereits gefunden.« Erik deutete auf die Packung, die immer noch auf dem Boden vor dem Kühlschrank lag.

»Oh, die Biologics. Nicht gerade billig der Spaß. Keine Angst, ich will kein Geld von Ihnen, das Zeug verreckt hier ohnehin demnächst und wird damit wertlos. Sie werden eine Kühltasche für den Transport brauchen. Warten Sie!«

Heffner wandte sich einem Schrank neben dem Kühlschrank zu und holte mit schlafwandlerischer Sicherheit ein geeignetes Transportgefäß daraus hervor. Dann hob sie die Packung mit den Spritzen vom Boden auf, vergewisserte sich durch einen raschen Blick, dass diese unbeschädigt waren, packte sie in die Tasche und reichte das Ganze Erik.

»Danke, Frau Heffner. Ich schulde Ihnen etwas.«

»Ach woher! Bringen Sie mich nur hier raus, dann sind wir quitt, Herr …?«

»Herkenrath. Erik Herkenrath, aber nennen Sie mich bitte einfach Erik. Ich hab's nämlich nicht so mit Förmlichkeiten, müssen Sie wissen.«

»Können wir dann jetzt endlich?« Kellermann klang ungeduldig. »Wenn wir nicht bald wieder draußen auftauchen, wird Mahler uns allen vermutlich den Kopf vom Hals reißen. Wenn ich dann also bitten dürfte …«

*

Während Erik den anderen nachtrottete, begannen erneut verschiedene Gedanken in seinem Kopf zu kreisen. Er fühlte sich müde, erledigt, wollten einfach nur noch schlafen, spürte aber mindestens ebenso deutlich, dass ihm das im Moment vermutlich gar nicht gelingen würde. Er war viel zu aufgewühlt, und sein Herz pochte immer noch laut in seiner Brust. Das Adrenalin, welches ihm vorher die nötige Kraft verliehen hatte, weigerte sich beharrlich, seinen Körper wieder auf »Normalbetrieb« zurückgehen zu lassen.

Die Sache mit dem toten Junkie macht ihm deutlich mehr zu schaffen, als er sich selbst eingestehen wollte. Verdammt, was musste der Kerl auch ausgerechnet versuchen, in *dieser* Apotheke an Stoff zu gelangen? Vielleicht wäre alles ganz anders verlaufen, wenn der Typ sich nicht so aggressiv verhalten hätte.

Erik schüttelte den Kopf. Er war in seinem Leben schon hin und wieder in Kontakt mit Süchtigen gekommen, auch wenn er diese nach Möglichkeit mied. Solange ausreichend Mittel zur Befriedigung der Sucht zur Verfügung standen, hielten sich die Probleme in der Regel in Grenzen, zumindest was die Gewalttätigkeit der Betroffenen gegenüber anderen Menschen anging. Aber wenn der Stoff knapp wurde oder gar vollends ausging, dann wurde es ernst, es musste unbedingt Nachschub her! Anfangs versuchten die Junkies noch, auf mehr oder weniger normalen Wegen an ihr Zeug zu kommen, doch wenn das nicht zum gewünschten Erfolg führte, schreckten sie oft auch vor Gewalt nicht zurück.

Erik vermochte nicht zu sagen, wie lange der Tote, den sie hier in der Apotheke zurückließen, nun schon ohne Drogen war. Er konnte sich jedoch gut vorstellen, dass den Mann inzwischen eine gewisse Verzweiflung angetrieben hatte. Es gab vermutlich nur sehr wenige Menschen, die in so einer Situation noch halbwegs klar und logisch denken konnten, denn sie wurden irgendwann nur noch von einem Gedanken beherrscht: Stoff! Trat dann jemand anderes auf den Plan, der auch bloß ein Konkurrent sein *könnte*, musste der möglichst schnell aus dem Weg geräumt werden – im Idealfall, indem derjenige sich einfach verzog, im Zweifelsfall eben auch durch Mord.

Nun, Erik hatte in Notwehr gehandelt, das konnte er reinen Gewissens behaupten. Genaugenommen hatte er gar nicht gehandelt, sondern der andere war auf ihn losgegangen, wobei sich dann versehentlich ein Schuss gelöst hatte. Hier handelte es sich also definitiv um einen Unfall, ihn, Erik, traf somit keinerlei Schuld – oder etwa doch?

Ein Gedanke wollte ihn einfach nicht loslassen: Wie weit wäre er gegangen, um an seine Spritzen zu kommen? Was, wenn der andere kein Junkie gewesen wäre, sondern ebenfalls ein Rheumakranker, der genau dasselbe Mittel brauchte wie er?

Hätte er dem Mann dann vorgeschlagen, sich die Spritzen zu teilen? Und was, wenn der andere damit nicht einverstanden gewesen wäre? Hätte Erik ihn dann bewusst und vorsätzlich erschossen?

Er hielt sich nicht für einen Mörder, wollte es auch weder sein noch werden, doch Erik spürte deutlich, dass er bereits im Begriff stand, härter zu werden. Solange alle Menschen in einer schönen, heilen Welt lebten, in der alles ordentlich und irgendwie halbwegs »gerecht« zuging, würden vermutlich nur diejenigen, die krank im Kopf waren – wozu Erik auch Leute mit rückhaltloser Gier nach Macht und Geld zählte – auf andere Menschen losgehen. Aber sobald es um die eigene Existenz ging, man sich in dieser bedroht fühlte, dann fiel das Deckmäntelchen der Zivilisation schnell von den Leuten ab, und so gut wie jeder kämpfte mit allen Mitteln um das, was er dringend benötigte.

Erik kam nicht umhin sich einzugestehen, dass er den Junkie vermutlich auch bewusst und zielgerichtet erschossen hätte, wenn es nötig gewesen wäre. Diese Erkenntnis erfüllte ihn mit einer gewissen Unruhe und Sorge, denn es erschreckte ihn, wie leicht doch das Tier im Menschen an die Oberfläche kommen konnte. Und er verspürte im Moment äußerste Dankbarkeit dafür, dass ihm diese Entscheidung erspart geblieben war.

Neue Einsichten

Einige Stunden zuvor

Der Motor des Mercedes war im Inneren des Wagens kaum zu hören. Alexander ertappte sich immer wieder dabei, wie er auf den Drehzahlmesser blickte, um sich davon zu überzeugen, dass er überhaupt noch lief.

Nelson saß auf dem Beifahrersitz und genoss sein neues Abenteuer offenbar in vollen Zügen. Sein Blick wanderte mal hierhin und mal dorthin, während er die Eindrücke begierig in sich aufzusaugen schien.

»Kennst du den Weg zur Kaserne?«, fragte Alex und versuchte dabei, sich möglichst nichts von der Beklemmung anmerken zu lassen, die ihn seit Jasons Tod nicht mehr loslassen wollte. »Ich bin nämlich noch nie dort gewesen.«

»Im Zweifel einfach immer Richtung Süden.« Nelsons Stimme klang in der Tat nach bester Laune. »Sie nennen das Ding ja wohl nicht umsonst ›Schutzzone Köln-*Süd*‹.«

Der Junge lachte, als habe er soeben den besten Witz seines Lebens gerissen, dann wandte er sich erneut dem Anblick zu, der sich ihm draußen bot.

Alexander ließ den Wagen mehr rollen als alles andere, denn irgendwie hatte er es gar nicht so eilig, zu der Kaserne zu gelangen.

Kurz überlegte er, ob er sich absichtlich »verfahren«

sollte, um Zeit zu schinden, verwarf den Gedanken jedoch schnell wieder. Zum einen würde das vermutlich nicht wirklich viel bringen, zum anderen durfte er nicht ausschließen, dass Nelson dieses Manöver irgendwann durchschaute, und Alex konnte nur schwer einschätzen, wie der Junge darauf reagieren würde.

Überhaupt fand er den Bengel mehr als merkwürdig. Dessen Stimmungslagen schienen immer wieder zu wechseln, genauso wie seine Ausdrucksweise zwischen der eines Kindes und der eines Erwachsenen schwankte, wobei in letzterer immer wieder eine eiskalte Logik durchschimmerte, von der Alex nicht wusste, ob er sie eher bewundern oder eher fürchten sollte.

Aber wie auch immer, bisher lief doch alles gar nicht mal so schlecht. Er befand sich auf dem Weg aus der Stadt, hatte damit das Ziel, diese miefige kleine Hausmeisterwohnung hinter sich zu lassen, erreicht. Es konnte also nur noch besser werden. Vielleicht traf er über kurz oder lang sogar auf andere Menschen, die sich so wie er selbst weiterentwickelt hatten, ähnliche Ziele verfolgten und mit denen er sich zusammentun konnte. Wenn Nelson klug war, würde er sich ebenfalls einer solchen Gruppe anschließen, falls nicht, würde er dem Jungen vermutlich keine Träne nachweinen.

Dann sah Alex etwas, das ihn zu einem Grunzen veranlasste.

»Was ist?«, erkundigte sich Nelson. »Probleme?«

»Wie man's nimmt. Da vorne komme ich nicht durch.

Wir müssen einen anderen Weg nehmen.«

»Quatsch! Fahr halt über den Bürgersteig. Wird ja nicht gerade eine Knöllchen-Trulla um die Ecke kommen.«

Klar, Nelson hatte recht. Alex ärgerte sich über sich selbst. Was redete er auch einen solchen Blödsinn daher?

Es holperte ein wenig, als der Mercedes den Randstein überwand, dann ging es auch schon gemächlich weiter.

Alex wunderte sich, dass Nelson sich noch nicht über das geringe Tempo beschwert hatte. Der Junge schien doch auch sonst ganz versessen auf »Action« zu sein, wie er das immer nannte. Eine rasante Fahrt mit ordentlich Krawall wäre da vermutlich genau nach seinem Geschmack.

»Fahr da vorne wieder auf die Straße zurück«, sagte Nelson in diesem Moment, als hätte er Alexanders Gedanken erraten. »Von dort aus kann man besser sehen.«

Aha, es ging dem kleinen Scheißer also momentan in erster Linie darum, seine Sensationslust zu befriedigen. Lagen ja auch genug Leute herum, hier und da brannte ein Auto oder kokelte nur noch still vor sich hin, es gab zertrümmerte Schaufensterscheiben zu sehen, und zwischen allem staksten immer wieder Zombies umher, die das Gesamtbild auf ihre ganz eigene Weise abrundeten. Irgendwie schon eine tolle Sache, wenn man auf so etwas stand.

*

Mit der Zeit besserte sich Alexanders Laune wieder. Langsam begann er sich ein wenig an Nelsons Gesellschaft zu gewöhnen. Nun, er hatte auch nicht wirklich Grund, sich zu beschweren, denn bislang hatte der Junge alle Versprechen gehalten – zumindest was *seine* Person anging.

Allerdings fand Alex das langsame Getucker durch die Kölner Straßen zunehmend nervig. Überall bot sich mehr oder weniger das gleiche Bild, das wurde einfach öde. Nicht, dass er auf ständige Sensation oder Action gestanden hätte, aber es gab sicherlich eine Reihe wesentlich besserer Möglichkeiten, die Vorzüge der neuen Zeiten zu genießen.

Alex konnte zwar nicht sagen wieso, aber irgendwie bekam er gerade Bock auf einen ordentlichen Fick. Das letzte Mal lag schon viel zu lange zurück, also wäre es doch eigentlich mal wieder an der Zeit, oder? Vielleicht ergab sich ja irgendwann die Möglichkeit, dass er sich einen kleinen Harem zulegte. Er fand diese Art der »Familienbildung« ohnehin viel natürlicher als diese aufgesetzt wirkende Monogamie, von der immer alle erzählten, wie toll sie sei, und dann doch über fünfzig Prozent beider Geschlechter dieses Gerede Lügen straften, indem sie fremdgingen.

Die Natur macht das schon richtig, sinnierte Alex. *Wenn es um Nachwuchs geht, ist ein Mann mit mehreren*

Frauen wesentlich produktiver als eine Frau mit mehreren Männern. Also ist der klassische Harem nur eine logische Folge davon. Darüber hinaus wird auf diese Weise der Genpool besser gemischt, was Inzuchtschäden vorbeugt.

Ja, diese Gedanken gefielen ihm. Sie passten sehr gut zu den neuen Zeiten, weil sie sich auf zwingende Fakten stützten. Und vielleicht war es ja sogar so, dass diejenigen, die sich gegenüber der Zombie-Seuche als immun erwiesen, es nur deshalb waren, weil ihre Gene keine solchen Inzuchtschäden aufwiesen.

Alex grinste. Ja, das konnte gut sein. Aufgrund seiner Erbanlagen handelte es sich bei ihm vermutlich einfach nur um einen besseren Menschen: stärker, härter, zielgerichteter. Das klang nach Evolution, nach natürlicher Auslese. Und dadurch, dass er an dieser Stelle ganz offensichtlich zu den Gewinnern zählte, fand er das auch gut und richtig.

*

»Schau mal, dort!« Nelson lenkte Alexanders Aufmerksamkeit durch Gesten in eine Seitenstraße, die sie gerade passierten. »Da geht voll die Action ab! Halt mal an, ich will das sehen!«

Alex kam dem Wunsch nach und stoppte den Wagen. Dann blickte er in die Richtung, in die Nelson zeigte.

Eine junge Frau rannte die Straße hinunter, dicht gefolgt von zwei Beißern. Ihre spitzen Schreie wurden von den Hauswänden zurückgeworfen, bildeten kurze, leise Echos.

»Gleich haben sie sie.« In Nelsons Stimme klang Befriedigung mit.

In diesem Moment schlug die Frau einen Haken und brachte durch einen gewaltigen Hechtsprung, zu dem ihr offenbar die Verzweiflung die Kraft verlieh, einen ausgebrannten Polo zwischen sich und ihre Verfolger. Gleich darauf stellte sich eine Art Pattsituation ein. Egal in welcher Richtung die Zombies versuchten, um das Auto zu laufen, der Frau gelang es immer irgendwie, den Bewegungen der beiden so zu folgen, dass die an sich nutzlos gewordene Blechkarosse zwischen ihr und ihnen blieb. Auf die Idee, sich aufzuteilen und so dieses Spiel zu einem schnellen Ende zu führen, kamen die Beißer wohl nicht.

»Ich wette auf die Kleine«, wandte sich Alex an seinen Beifahrer. »Die scheint was im Köpfchen zu haben.«

»Aber sie ist schwach«, hielt Nelson dagegen. »Nicht mehr lange, und ihr wird die Kraft ausgehen.«

»Um was wetten wir, dass sie davonkommen wird?«

»Was schlägst du vor?«

»Wenn sie es schafft, darf ich sie behalten.« Die Frau sah, wenn man einmal von ihrem vor Angst verzerrten Gesicht absah, ziemlich gut aus, und Alex konnte sie sich sehr gut als »Grundstein« für seinen Harem vorstellen.

»Und wenn sie's nicht schafft?«

»Dann bekommst du Action zu sehen.«

»Kein guter Deal.« Nelson schüttelte den Kopf. »Die Action bekomme ich so oder so, wie du siehst. Du musst also schon was als Wetteinsatz drauflegen, damit sich die Sache für mich lohnt.«

Bevor Alex fragen konnte, was Nelson sich als Einsatz vorstellte, änderte sich die Situation in der Seitenstraße. Aus einem Hauseingang wankte ein Schleicher hervor und näherte sich der jungen Frau von hinten.

Zuerst bemerkte sie die drohende Gefahr nicht, doch dann handelte sie erneut schnell und entschlossen. Sie löste sich mit einem Spurt vom Wrack des Polo, rannte direkt auf den Schleicher zu. Dieser streckte bereits gierig seine Krallenhände nach ihr aus, da schlug sie einen Haken, tauchte unter den Armen des Zombies hinweg und rannte unbeschadet weiter – zumindest noch ein paar Meter, dann sah sie sich zehn weiteren Schleichern gegenüber, die ihr den Weg versperrten.

Doch auch die beiden Beißer schliefen nicht. Diese befanden sich jetzt wieder dicht hinter ihrem Opfer, welches nun erneut einen Bogen schlagen musste.

Dann passierte, was unweigerlich irgendwann passieren musste. Egal ob wegen Müdigkeit oder nachlassender Konzentration, die junge Frau stolperte und fiel hin. Fast im selben Moment waren die Beißer über ihr. Die Frau schrie noch einmal voller Panik auf, dann war an dieser Stelle auf der Straße nur noch ein zuckendes und wuselndes Bündel aus Leibern zu sehen.

»Sag ich doch.« Nelson grinste. »Ich bekomme meine Action auch so.«

Alex grunzte und fuhr weiter. Er konnte sich des Gefühls nicht erwehren, dass die Schleicher nicht ganz zufällig an genau den richtigen Stellen aufgetaucht waren. Schade um die Kleine, aber wohl nicht zu ändern.

*

Gut eine halbe Stunde nach dem Zwischenfall in der Seitenstraße bog Alexander in die Brühler Straße ein.

»Wir sind fast da«, erklärte Nelson. »Dort vorne muss es sein.«

Alex fragte erst gar nicht, warum der Junge sich so sicher war. Vermutlich hätte er ohnehin wieder nur eine Antwort erhalten, die ihm nicht gefallen würde, also hielt er die Klappe und fuhr einfach weiter.

Dann registrierte Alex, dass die Anzahl der Zombies mehr und mehr zunahm, je weiter sie nach Süden kamen. Auch hier erblickte er überwiegend Schleicher, aber die Menge an Beißern war ebenfalls nicht zu unterschätzen.

»Ganz schön was los hier«, murmelte er.

»Hab ich dir doch gesagt, dass hier voll was abgeht.« Nelson strahlte ihn an. »Hier sind wir genau richtig!«

Alex teilte diese Einschätzung nicht unbedingt. Er wäre jetzt lieber weitergefahren, hätte zugesehen, Köln endlich vollends hinter sich zu lassen. Er wusste immer noch nicht, warum die Zombies Nelson nichts taten, aber auf ihn traf das sicherlich in keiner Weise zu, wie ihm das Beispiel von Jason mehr als deutlich vor Augen geführt hatte.

Auch wenn Alex es nicht gerne zugab, die Zombies machten ihm Angst. Inzwischen befanden sich so viele von ihnen in der Nähe des Mercedes, dass Alex davon ausging, bei einem Fluchtversuch zu Fuß keine zehn Meter weit zu kommen, bis ihn die Untoten allein aufgrund ihrer Anzahl einkesseln und festsetzen würden. Was danach mit ihm geschah, wollte er sich erst gar nicht im Detail ausdenken, dieses Schicksal überließ er lieber anderen.

Der Zaun der Kaserne kam in Sicht – zumindest hielt Alex es dafür. Davor lagen regelrechte Berge von Leibern.

»Hier *war* offenbar schon mächtig was los«, kommentierte er den Anblick. »Denen da scheint es auf jeden Fall nicht mehr sonderlich gut zu gehen.«

»Das macht nichts.« Nelson winkte ab. »Ich bin mir sicher, dass hier bald noch mehr der Punk abgehen wird.«

Scheiße, und ich stecke dann wahrscheinlich mittendrin. Alex fühlte sich zwischen Heulen und Lachen hin und her gerissen.

Je näher sie kamen, umso mehr Details offenbarten sich ihm. Es mussten tausende von Leibern sein, die hier herumlagen. Aber das war noch nicht alles!

Hier und da zuckte und zappelte es. Viele der Zombies mochten zwar endgültig tot sein, doch von einigen waren die Körper auch einfach nur bis zur Bewegungsunfähigkeit zerschossen, das Gehirn jedoch immer noch intakt, sodass deren untotes Leben auf eine noch viel grausigere Weise andauerte.

Alex lief es kalt über den Rücken. Von einem Balkon aus wirkte das Ganze doch deutlich harmloser als es sich aus direkter Nähe präsentierte. Dazu kam, dass jetzt langsam ein Geruch ins Wageninnere drängte, der ihn stark an die Abdeckerei erinnerte, welche er in seiner Schulzeit zusammen mit dem Biologiekurs besichtigt hatte. Den Gestank von Kadavern vergaß man nie mehr, wenn man ihn einmal in der Nase gehabt hatte.

»Wie geht es denn jetzt weiter?«, fragte Alex und versuchte dabei, sich nichts von seiner Beklemmung anmerken zu lassen. »So spannend finde ich das hier jetzt auch wieder nicht. Vielleicht sollten wir uns lieber noch woanders umsehen.«

»Quatsch!«, erwiderte Nelson vehement. »Ich hab doch schon gesagt, dass wir hier genau richtig sind. Komm, das Ganze ist doch voll cool!«

Nein, ist es nicht!, widersprach Alex im Stillen.

Das hier war nicht die neue Welt, wie er sie sich vorstellte. Zombies mochten darin vielleicht ein nettes Mittel zum Zweck sein, aber in diesen Mengen fand er sie dann doch eindeutig überflüssig. Und überhaupt: Wie sie ihn teilweise anglotzten! Ein Wunder, dass noch keiner versucht hatte, ihn aus dem Auto zu zerren, um sich eine kleine Zwischenmahlzeit zu gönnen. Oder lag das an Nelson? Machte der etwas mit den Untoten, das sie davon abhielt, den Wagen zu attackieren?

Alex konnte es drehen und wenden wie er wollte, er kam immer wieder zu dem Schluss, dass der kleine Scheißer neben ihm auf irgendeine Weise Macht über die Untoten besaß – eine Macht, die sich jederzeit auch gegen Alex wenden konnte, falls er irgendwann seinen Heldenstatus verlieren sollte, den er offensichtlich innehatte.

Das wäre an sich ja schon besorgniserregend genug gewesen, aber in Alexanders Augen hatte Nelson eine ordentliche Kerbe in der Schüssel. In diesem Punkt stimmte er Jasons Einschätzung inzwischen voll und ganz zu. Er war also mehr oder weniger vom Wohlwollen eines Kindes abhängig, das nicht ganz richtig tickte. Die entscheidende Frage, die sich dabei stellte, lautete, als wie berechenbar sich eine solche Kombination aus Macht und Irrsinn erweisen würde. Konnte es ihm überhaupt gelingen, Nelson soweit unter Kontrolle zu halten, dass der auch weiterhin in seinem Sinne handelte? Und was, wenn nicht? Sollte er besser schon einmal sein Testament schreiben?

Blödsinn, Alexander Lischke!, rief er sich selbst zur Ordnung. *Du bist nicht so weit gekommen, um dir wegen eines solchen Hosenscheißers ins Hemd zu machen. Du packst das!*

Doch trotz dieser recht überzeugend vorgetragenen »Argumente« wollte sich der nachhaltige Glaube daran einfach nicht einstellen …

*

»Halt da vorne an!«, kommandierte Nelson kurze Zeit später. »Wir steigen hier aus.«

Alex wollte etwas erwidern, schluckte seine Bedenken dann jedoch hinunter. Sein Gefühl sagte ihm, dass das ohnehin nichts bringen, obendrein vermutlich sein Ansehen bei dem Jungen eher verschlechtern würde. Also schluckte er die Kröte und stoppte den Wagen an der von Nelson bezeichneten Stelle. Um zu demonstrieren, dass er keine Angst hatte, stellte er sogar den Motor ab, obwohl im Moment alles in ihm nach Flucht schrie.

Nelson stieg aus, legte dabei beste Laune an den Tag, so als befänden sie sich auf einem Sonntagsausflug in den nächsten Vergnügungspark. Er ging sogar ums Auto herum und öffnete Alex die Tür. »Los, komm mit!« Er strahlte wieder. »Aber bleib dicht bei mir, hörst du?«

Alex wollte – nein, er *konnte* nicht aussteigen! Verdammt! Da draußen stank es, und überall trieben sich diese Zombies herum. Vielleicht überschätzte Nelson seine Fähigkeiten, die Biester unter Kontrolle zu halten, völlig, und was dann?

Doch der Junge wartete nicht auf ihn. Er winkte Alex noch einmal, dass er ihm folgen solle, dann schlenderte er auch schon fröhlich pfeifend davon.

Bockmist! Scheiße! Verflucht! Verdammt! Himmelherrgottsakrament!

Es half nichts. Alex musste jetzt da raus, ob er wollte oder nicht. Und er beeilte sich besser, denn der Junge hatte das »bleib dicht bei mir« sicherlich nicht nur so zum Spaß dahergesagt.

Mühsam ein Zittern unterdrückend stieg Alex aus dem Wagen. So rasch, wie es ihm möglich war, ohne panisch zu wirken, schloss er zu Nelson auf. Ein paar Zombiegesichter drehten sich in seine Richtung, gierig wirkende Blicke streiften ihn.

Verdammt! Verdammt! Verdammt!

Zielstrebig steuerte Nelson auf einen Mann zu, der gar nicht so recht zu der ganzen Szenerie passen wollte. Er sah zwar aus wie ein Zombie, hatte jedoch trotzdem etwas Menschliches an sich. Am auffälligsten wirkte jedoch seine Kleidung, denn die schien eher zu einem Opernbesuch oder Sektempfang zu passen: überaus elegant mit einer dunkelblauen, akkurat gebundenen Fliege. Ein brauner, kurzgeschnittener Backenbart zierte das Gesicht, Hemd und Anzug hingegen waren etwas blutverschmiert, was den Gesamteindruck dann doch erheblich trübte.

Alexanders Blicke pendelten zwischen dem auffällig gekleideten Fremden und den anderen Zombies hin und her. Dabei beruhigte es ihn nur unwesentlich, dass tatsächlich keiner der Untoten Anstalten machte, auf ihn loszugehen. Stattdessen hoffte er inständig, Nelsons »Trick« möge auch weiterhin so gut funktionieren wie bisher, vor allem auch dann, wenn der Junge nicht mehr bewusst daran dachte, dass er seinen Helden auf diese Weise beschützen musste.

*

Der Mann, auf den Nelson immer noch zielstrebig zuhielt, drehte sich um und sah den Neuankömmlingen entgegen. Alex war nicht in der Lage, im Gesicht des anderen eine Regung zu lesen, trotzdem wurde er das Gefühl nicht los, hier unerwünscht zu sein. Schließlich blieb Nelson ein paar Schritte von dem Mann entfernt stehen.

»Ich bin Daniel«, stellte sich der Fremde vor. »Warum hast du ihn mitgebracht?« Dabei zeigte er auf Alexander. »Er gehört nicht zu unserer Nation, er hat hier nichts verloren.«

Na klasse!, ging es Alex durch den Kopf. *Da haben wir den Salat!*

»Ich heiße Nelson. Das ist Alexander.«

»Was meine Frage aber nicht beantwortet. Wieso ist er hier?«

»Weil er Zugang zu den Menschen hat, denn er ist selber einer, nein, halt, das stimmt so nicht – jedenfalls nicht mehr …«

»Warum? Was ist mit ihm? Für mich sieht er immer

noch wie ein Mensch aus, und er stinkt auch so. Wie kommst du darauf, dass er anders ist?«

»Er hat sich verändert, also auf geistiger Ebene, meine ich. Er denkt und fühlt wie wir, er tötet Seinesgleichen ohne mit der Wimper zu zucken, wenn es ihm sinnvoll erscheint – oder auch einfach nur, wenn es eine gute Action ist.«

Eine Weile sah Daniel seine beiden Besucher schweigend an. Alex konnte immer noch nicht sagen, was in dem Mann vorging, fühlte sich hier einfach nur unwohl und deplatziert. Auf was hatte er sich da bloß eingelassen?

Schließlich ergriff Daniel wieder das Wort: »Also gut, Alexander, dann lass uns reden. In dieser neuen Welt gibt es vielleicht einen Platz für dich, wenn du dich für die Nation, unser neues Volk, einbringst. Ich sehe da eine kleine Aufgabe für dich, die du als ersten Loyalitätsbeweis vollbringen kannst. Und zwar gibt es in Mainz eine Schutzzone, in die wir rein wollen, aber nicht so ohne weiteres gelangen. Und genau an dieser Stelle kommst du ins Spiel. Also, was sagst du?«

In Alexanders Kopf überschlugen sich die Gedanken. Was wollte der Typ von ihm? Und was faselte der da von einer Schutzzone in Mainz? Das lag doch ewig weit weg von Köln. Wie sollte er überhaupt dorthin kommen?

Alex spürte, wie sich etwas in ihm verkrampfte.

Er stand einfach nur stocksteif da, wusste nicht, was er sagen sollte. Gleichzeitig konnte er die begehrlichen

Blicke der Zombies förmlich in seinem Rücken spüren, ihre Gier nach seinem warmen Fleisch. Verdammt, was sollte er diesem Daniel denn jetzt antworten?

Nelson blickte zu ihm auf. Bewunderung sprach aus der Miene des Jungen. »Hey, Alexander, du siehst voll cool aus, wie du so dastehst. Du bist viel cooler als all die anderen Menschen. Buja!«

Zu all den anderen Gedanken in Alexanders Kopf gesellte sich nun auch eine gewisse Fassungslosigkeit. Dieser Nelson tickte doch echt nicht mehr richtig! Während er sich vor Angst fast in die Hosen machte, hielt der Junge das offenbar für irgendein abgedrehtes Posing oder etwas in der Art. Dem hatten die vielen konsumierten Filme wohl ganz gewaltig ins Hirn geschissen!

Dann kochte etwas anderes in Alex hoch. Egal was er machte, er wollte im wesentlichen doch nur eines: überleben! So, wie er bislang die Spielregeln der neuen Welt für sich zu nutzen gewusst hatte, würde er einfach weitermachen! Na klar, warum auch nicht? Okay, so ganz passte es ihm nicht, von diesen beiden schrägen Vögeln abhängig zu sein, aber im Moment konnte er das nicht ändern, also sah er sich gezwungen, sich mit den neuen Gegebenheiten zu arrangieren.

Früher, in seinem alten Leben, welches bereits Jahre zurückzuliegen schien, hatte er doch noch ganz andere Zugeständnisse an die »gesellschaftlichen Konventionen« gemacht, war als angepasster, netter Mensch durchs Leben gegangen, der sich hier und da ein ganz kleines bisschen Freiheit gönnte – nicht zu viel, verstand sich, er wollte ja nicht anecken.

Tja, und hier sah es nun eben auch wieder ein wenig danach aus. Er wollte leben, dazu musste er bestimmte Dinge tun. Na und? Atmen gehörte ebenfalls dazu, darüber machte sich doch auch keiner einen Kopf, genauso wenig wie übers Schlafen oder Essen, wobei speziell Letzteres ständig dazu führte, dass irgendjemand – oder besser irgendetwas – sein Leben verlor, zumindest wenn man sich den Fleischkonsum in der westlichen Welt ansah.

Außerdem hatte er keine Wahl. Also würde es sich ganz klar als besser erweisen, mit den Zombies zusammenzuarbeiten. Natürlich nicht mit den »echten« Untoten, sondern mit diesen … diesen *Varianten* wie Daniel oder Nelson, die immerhin noch halbwegs menschlich aussahen und auch ein gutes Stück weit so wirkten.

Welche Alternativen blieben ihm denn? Wie sah seine Zukunft denn andernfalls aus? Er würde einen täglichen Überlebenskampf führen müssen, in ständiger Angst davor, irgendwann einem Beißer oder einer Horde Schleicher in die übelriechenden Klauen zu fallen. Einmal zu lange am falschen Ort schlafen konnte dafür bereits ausreichen, einmal hinter die falsche Tür geschaut oder die falsche Abzweigung genommen ebenfalls. Wollte er das? Nein, nicht wirklich …

Langsam kam Alexander wieder zu Bewusstsein, dass er etwas Besonderes war.

Keiner dieser schwachen Kriechertypen, die er schon sein ganzes Leben lang im Stillen verachtete. Die menschliche Evolution stand zu keiner Zeit still, und schließlich hatte sie Leute wie ihn hervorgebracht. Er konnte sich besser als andere an Veränderungen anpassen, wusste, wie er sich verhalten musste, um sein eigenes Überleben zu garantieren. Also wäre er doch nichts anderes als ein riesengroßer Dummkopf, wenn er diese Fähigkeit nicht weiterhin nutzen würde. Und wenn er dafür ein paar Zugeständnisse machen musste, dann war das eben so. Punkt.

Aurora

Als Thomas den Bunker verließ, herrschte draußen bereits wieder Dunkelheit. Er fragte sich, wie oft man es ihm überhaupt noch gestatten würde, diese Einrichtung zu verlassen. Vielleicht musste er auch damit rechnen, irgendwann nicht mehr hineingelassen zu werden. Wenn es ganz dumm lief, würde irgendjemand sogar damit anfangen, Fragen zu stellen. Bislang schützte ihn seine hohe Position vor solcherlei Unannehmlichkeiten, aber auch das würde vermutlich nicht ewig anhalten.

Thomas versuchte, sich nicht mehr Sorgen als nötig zu machen. Die ganze Miesere, in der das Land steckte, welches er eigentlich liebte und dem er zu dienen geschworen hatte, machte ihm deutlich stärker zu schaffen, als er das selbst jemals für möglich gehalten hätte. Er spürte große Zweifel in sich keimen, ob die getroffenen Schutzmaßnahmen überhaupt ausreichen würden, und was noch viel mehr an ihm nagte: ob sie in dieser Form gerecht waren.

Nur ganz nebenbei registrierte er, dass auch in dieser Nacht die Beleuchtung des großen Parkplatzes abgeschaltet blieb. Traute denn tatsächlich irgendjemand diesen Zombies die Durchführung von Luftaufklärung zu? Immerhin, die Sache mit den Hybriden schien kein Spaß zu sein. Niemand konnte ausschließen, dass einer von ihnen mit einem Flugzeug umgehen konnte.

An eines zu gelangen stellte im Moment wohl eher

das deutlich kleinere Problem dar.

Gut, es mochte sein, dass die Verdunkelung in gewissem Maße ihre Berechtigung besaß. Thomas konnte es ohnehin egal sein, er fand den Weg zu seinem Auto auch im Schlaf, so oft, wie er ihn in den vergangenen Jahren bereits zurückgelegt hatte.

Immer noch in Gedanken versunken schloss er seinen Wagen auf, natürlich nicht über die Funkfernbedienung, denn das daraufhin erfolgende Blinken widersprach den Vorschriften. Immerhin, wenn schon Verdunkelung angesagt war, dann konsequent und für alles.

Wie bereits am Morgen fuhr er langsam in Richtung des Waldes, wo er schließlich die Scheinwerfer einschaltete und zügig beschleunigte. In diesem Moment fiel seine Entscheidung. Er würde nicht mehr in den Bunker zurückkehren, zu viel war in den letzten beiden Tagen vorgefallen, mit dem er sich nicht einverstanden erklären konnte und wollte. Er hatte noch eine Sache zu erledigen, dann würde er das Land verlassen.

*

Sein erster Weg führte Thomas zu dem Haus am Rande des ihm wohlbekannten Örtchens. Diesmal musste er jedoch den Klingelknopf betätigen, denn sein Freund Wolfgang schien ihn nicht kommen gehört zu haben.

Thomas bemerkte, dass er unruhig von einem Bein aufs andere trat.

Er fühlte sich fast schon zappelig, obwohl es nach seiner vorhin getroffenen Entscheidung für ihn nun eigentlich kein Wanken mehr gab, sondern nur noch eine Richtung: vorwärts!

Er zwang sich zur Ruhe, atmete bewusst ein und aus. Noch einmal drückte er den Klingelknopf. Wo blieb denn Wolfgang? Ihm würde doch hoffentlich nichts passiert sein!

Unwillkürlich prüfte Thomas seine Dienstwaffe. So wie sonst auch trug er sie in einem Schulterholster unter der maßgeschneiderten Anzugjacke. Natürlich war sie da, wo sollte sie auch sonst sein? Die Glock P80 trug er seit einigen Jahren mit der gleichen Selbstverständlichkeit wie andere Männer eine Armbanduhr. Die dazu nötigen Bewegungen beim An- und Auskleiden waren ihm in der Zeit so in Fleisch und Blut übergegangen, dass er sich regelrecht dazu zwingen musste, wollte er einmal ohne die Pistole aus dem Haus gehen.

Thomas lauschte. In der Ferne meinte er, das Dröhnen eines schweren Dieselmotors zu hören. An sich nichts Ungewöhnliches, wenn man einmal davon absah, dass im Laufe des heutigen Tages wohl der gesamte Verkehr auf öffentlichen Straßen zum Erliegen gekommen war. Vielleicht hatte er sich auch getäuscht oder seine angespannten Nerven spielten ihm einen Streich. Wo blieb denn Wolfgang?

Als Thomas gerade überlegte, ob er sich mit Gewalt Zugang zum Haus seines Freundes verschaffen sollte, vernahm er im Inneren Schritte. Gleich darauf stand Wolfgang mit leicht gerötetem Gesicht in der Tür.

»Da bist du ja endlich!«, begrüßte er Thomas. »Ich habe mir schon Sorgen um dich gemacht.«

»Sehr witzig«, konnte sich Thomas eine spitze Bemerkung nicht verkneifen. »Du lässt mich hier eine kleine Ewigkeit vor der Haustür stehen und gibst keinen Mucks von dir. Jetzt sag mir mal, *wer* sich da Sorgen um *wen* machen sollte!«

Der andere grinste nur, dann winkte er seinen Besucher hinein.

*

»Wie ich sehe, hast du deine Koffer auch bereits gepackt«, bemerkte Thomas, als sie das Wohnzimmer betraten.

»Klar doch.« Wolfgang nickte. »Oder denkst du ernsthaft, ich verteile die guten Ratschläge nur an andere, ohne mich selbst danach zu richten? Aber deinem ›auch‹ entnehme ich, dass du diesem Rat ebenfalls folgen wirst.«

»Noch vor einer Stunde war ich mir da noch gar nicht so sicher. Trotzdem habe ich Claudia vorsorglich schon die nötigsten Sachen packen lassen.«

»Aber jetzt bist du dir sicher? Was hat diesen Sinneswandel herbeigeführt?«

»Ein paar Dinge, die ich die letzten Stunden erfahren

habe. Den entscheidenden Ausschlag hat der jüngste Bericht an die Kanzlerin gegeben. Aber lies selbst.«

Damit reichte Thomas seinem Freund eine einzelne DIN-A4-Seite, und dieser begann ohne ein weiteres Wort zu lesen.

*

Militärischer Lagebericht zur Vorlage bei der Frau Bundeskanzlerin

Stand: 07. September 2014, Tag 3 nach Ausbruch der Seuche, 19.30 Uhr

16. Aktualisierung des Tages:

Bundesweit sind von den 214 gebildeten Schutzzonen nur noch 102 vorhanden. In den Schutzzonen befinden sich circa 150.000 Menschen.

Inzwischen völliger Zusammenbruch fast aller staatlichen Strukturen. Wir erhalten zunehmend Meldungen, die Rückschlüsse darauf zulassen, dass es sich bei dem Großteil der Hybriden um Kinder handelt.

Die Biologen melden erste Fortschritte bei der Isolierung eines neuen Virustyps, der für die Z-Seuche verantwortlich sein könnte. Es darf aber nicht damit gerechnet werden, innerhalb weniger Tage über ein Heilmittel verfügen zu können, welches die noch nicht mutierten Menschen retten könnte.

Erste Einsätze mit Napalm gegen große Zusammenrottungen von Z-Infizierten erwiesen sich als erfolgreich. Die Planungen zur großflächigen Vernichtung der »lebenden Toten« ohne größere Schäden an der Infrastruktur laufen weiter auf Hochtouren. Die IEB befinden sich mittlerweile ununterbrochen im Einsatz.

Ausland: Die an die Bundesrepublik angrenzenden Länder werden innerhalb eines halben Tages in der gleichen Situation sein wie wir. Auffallend ist dabei, dass es keine gemeldeten Fälle außerhalb eines Radius vom doppelten Umfang der BRD gibt. Bislang wurden erstaunlicherweise nur wenige Z-Infizierte in den USA, China oder Russland gemeldet! Möglicherweise findet eine Verlangsamung der Ausbreitung der Seuche statt; die Ursachen dafür sind unbekannt.

Schätzung: Wahrscheinlich dürften sich nur die am radikalsten geführten Sicherheitszonen behaupten können. *Daher die Empfehlung, absolut KEINE weiteren Flüchtlinge in den Schutzzonen aufzunehmen!*

Höchste Geheimhaltungsstufe:
Projekt* »AURORA« *wird innerhalb von 12 Stunden realisiert.

*

»Aurora also.« Wolfgang wurde bleich und setzte sich. »Also ist es tatsächlich so schlimm, wie ich befürchtet habe.«

Thomas nickte. »Nun weißt du auch, was mich dazu veranlasst, meinem geliebten Vaterland den Rücken zu kehren. Und ich komme mir dabei noch nicht einmal wie ein Verräter vor.«

»Das solltest du auch nicht. Es zeigt nur, dass wir mit allem richtig lagen. Und ich kann dir gar nicht sagen, wie dankbar ich dir dafür bin, dass du mir reinen Wein eingeschenkt hast, obwohl dich das jederzeit hätte deinen Kopf kosten können.«

»Mit dieser Gefahr ist es jetzt vorbei«, erklärte Thomas entschlossen. »In zwei Stunden bin ich zusammen mit den Meinen außer Landes. Wie steht es mit dir? Kommst du zurecht?«

»Was für eine Frage!« Wolfgang lachte leise. »Du hast wohl vergessen, dass ich meinen Abgang hier bereits deutlich länger plane. Mir wird schon nichts passieren. Es bleibt beim vereinbarten Treffpunkt?«

»Ja, natürlich.«

»Also dann: Sieh zu, dass sie dich nicht erwischen!«

»Du auch.«

Die beiden Männer umarmten sich noch einmal, dann ging Thomas in die Nacht hinaus. Er drehte sich nicht mehr um, ging mechanisch zu seinem Wagen und fuhr davon. Er hoffte nur, dass dies kein Abschied für immer gewesen sein mochte.

Im Winter 2014 erscheint

Nation-Z
Band 3